라파엘로와 조반니 프란체스코 펜니, 「푸른 왕관의 성모」(1512~1518).

◀▲ 안드레아 솔라리오, 「십자가에 못 박힌 예수」(1503).

▲ 요아힘 파티니르, 「광야의 성 히에로니무스」(1515~1520).

◀▼ 니콜로 델라바테, 「물에서 구출되는 모세」(1509 또는 1512~1571).

◀ 한스 멤링, 「부활」(1490년경).

▶ 레오나르도 다 빈치, 「지네브라 데벤치의 초상」(1474~1478).

▲ 이브 클랭, 「허공으로 도약하기」(1960).

▼ 이브 클랭, 「푸른 지구 부조(RP 17)」(1961).

▲ 헨리 보스, 「프런트
스트리트, 대븐포트,
아이오와, 만조」(1888).

● 헨리 보스, 「다이아몬드
블러프, 위스콘신」(1889).

▼ 헨리 보스, 「록브러시댐
건설 현장」(1891).

▲ 피터 후자, 「차에 탄 두 명의 퀸,
  핼러윈」(1976).

● 피터 후자, 「식당」(1976).

▼ 피터 후자, 「(레코드가 놓인)
  폐허가 된 안락의자, 뉴어크」(1985).

루이스 하인, 「엘리스섬의 젊은 유대계 러시아인 여성」(1905).

길 잃기 안내서

길 잃기 안내서

더 멀리 나아가려는　당신을 위한 지도들

리베카 솔닛 지음

김명남 옮김

반비

일러두기

1. 인용문의 이해를 돕기 위해 인용자(이 책의 저자)가 덧붙인 내용에는
   대괄호([ ])를 사용했다.

2. 옮긴이 주는 대괄호([ ]) 안에 넣고 '—옮긴이'로 표시했다.

사적 회고록, 철학적 사색, 자연에 대한 전래의 지식, 문화사, 그리고 예술 비평이 결합한 흥미로운 글.　　　　　　　　　　—《로스앤젤레스 타임스》

길 잃기의 즐거움과 두려움에 관한 명상인 이 책은 그 자체 방랑의 연속으로, 전혀 예상치 못했던 경치들이 펼쳐지는 길로 우리를 이끈다.

　　　　　　　　　　　　　　　　　　　　　　　　　—《뉴요커》

이 책은 자신을 잃는 일, 그럼으로써 익숙한 것 반대편에 무엇이 있는지 발견하는 일을 이야기한다. 솔닛에게 길 잃기는 단순한 육체적 상황만이 아니다. 길 잃기는 우리가 받아들이고 탐사해야 할 마음의 상태이고, 세상과의 관계를 통해서 자신을 좀 더 많이 발견하도록 해주는 문이다.

　　　　　　　　　　　　　　　　　　　　　—《댈러스 모닝 뉴스》

상실이 발견이 된다는 역설, 자신을 잃음으로써 자신을 발견할 수 있다는 역설, 이것이 이 책의 주제다. 아니, 더 정확하게 말하자면 이 책을 낳은 계기다. 솔닛의 글은 묘사적이면서도 명상적이다. 서정적이거나 시적이고, 가끔은 감동적일 만큼 환기적이다. [……] 솔닛의 글은 서부의 위대한 작가들, 특히 사막과 그 거주자들을 연상시킨다. 에드워드 애비, 윌라 캐더, 메리 오스틴을. 그리고 자연 속 인간의 위치를 페미니스트의 감수성으로 바라본다는 점에서 솔닛은 누구보다도 오스틴을 닮았다.

—《샌디에이고 유니언 트리뷴》

결코 놓쳐서는 안 될 이 캘리포니아 작가가 지금까지 쓴 책 중 가장 개인적인 책이다. 솔닛은 늘 그렇듯이 자연의 미묘한 뉘앙스를 한없이 예민하게 감각하지만, 이 책에서는 솔닛 자신의 마음과 역사가 들려주는 이야기에도 민감하게 반응한다. [……] 솔닛은 그 속에서 길을 잃어볼 만한 작가다. [……] 책에서 책으로 방랑할 뿐 아니라 한 책 속에서도 페이지에서 페이지로 방랑하는 솔닛의 편력하는 호기심은 가장 좋은 의미로 도전적이다. 솔닛은 독자의 손을 붙잡고 한번 따라와 보라고 권하지만, 그녀를 따라갈 것인가 말 것인가는 결국 우리가 정할 문제다. [……] 어떤 풍경에 대해서든(심지어 아무 풍경이 없는 풍경에 대해서도) 펼쳐지는 솔닛의 지성에 감탄하는 독자라면 이 책이 풍기는 연기를 조금만 맡고도 며칠 동안 길을 잃을 것이다. —《샌프란시스코 크로니클》

『걷기의 인문학』은 인류와 걷기의 문화사를 알려주는 뛰어난 책이었다. 한편 이 책에서 솔닛은 그보다 훨씬 더 폭넓은 의미에서 방랑의 기술을 사색한다. 전작과는 달리 목적지 없는 여행에 집중하는 것이다. [……] 철학을 좋아하는 사람에게 이 책은 일종의 자기계발서일 테고, 이 책의 이야기는 개인적인 것에서 실체적인 것까지 모두 아우른다. [……] 그중에서도 가장 사랑스러운 글들은 솔닛 자신의 경험이라는 거친 땅에서 나온다. 솔닛은 개인적 상실을 뿌리 덮개로 잘 덮어 멜랑콜리와 자기 성찰로 키워낸 뒤, 그것을 다른 곳에 옮겨 심어서 뜻밖에도 하늘을 찌를 만큼 높은 나무로 길러낸다. [……] 우리가 자신을 잃기 위해서 맨 먼저 가야 할 곳은 우리의 마음속 미지의 땅이라고, 솔닛은 거듭 말한다. 비실용적이지만 아름다운 이 책은 그 여행의 나침반이 되어준다. 주머니에 쑤셔 넣어 가져갈 가치가 충분하다. ─《상트페테르부르크 타임스》

솔닛은 이전에도 정치적 경험으로서의 걷기에 대해 썼고, 사막에 대해 썼고, 자신을 잃고 길을 잃는 것에 대해서도 썼지만, 서로 연관된 에세이들로 구성된 이 책은 유년기 장소, 가족, 우정, 도시의 폐허, 광기 혹은 사막의 사랑 등 자신의 상징적인 이야기들이 더해져서 더 높이 날아오른다. 그리하여 이 책은 몇 번이고 거듭 마음을 열고 미지를 만나는 회고록이 된다. ─《오리거니언》

솔닛은 통합하는 작가다. 다른 곳에서 가져온 역사 이야기를 자신의 사색과 통합하고, 호기심을 이런저런 사실들과 통합하고, 유행하는 노래 구절을 단테와 통합한다. 솔닛을 수전 손택에 비견하는 사람이 많지만, 내가 보기에 솔닛은 그보다는 애니 딜러드와 더 비슷하다. 종종 자연의 힘에 대한 생각에 몰두한다는 점에서, 종종 시적인 문장을 쓴다는 점에서. [……] 나는 솔닛이 이토록 까다로운 주제들을 다룬다는 점에, 이토록 멀리 여행한다는 점에, 이토록 어려운 책들을 읽는다는 점에 늘 감탄한다. 솔닛의 정신에 감탄한다. 그리고 솔닛의 문장이 내는 소리를 사랑한다.

—《볼티모어 선》

이 책에서 솔닛은 사람들이 보통 갈망하기보다는 피하려고 애쓰는 상태를 설득력 있게 옹호한다. [……] 이 책은 우리에게 존재론적 길 잃기에 관하여 필수적인 가르침을 주고, 그 마음 상태가 지닌 장점들을 설명한다. [……] 의식과 정체성에 대한 솔닛의 탐구는 드넓은 영역을 열어 보인다. 자아를 잃었다가 다시 찾는 과정을 이야기할 때 작가는 여러 다양한 방향들을 취할 수 있을 텐데, 이 책에서 솔닛은 바로 그런 다양한 방향을 아우른다. [……] 글을 이끌어가는 요소가 무엇보다 지성이라는 점에서 솔닛은 애니 딜러드를 연상시키고, 자연학자처럼 미국 남서부 사막과 그레이트솔트호를 사랑한다는 점에서 테리 템페스트 윌리엄스를 떠올리게 한다.

—《인 디즈 타임스》

솔닛은 이 유연한 에세이집에서 길 잃기의 명상적 측면을 사색한다. [……] 솔닛은 혁신적으로 생각하고 아름다운 글을 쓸 뿐 아니라 우리 마음을 건드려서 일상의 부산한 잡음을 조용히 시킴으로써 우리가 삶의 숨은 측면들을 인식하도록 만든다. 그리하여 우리 내면에서 새로운 경치들을 열어 보인다. 우리가 그 속을 탐험할 수 있도록, 심지어 행복하게 길 잃을 수 있도록.　　　　　　　　　　　　　　　　　　　　—《북리스트》

솔닛은 곧잘 애니 딜러드와 수전 손택에 비견된다. 솔닛의 글은 풍성하게 설계된 인물 같다. 갑작스런 변화와 느닷없는 전개를 보여주고, 책에서 책으로 또 페이지에서 페이지로 방향을 바꾸지만, 그럼에도 불구하고 돌이켜 생각해보면 그녀가 과거에 썼던 글들과 이어지는 일관성이 있다. 이 책은 스스로를 겸손하게 내세운다. 하지만 이 책에는 절대음감에 가까운 무언가가 있다. 갈수록 인상적인 솔닛의 경력에서 훌륭한 간주곡이다.
　　　　　　　　　　　　　　　　　　　　　　　　　　—《네이션》

솔닛은 독특하고 고유한 작가다. [⋯⋯] 표현력이 풍부하고 아름다운 솔닛의 글은 그녀의 힘 있는 통찰과 전망을 섬세하게 전달한다. 윌리엄 블레이크 풍의 용감무쌍한 '정신 여행자'이든 실제 물리적 세상을 탐사하는 여행자이든, 이 책을 읽는 독자는 이상하게 보람찬 생각의 길로 방랑을 떠나게 될 것이다.　　　　　　　　　　　　—《로스앤젤레스 타임스》

이 책이 100쪽이 더 있었더라도 나는 흠뻑 빠져 읽었을 것이다. 솔닛의 글

　　　　　　　　　　　　　　　　　　　　　　　　　　추천의 말

은 오렌지처럼 신선하다. 이 생산적인 캘리포니아 작가는 지난 십여 년간 지속적으로 도발적인 책을 써왔다. [……] 그중에서도 이 책은 솔닛이 자신의 언어를 그 어느 때보다 더 힘껏 밀어붙였다는 점에서 두드러진다. [……] 이 책에서 솔닛은 훨씬 더 개인적이고 훨씬 더 직설적이다. [……] 솔닛의 문장은 새 껍질을 입은 뱀처럼 반짝거린다.　　　—《네이션》

온 세상의 견습생인 솔닛은 세상에 숨은 관계들을 찾아내는 일을 평생의 업으로 삼았다. [……] 이 책의 에세이들은 물건에서 기억에서 사랑까지 수많은 종류의 상실을 이야기하고, 그 범주들 사이를 미끄러지며 넘나든다. 솔닛은 무언가를 잃는 것은 삶에 내재된 속성이라고 믿는다. 삶이란 끝없이 내버리고 발견하는 과정이라고 믿는다. [……] 이 책도 가끔 길을 잃는다. [……] 하지만 그럴 때라도 솔닛은 독자를 깜짝 놀라게 만들 줄 안다. 우리가 누구나 익히 아는 평범한 장소를 새롭게 비추어, 삶의 사방에 숨은 가능성을 보게 한다.　　　—《빌리지 보이스》

차례

열린 문

I

내가 처음 취한 것은 엘리야의 포도주를 마시고서였다. 나는 여덟 살인가 그랬다. 유월절이었고, 이스라엘 민족의 이집트 탈출을 기념하고 예언자 엘리야를 집 안으로 초대하는 만찬을 차린 자리였다. 나는 어른들 식탁에 앉아 있었는데, 우리 부모님과 다른 부부가 합세하면 남자아이만 다섯이 되는지라 어른들은 내가 내 또래에게 무시당하느니 자기 세대에게 무시당하는 편이 낫겠다고 생각했기 때문이다. 빨간색과 오렌지색 식탁보 위에 유리잔들, 접시들, 서빙용 접시들, 식기들, 초들이 어지럽게 널려 있었다. 나는 예언자에게 바치려고 따라둔 다리 달린 술잔과 바로 옆 달콤한 루비와인이 담긴 내 샷글라스를 헷갈리는 바람에 예언자의 술을 마셨다. 어머니가 사실을 눈치 챘을 때 나는 살짝 휘청이면서 히죽 웃었지만, 어머니의 표정이 걱정스러워 보이기에 곧 취기 대신 말짱함을 가장했다.

어머니는 가톨릭 냉담자였고 다른 부인은 예전에 개신교도였지만, 남편들이 둘 다 유대인이었기에 관습을 따르는 편이 아이들에게 좋으리라고 여겼다. 그래서 식탁에 엘리야에게 바치는 유월절 포도주 잔이 놓여 있게 된 것이었다. 어떤 이야기에서는 엘리야가 세상의 끝에 지상으로 내려와서 답할 수 없는 모든 질문들에 답해줄 것이라고 한다. 또 어떤 이야기에서는 엘리야가 남루한 입성으로 지상을 떠돌면서 학자들이 골머리를 썩이는 어려운 질문들에 답해준다고 한다. 어른들이 전통의 나머지 부분도 따랐는지, 그래서 엘리야가 집으로 들어올 수 있도록 문을 살짝 열어두었는지는 모르겠지만, 작은 계곡에 있던 그 랜치하우스풍 집의 오렌지색 대문이나 뒷마당으로 통하는 미닫이 유리문들 중 하나가 봄밤의 선선한 공기를 향해 살짝 열린 모습을 얼마든지 그려볼 수 있다. 카운티 북쪽 맨 끝에 있던 우리 동네 그 거리에는 뜻밖의 존재라고는 전혀 나타나지 않았는데도, 우리는 보통 문을 잠가두고 살았다. 나타난다고 해봐야 야생동물뿐이어서 새벽에 사슴이 아스팔트를 또각또각 걸어가거나 덤불에 너구리랑 스컹크가 숨어 있는 정도였다. 그러니 밤을 향해, 예언을 향해, 세상의 끝을 향해 문을 열어둔다는 것은 일상의 관행을 깨는 짜릿한 위반 행위였을 것이다. 그때 포도주가 내게 무엇을 열어주었는지도 기억나지 않는다. 아마 머리 위에서 진행되는 대화로부터 기분 좋게 더 멀어지도록 만들어주었을 것이고, 중간 규모의 우리 행성이 내 작은 몸에 미치는 중력이 갑자기 무겁게 느껴져서 께느른해지도록 만들었을 것이다.

미지를 향해 문을 열어두는 것, 어둠으로 난 문을 열어두는 것. 그 문은 가장 중요한 것들이 들어오는 문이고, 내가 들어왔던

길 잃기 안내서

문이고, 언젠가 내가 나갈 문이다. 삼 년 전 로키산맥에서 워크숍을 진행했을 때, 한 학생이 소크라테스 이전 철학자 메논의 말이라는 글귀를 가지고 왔다. 이런 말이었다. "우리가 그 속성을 전혀 모르는 무언가를 어떻게 발견할 수 있단 말인가?" 나는 이 글귀를 적어두었고, 이후 이 글귀는 늘 내 마음에 있었다. 그 학생은 헤엄치는 사람을 찍은 사진들을 크고 투명하게 뽑은 뒤 천장에 매달아서 그 사이로 빛이 비쳐 들게 만들었다. 그 속을 거닐면, 수영하는 사람들의 그림자가 내 몸 위로 지나가고 내가 거니는 공간이 신비로운 물속으로 변한 것 같았다. 학생이 가져온 저 물음이 내게는 삶의 기본적인 전술을 묻는 물음으로 느껴졌다. 우리가 삶에서 원하는 것은 우리를 변화시키는 무언가다. 그런데 우리는 변화의 건너편에서 무엇이 우리를 기다리는지 모르거나, 모르는데도 안다고 생각한다. 사랑, 지혜, 자비, 영감…… 이런 것들은 우리의 자아를 미지의 영역으로 더 확장시키는 일이자 우리를 지금과는 다른 사람이 되도록 만드는 일인데, 어떻게 우리가 그런 것들을 발견할 수 있단 말인가?

모든 종류의 예술가에게 확실한 사실은 그들이 그런 미지의 것을, 아직 도래하지 않은 발상이나 형상이나 이야기를 발견해야 한다는 점이다. 문을 열어서 예언을, 미지를, 낯선 것을 초대하는 일이야말로 예술가가 할 일이다. 물론 그 도착은 시작일 뿐이고 예술가는 그때부터 그것을 자기 것으로 만들어내기 위하여 길고 고된 과정을 밟아나가야 하지만, 아무튼 바로 그 문으로부터 그들의 작업이 들어온다. 과학자도 마찬가지여서, J. 로버트 오펜하이머는 과학자는 "늘 '수수께끼의 가장자리'에서, 미지의 경계에서 산다." 고 말했다. 그러나 과학자는 어부처럼 미지를 그물로 건져 올려서 알려진 것으로 바꾸는 데 비해 예술가는 우리를 그 컴컴한 바다로 내보낸다.

에드거 앨런 포는 이렇게 말했다. "모든 경험이 우리에게 알려주는 바, 우리가 철학적 발견에서 가장 중요하게 예측해야 할 요소는 미처 예견할 수 없는 요소다." 포가 어떤 사실이나 측정을 냉철하게 헤아린다는 뜻으로도 쓰이는 단어인 "예측하다calculate"와 결코 측정되거나 헤아려질 수 없으며 오직 기대할 수만 있는 "예견할 수 없는 요소the unforeseen"라는 표현을 나란히 쓴 것은 의도적인 일이었다. 하지만 우리는 어떻게 예견할 수 없는 것을 예측할 수 있을까? 우리에게 필요한 것은 아마 예견할 수 없는 것의 역할을 인정하는 기술, 불쑥불쑥 놀라움을 접하면서도 균형을 유지하는 기술, 우연과 협동하는 기술, 세상에는 본질적인 미스터리가 존재하기에 우리의 예상과 계획과 통제에는 한계가 있기 마련임을 깨달는 기술일 것이다. 예견할 수 없는 것을 예측하는 것, 이것은 아마 삶이 우리에게 가장 많이 요구하는 역설적 작동이기도 할 것이다.

그 유명한 1817년 어느 겨울밤, 시인 존 키츠는 친구들과 함께 집으로 걸어 돌아가던 중 이런 일을 겪었다. "여러 가지 생각들이 머릿속에서 매끄럽게 맞아 떨어져서, 성취하는 사람에게는, 특히 문학적 성취를 거두는 사람에게는 어떤 특징이 있어야 하는가에 대한 답이 번뜩 떠올랐어. [……] 그건 소극적 능력이야. 사실과 이성을 찾아 초조하게 헤매는 대신 불확실성, 미스터리, 의문을 수용할 줄 아는 능력이지." 이런 생각은 다양한 형태로 여기저기에서 거듭 등장한다. 옛 지도에서 "테라 인코그니타^{terra incognita, 미지의 땅}"라고 불렸던 장소들처럼.

"도시에서 길을 찾지 못하는 것은 흥미로운 면이라고는 없는 따분한 일이다. 그 일에 필요한 것은 무지뿐, 그 이상 아무것도 필요 없다." 20세기 철학자이자 에세이스트였던 발터 베냐민은 말했다. "그러나 숲에서 길을 잃을 때처럼 도시에서 길을 잃는 것에는 상당히 다른 훈련이 필요하다." 길을 잃는 것, 그것은 관능적인 투항이고, 자신의 품에서 자신을 잃는 것이고, 세상사를 잊는 것이고, 지금 곁에 있는 것에만 완벽하게 몰입한 나머지 더 멀리 있는 것들은 희미해지는 것이다. 베냐민의 말을 빌리자면 길을 잃는 것은 온전히 현재에 존재하는 것이고, 온전히 현재에 존재하는 것은 불확실성과 미스터리에 머무를 줄 아는 것이다. 그리고 이때 우리는 그냥 길을 잃었다$^{get\ lost}$는 표현 대신 자신을 잃었다$^{lose\ oneself}$는 표현을 쓰는데, 이 표현에는 이 일이 의식적 선택이라는 사실, 스스로 택한 투항이라는 사실, 지리를 매개로 하여 도달할 수 있는 어떤 정신 상태라는 사실이 함축되어 있다.

우리가 그 속성을 전혀 모르는 무엇이야말로 종종 우리가 발견해야만 하는 것이고, 그것을 찾는 일은 길을 잃는 일이나 마찬가지다. '잃다^{lost}'라는 단어는 군대를 해산한다는 뜻의 고대 노르드어 los에서 왔다. 이 어원에서는 병사들이 대형으로부터 떨어져 나와 집으로 돌아가는 모습, 더 넓은 세상과 휴전을 맺는 모습이 상상된다. 나는 오늘날 많은 사람들이 군대를 영영 해산하지 않는다는 사실, 자신이 아는 세상 너머로는 영영 나가보지 않는다는 사실이 걱정스럽다. 요즘의 광고들, 군걱정을 부추기는 뉴스들, 테크놀로지, 쉴 틈 없는 분주함, 공공 공간과 사적 공간의 형태 등이 공모하여 그런 현실을 만든다. 얼마 전 읽은 기사는 교외 지역에 야생 동물들이 돌아오기 시작했다는 소식을 알리면서, 그래서 종종 눈 덮인 마당에 동물들의 발자국은 잔뜩 찍혀 있지만 아이들의 발자국은 찾아볼 수 없다고 말했다. 동물의 입장에서 교외 지역은 인

길 잃기 안내서

간이 방치한 경관이나 다름없고, 그래서 그들은 그곳을 당당히 쏘다닌다. 하지만 아이들은 가장 안전한 곳에서도 쏘다니지 않는다. 만에 하나 끔찍한 일이 벌어질지도 모른다는 부모들의 두려움 때문에(그런 일은 실제 벌어지기는 해도 극히 드물게만 벌어진다.) 아이들은 확실히 벌어질 멋진 일들을 경험할 기회를 박탈당한다. 나는 어릴 때 마구 쏘다니면서 자립심을, 방향 감각과 모험 감각을, 상상력을, 탐험의 의지를, 길을 살짝 잃었다가도 곧 돌아가는 길을 알아내는 능력을 길렀다. 우리가 어린 세대를 가택 연금에 처한 결과가 어떨지 걱정스럽다.

메논의 질문을 알게 되었던 로키산맥에서의 여름, 처음 보는 풍경 속으로 학생들과 산책을 나섰다. 흰 사시나무 기둥들 사이에 무릎까지 자란 섬세한 초록 풀은 초록색 부채나 마름모나 조가비 같은 잎을 뿜냈고, 줄기들은 희거나 보라색인 꽃을 산들바람에 나부꼈다. 그런 산길을 따라 끝까지 내려가면 곰들에게 중요한 강이 나왔다. 산책을 마치고 되짚어 돌아왔더니 산길 입구에 웬 강인한 갈색 피부의 여자가 우리를 기다리고 있었는데, 십 년 전에 내가 스치듯 만난 적 있는 여자였다. 놀랍게도 여자는 나를 알아보고 나도 여자를 기억했다. 두 번째 만남 후 우리가 친구가 된 것은 내게 행운이었다. 샐리는 오래전부터 산악 수색 및 구조팀으로 일했다. 그날 산길 입구에 있었던 것도 수색 임무를 받았기 때문이었다. 길 잃은 등산객들을 찾는 임무였는데, 샐리에 따르면 그런 사람들은 보통 사라졌던 지점 근처에서 다시 나타난다. 그래서 샐리는 길 잃은 사람들이 나타날 가능성이 있는 여러 길 중 하나였던 그곳에서 누가 나오는지 지켜보며 무전을 확인하다가 나를 본 것이었다. 로키산맥 그 일대는 가파른 능선과 계곡이 쭈글쭈글한 천처럼 사방으로 펼쳐진 지형이라서 길을 잃기가 쉽지만 빠져나오기도 그다지 어렵지 않다. 계곡 바닥에 길이 나 있는 경우가 많으니 무조건 아래로 내려오면 되기 때문이다. 수색구조팀으로 일하는 자원봉사자들에게도 구조 작업은 매번 미지의 땅으로 들어가는 여행이다. 그들은 반색하는 사람을 만날지 시체를 만날지 알 수 없고, 실종자를 금방 찾을지 몇 주간 현장을 샅샅이 뒤진 후에야 찾을지 알 수 없고, 심지어 실종자를 영원히 발견하지 못하거나 수수께끼를 영원히 해결하지 못할 수도 있다.

　삼 년 뒤, 나는 샐리와 그녀의 산에게로 돌아가서 길 잃기에 관해 물었다. 하루는 샐리와 함께 로키산맥분수령을 걸었다. 해발 3600미터까지 우뚝 솟은 산잔등을 따라서, 수목한계선을 넘어서면 카펫처럼 깔린 고산 툰드라 지대를 밟으면서 걸었다. 높이 오를수록 사방으로 탁 트인 경치가 펼쳐졌고, 우리가 지나온 산길은 첩첩이 겹쳐진 뾰족뾰족하고 푸른 산맥들로 사위가 둘러싸인 세상에서 그 정중앙을 가르는 솔기처럼 보였다. 이곳을 대륙분수령이라고 부르는 말을 들으면 물이 양쪽으로 흘러내려 양쪽 바다로 흘러드는 모습이 절로 상상되고, 산맥 등뼈가 북미 대륙의 거의 끝에서 끝까지 남북으로 누운 모습이 상상되고, 이곳으로부터 동서남북으로 방위가 퍼져나가는 모습이 상상되어, 실제적인 의미에서는 아닐지라도 형이상학적인 의미에서는 내가 있는 곳이 어디인지 똑똑히 알 것 같은 기분이 든다. 나는 그 높은 곳으로 영원히라도 오를 수 있을 것 같았지만, 운집한 구름에서 천둥이 치고 벼락이 길게 한 줄기 떨어지는 바람에 샐리는 발길을 돌리기로 결정했다. 하산하는 길에 샐리에게 그동안 구조 작업 중 유난히 기억나는 사연이 있느냐고 물었다. 샐리는 벼락을 맞아 죽은 남자를 찾아낸 일이 있다고 말했고, 그런 고지대에서는 벼락 사고가 드물지 않은 사망 원인이라고 말했다. 우리가 경이로운 산마루를 뒤로하고 내려오는 것도 그 때문이었다.

샐리가 그다음 들려준 이야기는 길 잃은 열한 살 남자아이를 찾아낸 일이었다. 귀가 안 들리는 데다가 퇴행성 질환으로 시력마저 잃어가는 아이였고 결국에는 그 병으로 짧은 삶을 마감했다고 했다. 아이는 캠프에 참가하고 있었고, 캠프 교사들을 따라 친구들과 함께 산으로 와서 숨바꼭질을 시작했는데, 그만 지나치게 꼭꼭 잘 숨은 모양이었다. 인솔자들은 해가 졌는데도 아이를 찾지 못했고, 아이도 돌아가는 길을 찾지 못했다. 한밤중에 수색구조팀이 불려나왔다. 샐리는 질척질척한 지대를 수색하기 시작하면서 내심 두려웠다. 영하에 가깝게 추운 그런 밤에는 시체밖에 못 찾을 거란 생각이 들었기 때문이었다. 수색팀은 샅샅이 흩어져서 일대를 뒤덮었고, 태양이 지평선으로 막 떠오를 무렵, 샐리는 호루라기 소리를 듣고 소리 나는 쪽으로 달려갔다. 아이였다. 아이가 오들오들 떨면서 호루라기를 불고 있었다. 샐리는 아이를 끌어안았고, 얼른 제 옷을 거의 다 벗어서 아이에게 입혔다. 아이는 모든 것을 배운 대로 제대로 했다. 호루라기 소리가 시끄러운 물소리 너머로 들릴 만큼 크지 않았던 탓에 캠프 인솔자들이 놓치기는 했지만, 그래도 아이는 해 질 녘까지 계속 호루라기를 불었고, 해 진 뒤에는 쓰러진 두 나무 사이에 웅크리고 앉아 있었고, 이윽고 다시 해가 나자 다시 호루라기를 불었다. 아이는 발견된 것이 기뻐서 환한 얼굴이었고 샐리는 찾은 것이 기뻐서 눈물범벅이었다.

수색구조팀은 길 잃은 사람을 찾는 작업을 예술로 승화시켰고, 사람들이 어쩌다 길을 잃는가 하는 문제에 대해 과학에 가까운 이론을 세웠지만, 그 못지않게 잦거나 그보다 더 잦을지도 모르는 출동은 다친 사람이나 오도 가도 못하게 고립된 사람을 찾아나서는 일이라고 했다. 요즘 사람들은 어쩌다 길을 잃었을 때 제대로 주의를 기울이지 않아서, 그리고 돌아갈 길을 모른다는 사실을 깨달았을 때 어떻게 해야 할지 몰라서, 혹은 자신이 모른다는 사실을 인정하지 않아서 길을 잃는다. 야생에서는 주의를 기울이는 기술이 필요하다. 날씨에 유념하는 기술, 걸어온 길에 유념하는 기술, 도중에 만난 지형지물에 유념하는 기술, 몸을 돌려서 뒤를 보면 앞으로 돌아갈 길은 그동안 왔던 길과는 사뭇 달라 보인다는 사실을 이해하는 기술, 태양과 달과 별을 읽어서 방향을 찾는 기술, 물 흐르는 방향을 아는 기술, 그 밖에도 읽을 줄 아는 사람에게는 자연을 읽을거리로 만들어주는 여러 단서들을 읽는 기술. 길 잃는 사람은 보통 지구의 언어인 저 언어를 읽을 줄 모르는 사람, 혹은 멈춰 서서 읽어볼 생각을 하지 않는 사람이다. 그리고 또 다른 기술이 있으니 바로 미지 속에서 편하게 느끼는 기술, 미지 속에 있다고 해서 당황하거나 괴로워하지는 않는 기술, 길 잃은 상태를 편하게 느끼는 기술이다. 이 능력은 키츠가 말한 "불확실성, 미스터리, 의문을 수용할 줄 아는 능력"과 크게 다르지 않을 것이다.(요즘은 휴대전화와 GPS가 이런 능력을 대신하여, 점점 더 많은 사람들이 피자라도 주문하듯이 자신의 구조를 직접 주문한다. 물론 아직 휴대전화 신호가 잡히지 않는 장소도 많다.)

로키산맥 이 일대에서는 사냥꾼도 길을 자주 잃는다고, 샐리의 친구인 랜던이 가족사진과 남편과 함께 운영하는 목장의 동물들 사진으로 둘러싸인 책상에 앉아서 말해주었다. 왜냐하면 사냥꾼은 사냥감을 좇아서 산길을 수시로 벗어나기 때문이다. 랜던은 또 어느 사슴 사냥꾼 이야기를 들려주었다. 어느 날 그 사냥꾼은 마주 보는 두 산봉우리가 똑같이 생긴 고원에 서 있게 되었다. 그런데 공교롭게도 그가 선 지점에서는 한쪽 봉우리가 나무에 가려서 안 보였기 때문에, 나중에 그는 정반대 방향으로 가고 말았다. 그는 능선을 하나만 더 넘으면, 또 하나만 더 넘으면 목적지가 나오리라 믿고서 하루 밤낮을 꼬박 걸었다. 그러다가 탈진하여 오한이 들었고, 심한 저체온증에 따르는 망상에 시달리기 시작하여 오히려 덥다고 느꼈고, 그래서 옷을 하나씩 벗었다. 수색팀은 마지막 몇 킬로미터쯤은 길에 차례차례 떨어진 옷가지가 이끄는 대로 따라가서 그를 찾아냈다. 랜던은 아이들이 길 잃기에 유능하다고 말했다. "생존의 열쇠는 자신이 길을 잃었다는 사실을 깨닫는 것"이기 때문이다. 아이들은 좀처럼 멀리 벗어나지 않고, 밤에는 몸을 숨길 수 있는 장소에서 가만히 웅크려 앉아 있고, 자신에게 도움이 필요하다는 사실을 안다.

길 잃기 안내서

랜던은 야생에서 생존하려면 어떤 오래된 기술과 본능이 필요한지 말해주었다. 그리고 자기 남편에게는 그런 것들 말고도 꼭 초능력처럼 느껴지는 직감이 있다고 했는데, 그런 직감도 그녀가 연구하는 구체적 기술들, 방향 찾기와 자취 쫓기와 생존하기의 기술들과 다를 바 없는 어엿한 능력으로 여기는 것 같았다. 한번은 그가 푸근한 겨울날 산책이 화이트아웃으로 돌변하는 바람에 길을 잃은 의사를 찾아 스노모빌을 몰고 나가서는 딱 의사의 발치에 도착했다고 한다. 말로 설명할 수 없는 직감에 따라 꽁꽁 언 남자가 있는 곳을 정확히 추측했고, 그 추측에 따라 길을 벗어나서 눈 덮인 초원을 달린 끝에 남자를 찾아냈던 것이다. 목장 인부 하나도 또 다른 희한한 구조 작업을 경험한 적 있다고 말했다. 왜 희한했는가 하면, 눈 오는 밤중이었는데도 랜던의 남편이 실종자 이름을 크게 외치지 않고 그저 묵묵히 길을 나섰기 때문이다. 그가 외치지 않은 것은 자신이 가야 할 곳을 알기 때문이었고, 아니나 다를까 그가 도착한 바위 밑에 정말로 실종된 스키어가 틀어박혀 있었다. 그 스키어는 개울을 따라 걸어서 산을 빠져나오려고 했다. 보통은 방향을 찾는 데 좋은 방법이지만, 하필 그 개울은 점점 더 좁아지고 깊어져서 폭포와 가파른 비탈이 이어진 지형으로 흐르는 개울이었다. 결국 어느 급경사 아래에서 오도 가도 못하게 된

스키어는 무릎에 스웨터를 덮고 웅크리고 앉아 있었다. 젖은 스웨터가 어찌나 딱딱하게 얼었던지 구조팀은 그것을 남자의 몸에서 뜯어내다시피 해야 했다.

내게 야외 활동의 기초를 가르쳐준 사람은 아무리 시시한 소풍을 나서더라도 늘 비옷과 물과 기타 물품들을 지녀야 한다고 강조했었다. 밖에 아무리 오래 있게 되더라도 괜찮도록 대비해야 한다고 말했었다. 계획이란 어긋나기 마련이고 날씨에 대해서 딱 하나 확실한 점은 날씨란 변한다는 사실이기 때문에. 내 기술이 대단치는 않지만 나는 거리에서, 산길에서, 고속도로에서, 가끔은 산야에서 재미 삼아 길 잃기를 맛보는 수준, 미지의 가장자리만을 살짝 건드려서 감각을 벼리는 수준 이상으로는 헤매보지 않았다. 나는 길을 벗어나기를 좋아하고, 내가 아는 것 너머로 나가보기를 좋아하고, 아마 몇 킬로미터쯤 더 걸어야 하겠지만 다른 길을 통해서, 지도와 다투는 나침반에 의지하여, 도중에 만난 낯선 사람들이 알려준 천차만별의 방향 지시에 의지하여 돌아오기를 좋아한다. 아는 사람이 아무도 없는 서부의 외딴 마을에서, 내가 어디 있는지 아는 사람도 아무도 없는 채 홀로 모텔에서 보내는 밤들, 괴상한 그림과 꽃무늬 이불과 케이블 텔레비전과 함께하기에 나 자신의 인생으로부터 잠시 벗어나는 시간이 되어주는 그 밤

길 잃기 안내서

들, 베냐민의 말을 빌리자면 내가 스스로 어디 있는지 알기는 해도 사실 길을 잃은 것이나 다름없는 그 시간들. 걸어서 혹은 차로 어떤 산마루를 넘거나 어떤 굽이를 돌자마자 '여기는 난생 처음 보는 장소인걸.' 하는 혼잣말이 튀어나오는 순간들. 어째서인지 그동안 내 눈길을 벗어났던 건축의 어떤 세부적인 면이나 어떤 경관이 문득 내게 말을 걸어와서, 그동안 내가 집에 있기는 했어도 사실 내가 있는 곳을 모르는 것이나 다름없었다고 알려주는 순간들. 낯익은 것을 낯설게 만들어주는 이야기들, 이를테면 내가 사는 곳에서 지금은 사라진 풍경과 사라진 묘지와 사라진 동식물을 알려주는 이야기들. 대화하는 사람들만을 남긴 채 주변의 다른 모든 것을 사라지게끔 만드는 대화들. 온종일 잊고 있다가 늦게서야 그날 나의 모든 느낌과 행동에 영향을 미쳤음을 깨닫게 되는 간밤의 꿈들……. 이런 길 잃기들은 원래의 길이나 아예 새로운 길을 찾아 나서는 시작이다. 이 밖에도 물론 다른 길 잃기의 방법들이 무수히 더 많지만.

19세기 미국인들은 수색구조팀이 찾는 실종자나 시체가 될 만큼 곤란한 지경으로 길 잃는 경우가 드물었던 것 같다. 그 시절 사람들이 길 잃었던 이야기를 찾아보다가 깨달았는데, 일정이 빠듯하지 않은 사람, 그리고 땅에서 먹을 것을 구할 줄 알고 자취를 읽을 줄 알고 아직 지도에 나오지 않은 장소에서라도 천체와 물길과 구전 정보에 따라 방향을 찾을 줄 아는 사람에게는 하루나 일주일쯤 경로에서 벗어나는 일은 곤란으로 여겨지지 않았다. 대니얼 분은 "나는 평생 숲에서 길을 잃은 적이 없다. 언젠가 헷갈려서 사흘을 헤맨 적은 있지만."이라고 말했고, 그에게는 그런 구별이 타당했다. 그는 결국 아는 장소로 돌아갈 수 있었던 데다가 그 사이 헤매는 시간에 어떻게 해야 좋은지도 알았으니까. 루이스와 클라크의 북아메리카 탐사 원정에서 새커저위어가 길잡이 역할을 했던 일은 널리 알려져 있지만, 그녀의 역할은 사실 방향을 찾는 것만이 아니었다. 그녀는 유용한 식물과 원주민 언어에 대한 지식으로써, 도중에 만난 부족들에게 이 탐사대는 호전적인 무리가 아니라는 뜻을 자신과 어린 아들의 존재로 은연중 전달함으로써, 그리고 그들이 지나는 모든 장소를 자신의 집처럼 여김으로써, 그게 아니라도 다른 누군가의 집처럼 여김으로써 탐사대가 길 잃고 헤매는 시간마저도 생산적인 시간이 되도록 만들어주었다. 그 시절의 백인 정찰병들, 덫 사냥꾼들, 탐험가들도 새커저위어처럼 미지의 땅을 제 집처럼 느꼈다. 어느 특정 장소가 낯설 수는 있어도 대개의 자연은 그들이 직접 제 집으로 삼은 공간이었으니까. 역사학자 에런 색스는 내 질문에 이런 답을 보내주었다. "탐험가들은 늘 길을 잃었습니다. 모든 장소가 처음 가보는 장소였으니까요. 하지만 그들은 그럴 때 쓸 수 있는 수단들에 정통했고, 자신이 어느 경로로 가고 있는지를 상당히 정확하게 인식했습니다. 아마 그들에게 가장 중요한 기술은 자신이 충분히 생존할 수 있고 길을 찾을 수 있다는 낙관적 태도였을 겁니다." 내가 여러 사람들에게 물어서 그들의 도움으로 이해한 바에 따르면, 길 잃은 상태는 주로 정신적 상태. 그리고 이 사실은 오지에서 더듬거리는 물리적 길 잃기뿐 아니라 모든 형이상학적이고 은유적인 길 잃기들에도 똑같이 적용된다.

그렇다면 문제는 어떻게 길을 잃을 것인가다. 길을 전혀 잃지 않는 것은 사는 것이 아니고, 길 잃는 방법을 모르는 것은 파국으로 이어지는 길이므로, 발견하는 삶은 둘 사이 미지의 땅 어딘가에 있다. 에런 색스는 소로의 글도 인용하여 보내주었는데, 소로에게는 삶에서 길을 찾는 일과 자연에서 길을 찾는 일과 의미에서 길을 찾는 일이 다 같은 일이었고 그래서 한 문장 속에서도 그중 하나에서 다른 하나로 은근슬쩍 넘나들곤 했다. 『월든』에서 소로는 이렇게 말했다. "숲에서 길을 잃는 경험은 언제나 놀랍고 기억에 남고 더군다나 값진 경험이다. 우리는 길을 완전히 잃은 뒤에야, 더 간단히는 뒤로 돌아선 뒤에야(이런 세상에서는 눈을 질끈 감고 한 바

퀴만 뒤로 돌아도 쉽게 길을 잃으니까) 자연의 방대함과 이상함을 진정
으로 음미할 수 있다. 우리는 길을 잃고 세상을 잃은 뒤에야 비로
소 자신을 찾기 시작한다. 자신이 있는 곳을 깨우치고, 자신과 세
상이 무한한 관계를 맺고 있음을 깨닫는다." 소로의 말은 '사람이
온 세상을 얻고도 제 영혼을 잃으면 무슨 소용이 있겠느냐'는 성
경 말씀을 빗댄 것이다. 소로는 말한다. 온 세상을 잃으라. 그 속에
서 길을 잃으라. 그리하여 네 영혼을 찾으라.

●

"우리가 그 속성을 전혀 모르는 무언가를 어떻게 발견할 수 있단
말인가?" 나는 메논의 질문을 오랫동안 마음에 품고 지냈다. 그
러다가 어쩐지 매사가 꼬이기 시작한 시절에 친구들이 하나둘 이
야기를 가지고 와서 내게 들려주었는데, 그 이야기들은 저 질문에
대한 답은 아닐지언정 답으로 가는 거리표와 이정표를 하나씩 안
겨주는 것 같았다. 메이는 뜬금없이 버지니아 울프의 긴 글을 두
꺼운 백지에 검고 동글동글한 글씨로 써서 보내주었다. 글은 하루
를 마감하는 시간에 혼자 남은 어느 어머니이자 아내에 대한 이야
기였다. "지금 그녀는 다른 누구도 생각할 필요가 없었다. 혼자 자

기 자신이 될 수 있었다. 이것이야말로 그녀가 자주 필요하다고 느끼는 일이었다. 생각하는 것, 아니, 생각조차 하지 않는 것. 조용히 있는 것, 혼자 있는 것. 모든 존재와 행위가, 모든 확장하고 반짝거리고 소리 내는 것들이 증발했다. 그녀는 자못 엄숙한 기분을 느끼면서 자기 자신으로 쪼그라들었다. 쐐기 모양의 어두운 핵심으로, 남들에게는 보이지 않는 무언가로 쪼그라들었다. 아까처럼 계속 뜨개질하면서 꼿꼿하게 앉아 있었지만, 그래도 이제 자신을 느꼈다. 그리고 거치적거리는 것들을 모두 떨어낸 자아는 더없이 기묘한 모험을 자유롭게 할 수 있었다. 삶이 일순간 그렇게 가라앉을 때, 경험의 폭은 무한해지는 것 같았다. [⋯⋯] 그 아래는 온통 캄캄하고, 온통 퍼져나가고, 헤아릴 수 없이 깊다. 그러나 우리는 간간이 수면으로 올라오고, 사람들은 그 모습으로 우리를 본다. 그녀의 수평선은 그녀의 무한인 것 같았다."

『등대로』에 나오는 이 구절은 내가 이미 잘 알던 울프의 또 다른 구절, 산책에 관한 에세이에 나오는 구절을 연상시켰다. "날이 좋은 4시에서 6시 사이에 집을 나설 때, 우리는 친구들에게 알려진 자아를 잠시 벗어둔 채 익명의 보행자들로 이루어진 거대한 공화국 군대의 일부가 된다. 자기만의 방에서 고독을 맛본 뒤인지라, 그들과의 사교가 참으로 기껍다. [⋯⋯] 우리는 그들 각각의 삶으로 조금이나마 들어가 볼 수 있고, 그 경험만으로도 자신이 실은 하나의 영혼에 매인 존재가 아니라 그저 잠시라도 타인의 심신을 걸쳐볼 수 있는 존재라는 환상을 품게 된다." 울프에게 길 잃기는 지리의 문제라기보다는 정체성의 문제, 열렬한 욕망의 문제, 심지어 다급한 필요의 문제였다. 아무도 되지 않는 동시에 아무나 될 수 있어야 한다는 필요성, 내가 생각하는 나와 남들이 생각하는 나를 상기시키는 일상의 족쇄를 떨치고 싶다는 필요성의 문제였다. 이런 정체성의 용해는 낯선 장소나 외딴 은거지를 찾는 여행자가 빈번히 겪는 일이지만, 울프는 의식의 미묘한 뉘앙스를 예리하게 인식하는 능력이 있었기에 낯익은 도시의 거리를 걷는 것만으로도, 안락의자에서 잠시 고독을 누리는 것만으로도 알아낼 수 있었다. 울프는 낭만주의자는 아니었다. 에로틱한 사랑이라는 길 잃기, 십칠 년 만의 노래를 기약하며 땅속에서 잠자는 매미처럼 내 안에 이미 숨어 있던 나 자신이 되게끔 나를 이끌어내는 연인의 손길에 따르는 사랑, 상대에 대한 사랑이기도 하지만 동시에 타인의 미스터리 속에서 나 자신의 미스터리에 빠지고 싶은 욕망이기도 한 사랑을 칭송한 사람은 아니었다. 울프의 길 잃기는 소로의 길 잃기처럼 고독했다.

그런가 하면 맬컴은 느닷없이 캘리포니아 중북부 원주민인 윈투족 이야기를 들려주었다. 윈투족은 자기 몸을 말할 때 '오른쪽'이나 '왼쪽'이라는 단어를 쓰지 않고 동서남북 방위를 쓴다고 했다. 나는 그런 언어가 있다는 사실이 뛸 듯이 기뻤고, 그런 언어의 이면에는 자아란 세상과의 관계로만 존재하는 것이기에 만약 산과 태양과 하늘이 없다면 자아도 없다고 보는 문화적 관념이 깔려 있다는 점이 기뻤다. 도로시 리에 따르면, "윈투족이 강을 따라 올라갈 때 산이 서쪽에 있고 강이 동쪽에 있고 모기가 그의 서쪽 팔을 물었다면, 그가 거꾸로 내려올 때 산은 여전히 서쪽에 있지만 이제 그가 모기 물린 데를 긁으면 동쪽 팔을 긁는 셈이다." 이런 언어에서 자아는 오늘날 많은 사람들이 자연에서 길 잃는 것처럼 길을 잃을 일이 없다. 방향을 모르는 상태, 산길뿐 아니라 지평선과 빛과 별들과의 관계를 추적하지 못하는 상태가 될 일이 없으니까. 그러나 그런 언어를 쓰는 사람은 관계 맺을 세상이 없는 곳에서는 길을 잃을 것이다. 지하철과 백화점으로 이루어진 현대 도시의 어중된 세상에서는 길을 잃을 것이다. 윈투족의 언어에서 고정된 것은 자신이 아니라 세상이고, 자신은 오히려 일시적인 것, 환경과 떨어져서는 존재할 수 없는 것일 뿐이다.

윈투족의 이런 감각은 내가 그동안 들어본 것 중에서 가장 강한 장소 및 방향 감각이지만, 이런 방향 인식 능력이 바탕을 둔 언어는 이제는 멸종되다시피 했다. 십 년 전만 해도 윈투어를 쓰는 사람이 여섯 명에서 열 명쯤 있었다. 어디를 가든 오른쪽과 왼쪽을 거느리고 다니는 우리와는 달리 자아를 환경으로부터 독립적인 존재로 여기지 않는 언어에 능통한 이가 여섯 명 있었다는 뜻이다. 북부 윈투어를 유창하게 구사한 최후의 사람이었던 플로라 존스는 2003년 죽었지만, 이 정보를 내게 이메일로 알려준 맷 루트에 따르면 현재 윈투족 세 명과 이웃 피트리버족 한 명이 "옛 윈투어의 속어와 발음 체계를 일부 간직하고 있다." 루트 자신도 윈투어를 공부하고 있고 그 언어가 되살아나기를 바란다면서 내게 이렇게 말했다. "우리 부족 사람들이 언어를 통해 과거와 다시 이어지기를 바랍니다. 윈투족의 세계관은 정말 독특합니다. 그 독특함을 보완해주는 요소는 우리가 이 서식지를 속속들이 안다는 점이죠. 결국에는 사람들, 장소, 문화, 역사가 다시 돌아와야만 추방과 학살로 인한 오랜 상처가 치유될 겁니다. 현재 진행되는 언어의 상실은 그런 사건들의 뒤를 잇는 현상이죠." 최근 캘리포니아에서 약 100종의 원주민 언어가 빠르게 사라지고 있다는 소식을 전한 기사에는 이런 말이 있었다. "그러한 언어 분화는 생태 분화와 관련이 있을지도 모른다. 만일 이 가설이 옳다면, 사람들은 각자 차지한 생태지위에 맞게 언어를 적응시켰을 것이고 따라서 생물학적 다양성이 높은 캘리포니아에서는 언어적 다양성도 덩달아 높아졌을 것이다. 동식물 종수가 많은 지역일수록 언어 수도 많다는 사실을 보여주는 지도들은 이 가설을 뒷받침한다."

윈투족은 한때 속속들이 잘 아는 세상에 완벽하게 적응하고 살았기 때문에 길 잃는 경험 따위는 전혀 하지 않았으리라는 상상, 이것은 물론 재미난 상상이지만, 그보다 좀 더 북쪽의 피트 리버족이나 아추마위족의 경우를 참고하자면 사실은 아니었을 것이다. 요전 날 시내 공원에서 열리는 공연에서 친구들을 만나기로 했다가 사람들 틈에서 친구들을 찾지 못하고 헤매던 중, 무심코 헌책방으로 들어가서 낡은 책 한 권을 발견했다. 그 책에서 스페인의 야성적인 이야기꾼 겸 인류학자로 팔십 년 전에 피트리버족과 함께 상당히 오랜 시간을 보냈던 하이메 데 앙굴로는 이렇게 말했다. "피트리버 원주민들에게서 볼 수 있는 희한한 현상이 하나 있다. 그들은 그 현상을 '방랑하다wander'라는 영어 단어로 묘사한다. 이를테면 어떤 사람이 '방랑하고 있다'고 말하거나 '방랑하기 시작했다'고 말한다. 그것은 사람이 어떤 정신적 압박을 받은 탓에 이전까지 익숙했던 환경에서의 삶을 갑자기 견디지 못하게 되는 일인 듯하다. 그런 사람은 방랑하기 시작한다. 목적 없이 여기 저기 돌아다닌다. 가끔 친구나 친척이 머무는 야영지에 들르기도 하지만 어디에서도 며칠 이상 머물지 않고 금방 딴 데로 간다. 그는 겉으로는 아무런 괴로움도, 슬픔도, 걱정도 드러내지 않는다. [……] 남녀를 불문하고 그런 방랑자는 야영지나 마을을 가급적 피하고 높은 산꼭대기나 깊은 계곡 같은 야생의 외로운 장소에 머무른다." 울프도 이런 방랑자와 과히 다르지 않았다. 울프도 절망을 알았고, 불교도들이 비존재에 대한 갈애라고 부르는 갈망이자 결국 그녀를 주머니에 돌멩이를 가득 넣은 채 강물로 걸어 들어가도록 만들었던 갈망을 잘 알았다. 이것은 길이 아니라 자신을 잃고자 하는 갈망이다.

데 앙굴로는 계속 말하기를, 그런 방랑은 방랑자를 죽음으로, 절망으로, 광기로, 다양한 형태의 좌절로 이끌지만 어떤 경우에는 우연히 발 들인 외딴 곳에서 인간이 아닌 존재와 조우하도록 이끌기도 한다. 그의 설명은 이렇다. "당신이 정말로 야성적인 상태가 되면, 그런 야성적인 존재들이 어쩌다 당신을 볼 수 있고 심지어 그중 하나가 당신을 마음에 들어 할 수도 있다. 당신이 추위에 떨며 고생하기 때문은 아니다. 그냥 당신의 외모가 마음에 들기 때문이다. 그런 일이 벌어지면, 방랑은 끝난다. 방랑하던 사람은 이제 샤먼이 된다." 당신은 길을 잃고 싶은 욕망에서 길을 잃는다. 하지만 길 잃은 곳으로 여겨지는 장소에서는 이상한 것들이 발견되는 법이다. 그래서 데 앙굴로의 이야기를 편찬한 편집자는 이런 말을 덧붙여두었다. "그 오래된 부족은 말한다. 모든 백인은 방랑자라고."

　이야기가 비처럼 쏟아졌던 긴 기간 중 언젠가, 사람들이 샌프란시스코반도 북면에 도시를 몇 블록 더 욱여넣겠다고 해안가를 매립하기 전만 해도 바다에 접한 거리였던 어느 거리의 술집에서 낭독회를 가졌다. 나는 먼저 결말에 폭우가 내리는 짧은 글을 읽었고, 다음으로 바다에 관한 다른 글을 읽은 뒤, 술을 가지러 바로 갔다. 그러자 나를 초대해서 낭독회를 연 남자의 아내인 캐럴이 나를 자기 옆 의자에 앉혔다. 그러고는 이런저런 이야기 끝에 그 동네의 오래된 이웃이라는 어느 문신 시술자 이야기를 들려주었다. 그는 수십 년 동안 마약 중독자였고, 그러다 그만 손등에 주사를 꽂았던 곳이 감염되었다. 결국 그는 치명적인 전신 감염으로 병원에 실려 갔고, 의사들은 그의 팔을, 오른팔을, 일할 때 쓰는 팔을 절단해야 했다. 그런데 죽음의 문턱까지 갔다가 돌아온 여정 끝에 놀랍게도 그는 의사로부터 중독이 싹 치료되었다는 말을 들었다. 병원에서 쫓겨날 때 그는 이제 생계 수단이 없는 처지였지만, 그래도 깨끗한 상태로 처음부터 새로 시작할 수 있었다. 그것은 출생 못지않게 갑작스럽고 압도적인 방식으로 세상에 나오는 경험이었다. 원래 용 문신이 새겨져 있었던 그의 오른팔은 이제 용의 머리만 남기고 사라졌다.

그 낭독회 날, 나는 친구 수지를 술집에서 집까지 차로 데려다주었다. 그때 수지는 내게 눈가리개를 쓰고 천칭을 든 정의의 여신 형상에 담긴 진정한 의미가 무엇인지 알려주었다. 수지는 타로 카드의 의미를 한 장 한 장 다시 따져보면서 새로이 자신만의 카드를 그리는 중이었다. 고전 설화를 소개한 어느 책에 따르면, 정의의 여신은 하데스가 다스리는 지옥의 문 앞에 서서 누가 그 속으로 들어갈지 결정한다고 했다. 그런데 지옥으로 들어가는 것은 곧 고통과 모험과 변화를 겪음으로써 더 나아질 사람으로 선택된다는 뜻, 달리 말해 처벌의 길을 밟음으로써 변화된 자신이라는 보상을 받을 사람으로 선택된다는 뜻이라고 했다. 그렇게 생각하니까 지옥행이 예전과는 다르게 보였다. 그리고 정말 그렇다면, 정의란 우리가 보통 생각하는 것보다 훨씬 더 복잡하고 계산하기 어렵다는 뜻일 터였다. 정말로 그처럼 끝에 가서는 모든 것이 공평하게 맞춰지도록 되어 있다면, 그 끝이란 우리가 보통 예상하는 것보다 훨씬 더 멀며 우리가 보통 추측하는 것보다 훨씬 더 도달하기 어렵다는 뜻일 터였다. 게다가 안락한 곳에 머무르는 사람이 오히려 중도 실패한 사람일지도 모른다는 뜻까지 암시했다. 그러니 지옥으로 가라. 다만 일단 들어가서는 쉬지 말고 움직여서, 반대편으로 나오라. 수지가 자신만의 정의의 카드에 그려 넣은 그림은 결국 모닥불에 둘러앉은 사람들 모습이었다. 정의란 우리가 그 여정에서 서로 돕는 일이라는 의미였다. 또 다른 날 밤, 수지의 파트너인 데이비드는 내게 자신이 만났던 어느 하와이 생물학자는 우림에서 새 생물종을 발견하기 위해서 일부러 길을 잃는다고 알려주었다. 우림은 녹음이 빽빽하고 하늘이 흐리기 때문에 윈투족이 사는 고원지대보다 길 잃기가 더 쉽다.

　　데이비드는 하와이 우림을 비롯한 세계 곳곳에서 멸종 위기에 처한 생물종을 촬영하는 일을 오래 해왔다. 그런데 그의 사진과 수지의 타로 카드는 어쩐지 관련된 것 같았다. 생물종이 사라지는 것은 그들이 살던 서식지가 사라지기 때문이다. 그래서 데이비드는 세상에 없는 장소처럼 보이는 까만 배경을 뒤에 깔고서 생물을 찍는다.(그러려면 가끔 세상에서 그런 일에 가장 알맞지 않은 장소와 가장 여건이 나쁜 날씨 속에서 까만 벨벳 천을 세워야 한다.) 그 덕분에 모든 동식물은 어둠을 배경으로 제각각 홀로 서서 격식 차린 초상 사진을 찍은 것처럼 보인다. 그 사진들은 카드 같기도 했다. 세상이라는 한 벌의 카드 뭉치에서 뽑은 낱낱의 카드들 같았다. 각각의 생물은 하나의 역사를, 세상에 존재하는 하나의 방식을, 하나의 가능성을 뜻하지만, 세상이라는 한 벌의 카드 뭉치에서 오늘날 그 낱장들이 한 장 한 장 뽑혀 버려지는 모습이 연상되었다. 동식물은 또한 언어다. 축소되고 길든 언어인 영어에서도 아이들이 잡초처럼 자란다거나 장미처럼 향기롭게 평판을 지켰다는 표현을 쓰고, 주식시장이 불 마켓^{bull market, 강세장}이라거나 베어 마켓^{bear market, 약세장}이라고 말하고, 정치에 매파와 비둘기파가 있다고 말한다. 동식물도 카드처럼 여러 번 읽힐 수 있고, 단독으로만이 아니라 조합으로도 읽힐 수 있다. 끊임없이 뒤섞이며 바뀌는 자연의 그 조합들은 자신들의 이야기를 우리에게 들려주는 동시에 우리 인간의 이야기를 채색해준다. 그러나 우리는 그 자연을 잃고 있으면서도 우리가 얼마나 많이 잃는지조차 모른다.

잃는다는 것에는 사실 전혀 다른 두 의미가 있다. 사물을 잃는 것은 낯익은 것들이 차츰 사라지는 일이지만, 길을 잃는 것은 낯선 것들이 새로 나타나는 일이다. 물체나 사물은 우리 시야에서, 혹은 지식에서, 혹은 소유에서 사라진다. 우리는 팔찌를 잃고, 친구를 잃고, 열쇠를 잃는다. 그래도 자신이 있는 장소가 어디인지는 여전히 잘 안다. 주변 모든 것이 여전히 낯익지만 딱 그 하나의 항목만, 딱 그 하나의 요소만 없어졌다. 길을 잃을 때는 다르다. 그때는 세상이 우리가 알던 것보다 더 커진 셈이다. 어느 쪽이든 우

길 잃기 안내서

리가 통제력을 잃는다는 점은 같다. 우리가 시간을 따라 흘러가면서 장갑을, 우산을, 렌치를, 책을, 친구를, 집을, 이름을 차례차례 흘리는 모습을 상상해보자. 기차에 역방향으로 앉아 밖을 바라보면 그런 풍경이 보일 것이다. 반면 앞을 보며 달려갈 때는 도착의 순간, 실현의 순간, 발견의 순간을 끊임없이 만난다. 바람이 머리카락을 뒤로 날리고, 생전 처음 보는 것들이 끊임없이 우리를 맞는다. 이처럼 앞으로 돌진하는 경험에서는 물질적인 것들이 하나하나 떨어져 나간다. 뱀이 탈피할 때 벗는 허물처럼 우리에게서 벗겨져 나간다. 과거를 잊는다는 것은 물론 무언가를 상실했다는 감각마저 잃는 것이다. 그런데 상실의 감각이란 지금은 존재하지 않는 풍요로움에 대한 기억이자 우리가 현재에 길을 찾도록 도와줄 단서들에 대한 기억이기도 하므로, 엄밀히 말하면 우리가 익혀야 할 기술은 과거를 잊는 기술이 아니라 손에서 놓아주는 기술이다. 그리고 우리를 제외한 나머지 모든 것이 사라졌을 때, 우리는 그 상실 속에서 풍요로울 수 있다.

마침내 나는 메논의 질문의 출처를 찾아보았다. 그러기 전에는 그 질문이 마치 헤라클레이토스가 남긴 단편적인 문장들처럼 메논이 남긴 아포리즘들이나 글 단편들을 모은 모음집에 나오는 말이 아닐까 예상했다. 세상에 존재하지 않는 책을 머릿속에 또렷이 그렸던 셈이다. 메논이 사실 플라톤의 대화편 중 한 편의 제목이라는 사실을, 만에 하나 예전에 알았더라도 잊었던 모양이다. 소크라테스는 그 대화편에서 소피스트 메논과 대결을 벌인다. 그리고 플라톤이 조작한 권투 시합이 늘 그렇듯이, 결국에는 소크라테스가 상대를 완파한다. 가끔 길을 걷다가 저 멀리 보석이나 꽃 같은 물체가 있는 것을 보지만 몇 걸음 더 다가가서 보면 그냥 쓰레기일 때가 있다. 하지만 그 물체도 정체가 완전히 드러나기 전에는 아름다워 보인다. 메논의 질문도 그렇다. 어쩌면 내가 처음 접했던 유려한 번역문에서만, 그리고 전체 맥락에서 떼어내어 보았을 때만 그런지도 모르겠지만. 소크라테스는 메논의 질문에 이렇게 답한다. "메논, 자네가 무슨 말을 하려는지 알겠네. 하지만 자네가 이 문제를 얼마나 지겨운 논쟁으로 이끌고 있는지 좀 보게나. 자네는 사람이 결국 자신이 아는 것도 탐구할 수 없고 모르는 것도 탐구할 수 없다고 주장하고 있네. 안다면 탐구할 필요가 없을 테고 모른다면 애초에 무엇을 탐구해야 하는지를 몰라서 탐구할 수 없을 테니까."

중요한 것은 엘리야가 언젠가 나타날지도 모른다는 점이 아니다. 중요한 것은 그저 매년 어둠으로 문을 열어두는 것이다. 예부터 유대교에서는 답보다 질문 자체가 더 중요한 질문들이 있다고 말하는데, 이것도 그런 경우다. 수영장 사진가가 내게 제시했던 방식으로서 메논의 질문은 공중에 그 잔향이 오래 머무르는 종소리, 차츰 잦아들지만 딱 멎는 것처럼 단순한 결말은 영원히 맞지 않는 종소리를 닮았다. 소크라테스는, 혹은 플라톤은 그 종소리를 딱 멎게 만들려고 했던 것 같다. 그렇다면 많은 예술 작품에서 떠오르는 의문이 이 질문에서도 떠오른다. 예술 작품은 예술가가 원래 의도했던 의미만을 띠는 것일까? 메논의 논증은 메논이나 플라톤이 원래 의도했던 의미만을 띠는 것일까, 아니면 그들의 의도보다 더 큰 질문일까? 메논의 질문은 사실 우리가 그 속성을 모르는 무언가를 알아내고 그것에 도달하기가 가능한지를 묻는 말이라기보다는, 우리가 어떻게 하면 그것을 찾아내고 그것에 다가갈 수 있을까를 묻는 말이기 때문이다.

소크라테스는 메논과의 대화 중에 주로 논리와 논증을, 심지어 수학을 동원하여 메논을 논박하고 공격하는 데 치중한다. 그러나 유일하게 이 질문에 대해서는 자세를 바꾸어 신비주의로, 즉 실증 불가능한 시적 단언으로 대답한다. 소크라테스는 일단 메논을 일축한 뒤 이렇게 덧붙였다. "그리고 그들은 이렇게 말하네. 하지만 자, 그들의 말이 진실로 들리는지 아닌지는 자네가 직접 판단해보게나. 그들은 인간의 영혼이 불멸한다고 말하네. 물론 영혼은 어떤 순간에는 끝을 맺고, 그 순간을 우리는 죽음이라고 부르지, 그랬다가 다른 순간에 다시 태어나지만, 아무튼 영원히 소멸하는 일은 결코 없다는 것이네. 그러니까 인간은 삶을 가능한 한 경건하게 살아야 한다는 것이네. '페르세포네는 옛 죄의 대가를 다 받아낸 자들을 아홉 번째 해에 지하로부터 지상의 빛으로 되돌려 보내니, 그런 이들이 고귀한 왕들과 힘 있는 자들과 지혜로운 현자들이 되어서 후세 사람들에게 신성한 영웅으로 불리는도다.' 그렇다면 영혼은 불멸하는 데다가 여러 번 다시 태어나고 여기 지상뿐 아니라 하데스에 있는 것까지 모두 다 보았으니, 그 모든 것을 이미 다 안다네. [······] 그렇다면 모든 탐구와 배움은 결국 상기일 뿐이지." 소크라테스의 말은 우리가 모르는 것을 알 수 있다는 것이다. 왜냐하면 그것을 기억하기 때문에. 우리는 언뜻 모르는 것처럼 보이는 것을 사실은 이미 안다. 예전에 이 세상을 살아본 적 있으니까, 단 지금과는 다른 사람으로. 물론 소크라테스의 이 대답은 모르는 것의 위치를 내가 모르는 타자에게서 내가 모르는 나에게로 옮긴 데 지나지 않는다. 메논은 말한다, 이것은 미스터리라고. 소크라테스는 말한다, 아니라고, 이것은 그 반대의 미스터리라고. 적어도 이것만큼은 확실한 사실이다. 그리고 이 사실은 일종의 나침반이 되어준다.

길 잃기 안내서

이어지는 글들은 내가 길 잃기에 사용하는 몇 점의 지도들이다.

먼 곳의 푸름

세상은 가장자리에서, 그리고 깊은 곳에서 푸르다. 이 푸름은 사라진 빛이다. 빛 스펙트럼에서 푸른색 쪽 끝에 있는 빛은 태양에서 우리에게 오는 길을 끝까지 다 오지 못한다. 그 빛은 공기 분자에 부딪혀서 흩어지고 물에 부딪혀서 산란된다. 물은 원래 무색이고, 그래서 얕은 물은 어떤 색이든 그 밑에 잠긴 것의 색을 똑같이 띠지만, 깊은 물에는 이 산란된 빛이 가득하고, 더 깨끗한 물일수록 푸름이 더 깊다. 하늘도 같은 이유에서 푸르다. 하지만 지평선의 푸름, 하늘로 녹아드는 듯한 땅의 푸름은 그보다 더 깊고 더 몽환적이고 더 멜랑콜리한 푸름, 우리가 몇 킬로미터나 멀리 내다볼 수 있는 장소에서도 제일 먼 영역을 물들인 푸름, 먼 곳의 푸름이다. 이 빛, 우리를 건드리지 못하는 빛, 우리에게 도달하는 거리를 끝까지 다 오지 못하는 빛, 사라지는 빛, 이 빛이 우리에게 세상의 아름다움을 안겨주며, 세상의 아름다움은 정말로 많은 부분이 그 푸른빛 속에 있다.

예전부터 나는 눈에 보이는 것의 가장 먼 가장자리에 있는 푸름에 마음이 움직였다. 지평선의 색, 먼 산맥의 색, 무엇이 되었든 멀리 있는 것의 색인 푸름에. 그렇게 먼 곳의 그 색은 감정의 색이고, 고독의 색이자 욕망의 색이고, 이곳에서 바라본 저곳의 색이고, 내가 있지 않은 장소의 색이다. 그리고 내가 영원히 갈 수 없

먼 곳의 푸름

는 곳의 색이다. 왜냐하면 그 푸름은 사실 수십 킬로미터 너머 저 지평선 위의 저 장소에 있는 색이 아니라 나와 산맥 사이의 거리를 메운 공기 속에 있는 색이기 때문이다. 시인 로버트 하스가 말했듯이, "우리가 '롱잉longing'이라는 말에 갈망이라는 뜻을 담은 것은 욕망 속에는 가없는 거리들이 가득하기 때문이다." 푸름은 내가 영영 도달할 수 없는 먼 곳, 그 푸른 세상에 대한 갈망의 색이다. 어느 푸근하고 습한 봄날 이른 아침, 골든게이트 다리에서 바로 위 북쪽의 해발 760미터 태멀파이어스산을 넘는 구불구불한 도로를 달릴 때, 어느 굽이를 돌았더니 갑자기 샌프란시스코가 꿈속의 도시처럼 푸르스름한 모습으로 눈앞에 나타났다. 그 순간 내 마음에는 저 푸른 언덕들과 푸른 건물들이 자리한 장소에서 살고 싶다는 열망이 강렬하게 차올랐는데, 사실 나는 이미 저 도시에 사는 데다가 불과 방금 전 아침을 먹은 뒤 떠나온 참이었고, 갈색 커피나 노란 계란이나 초록 신호등은 전혀 그런 욕망을 일으키지 못했으며, 더구나 나는 태멀파이어스산의 서쪽 사면을 오를 일정을 기쁘게 기대하는 중이었다.

우리는 욕망을 마치 풀어야 하는 문제처럼 여긴다. 그래서 그것이 무엇에 대한 욕망인지를 살피고, 욕망의 속성과 감각에 집중하는 대신 그 대상을 확보할 방법에 집중하지만, 사실 나와 욕망의 대상 사이에 놓인 공간을 갈망의 푸름으로 채우는 것은 다름 아닌 그 거리일 때가 많다. 나는 가끔 궁금하다. 어쩌면 우리는 시점을 살짝 조정하기만 해도 그런 욕망을 대상과는 별개로 존재하는 독자적인 감각으로 음미할 수 있지 않을까? 푸름이 거리에 내재된 속성인 것처럼, 그런 욕망은 인간에게 내재된 속성이니까. 어쩌면 거리를 좁히고 싶다는 마음 없이 그냥 거리를 바라보기만 할 수도 있지 않을까? 우리가 영영 차지할 수 없는 푸름의 아름다움을 그럼에도 소유할 수 있는 것처럼, 갈망도 그런 식으로 소유할 수 있지 않을까? 왜냐하면 그런 갈망의 어떤 측면은 꼭 먼 곳의 푸름과 같아서, 우리가 그것을 획득하거나 그것에 도달하더라도 결코 충족되지 않으며 그저 위치만 바뀌기 때문이다. 우리가 저 멀리 푸른 산에 도달하는 순간 그 산은 더 이상 푸르지 않고 대신 푸름이 그 너머의 산을 물들이는 것처럼. 비극이 희극보다 더 아름답게 느껴지는 미스터리, 어떤 슬픈 노래들과 이야기들이 크나큰 기쁨으로 느껴지는 미스터리가 또한 이 언저리에 있는 일이다. 무언가는 늘 먼 곳에만 있다.

신비주의자 시몬 베유는 다른 대륙의 친구에게 보내는 편지에서 이렇게 말했다. "우리 둘 사이의 거리를 사랑하도록 해요. 이 거리에는 속속들이 우정이 배어 있고, 서로 사랑하지 않는 사람들은 멀리 있지도 않는 법이니까요." 베유에게 사랑은 자신과 친구 사이에 놓인 거리를 메우고 물들인 공기, 그 자체였다. 친구가 나를 찾아와서 내 집 문 앞에 섰더라도, 여전히 무언가는 영영 도달할 수 없는 머나먼 것으로 남는다. 내가 반기며 다가서서 친구를 끌어안더라도, 그때 내 팔에 감싸인 것은 어떤 미스터리, 알 수 없는 무엇, 차지할 수 없는 무엇이다. 먼 것은 가장 가까운 것에도 스며든다. 이러니저러니 해도 우리는 자기 자신의 깊이조차 잘 모르는 사람들이다.

●

15세기 유럽 화가들은 먼 곳의 푸름을 그리기 시작했다. 이전 화가들은 작품에서 먼 곳을 묘사하는 데는 별로 관심이 없었다. 성인이나 수호성인의 초상 뒤에는 가끔 금색으로만 칠해진 벽이 세워져 있었고, 또 가끔은 지구가 정말로 동그란 구이지만 우리는 그 내부에 들어 있는 것처럼 크게 굽은 공간이 그려져 있었다. 그러나 화가들은 차츰 핍진성, 즉 세상을 인간의 눈에 보이는 대로 묘사하는 일에 관심을 갖게 되었고, 원근법 기술이 등장하자 먼 곳의 푸름을 묘사하는 일을 작품에 깊이와 차원을 부여하는 수단

중 하나로 적극 활용했다. 지평선 가까이 그려진 푸른 띠는 과장되어 보일 때도 많다. 푸른 띠가 너무 앞쪽까지 뻗어 있고, 색깔 변화가 너무 갑작스럽고, 푸르러도 너무 푸르르다. 꼭 화가들이 그 현상이 너무도 마음에 드는 나머지 과하게 적용했던 것 같다. 화가들은 하늘 밑에, 작품의 주제인 듯한 대상 위에, 지평선 앞 공간에 작고 푸른 세상을 그려두었다. 푸른 양, 푸른 목동, 푸른 집들, 푸른 언덕, 푸른 길, 푸른 달구지를.

그런 세상이 그려진 그림은 한둘이 아니다. 이를테면 안드레아 솔라리오의 1503년 작품에서 십자가에 못 박힌 예수의 높이에서부터 펼쳐진 푸른 공간을 보라. 라파엘로의 화실에서 나온 한 작품에는 아름다운 성모 뒤편의 폐허 너머로 푸른 공간이 펼쳐져 있고, 성모가 애틋하게 바라보는 잠든 예수는 그보다 약간 더 밝은 푸른빛 천에 감싸여 있다. 1571년 니콜로 델라바테의 작품에도 푸른 마을과 푸른 하늘이 보이는데, 전경에서는 생뚱맞게도 고대 미의 여신들처럼 보이는 여인들이 강물의 급류로부터 모세가 담긴 바구니를 태연자약 끌어내고 있고, 그 강물의 색은 후경의 물감이 새어들기라도 한 것처럼 푸르다. 한스 멤링의 1490년경 작품, 부활하는 예수를 그린 세 폭 제단화에서는 공중에 뜬 예수의 발가락과 옷자락이 화면 위로 올라가고 있고, 그래서 꼭 사진으로

먼 곳의 푸름

찍은 것처럼 인물의 몸통이 중간에서 뚝 잘려 있는데, 물론 그 기적을 찍어둔 사진 같은 것은 없다. 밑에서는 갈색 머리카락의 사람들이 위를 올려다보고 있고, 사람들의 손은 기도하는 몸짓이나 놀라는 몸짓으로 치켜들어져 있다. 그리고 사람들의 머리 바로 위에 저 먼 곳의 호숫가가 그려져 있다. 호수는 푸르고, 그 너머 산들도 푸르다. 마치 세상이 세 영역으로 이루어진 것 같다. 공중에 뜬 인물이 입장하고 있는 하늘은 불그스레한 노을빛이고, 그 아래 땅은 여러 색깔로 이루어져 있으며, 저 멀리 푸른 영역은 이도 저도 아닌 곳, 기독교의 이원적 세상 중 어느 쪽에도 속하지 않는 곳이다. 이보다 약 30년 뒤에 그려진 요아힘 파티니르의 작품, 광야의 성 히에로니무스를 그린 유명한 작품에서는 그런 효과가 더 두드러진다. 히에로니무스는 회색 바위산 앞, 누덕누덕한 지붕을 인 초막 속에 웅크리고 있다. 그러나 그의 뒤로 펼쳐진 세상은 거개 푸르러서 푸른 강, 푸른 바위, 푸른 산으로 이루어져 있고, 그래서 꼭 히에로니무스가 문명으로부터 추방된 것이 아니라 저 특별한 천상의 색조로부터 추방된 것처럼 보인다. 하지만 멤링의 제단화 속 인물들 중 한 명처럼, 그리고 다른 수많은 작품들 속 성모처럼, 이 그림에서도 히에로니무스는 파르스름한 천을 걸치고 있다. 그래서 이들은 먼 곳을 입은 것처럼 보인다. 저 흐릿한 먼 곳의 일부가 전경으로 옮겨온 것처럼 보인다.

레오나르도 다 빈치는 1474년 작품인 지네브라 데벤치의 초상에서 배경에 푸른 나무들과 푸른 지평선을 아주 가느다란 띠로만 그려두었다. 전경에서는 창백하고 딱딱한 얼굴의 여자를 갈색나무들이 액자처럼 감싸고 있는데, 여자의 상의를 졸라맨 끈만은 배경의 그 푸른빛이다. 하지만 다 빈치도 대기가 일으키는 그 효과를 좋아했다. 다 빈치는 건물을 그릴 때 유념할 점이라며 이렇게 썼다. "한 건물이 다른 건물보다 더 멀리 있는 것처럼 보이게 만들려면, 공기 밀도가 좀 더 높은 것처럼 표현해야 한다. 따라서 맨앞의 건물은 원래 색으로 그리고, 그보다 더 먼 건물은 좀 더 푸르고 좀 더 흐리게 그리고, 그보다 더 멀리 있는 것처럼 표현하고 싶은 건물은 그보다 더 푸르게 그리고, 그보다 다섯 배 더 먼 건물은 그보다 다섯 배 더 푸르게 그려야 한다." 화가들은 먼 곳의 푸름에 홀딱 반했던 것 같다. 그들의 작품을 보고 있으면 그 세상 속으로 걸어 들어갈 수 있을 것 같다. 초록색 풀밭과 갈색 나무둥치들과 흰색 집들이 펼쳐진 공간을 통과하면, 어느 지점에서는 푸른색 세상에 도달할 것 같다. 그곳에서는 풀도 나무도 집도 푸르러지고, 그때 내 몸을 내려다보면 나 역시 힌두교의 크리슈나 신처럼 푸르게 변해 있을 것 같다.

먼 곳의 푸름

그 세상은 19세기에 등장한 시아노타입^{cyanotype}, 즉 청사진 기법으로 현실이 되었다. 이때 시안^{cyan}은 파란색을 뜻하지만, 어쩐지 나는 청사진을 만들 때 재료로 썼던 시안화물에서 파생한 단어라고 늘 생각한다. 청사진은 값싸고 손쉬운 기법이었다. 그래서 아마추어 사진가들 중에는 아예 청사진으로만 작업한 사람도 있었고, 프로 사진가들 중 일부는 예비 인화지를 만들 때 이 기법을 썼다. 몇 주가 흐르면 색이 흐려져서 사라지도록 처리한 것이었다. 그렇게 사라져버리는 인화지를 샘플로 써서 다른 색조로 영구적인 이미지를 주문하는 것이었다. 청사진 속에서 우리는 그 세상을 만난다. 어둠과 빛이 푸른색과 흰색인 세상, 다리도 사람도 사과도 호수처럼 푸른 세상, 모든 것을 그 멜랑콜리한 대기를 거쳐서, 시안화물이라는 대기를 거쳐서 보는 듯한 세상. 청사진의 색은 20세기 중순까지도 엽서의 형태로 남았다. 나도 푸른 성과 푸른 빙하, 푸른 기념비와 푸른 기차역이 찍힌 엽서를 몇 장 갖고 있다.

19세기 말 헨리 보스라는 사람이 찍었던 타원형 청사진을 모은 사진집이 있다. 모두 미시시피강 상류를 찍은 사진들이고, 모두 청사진의 푸른빛을 띤 사진들이다. 첫눈에는 꼭 과거의 강이라는 세계에 매혹되었던 사진가가 그 세계를 기록한 작품들 같지만, 사실 보스는 강을 옥죄어 직선으로 다듬던 기술자들과 함께 일한

길 잃기 안내서

사람이었다. 기술자들은 섬과 역류와 질척한 가장자리를 품고 구불구불 제멋대로 흘러가는 물결이었던 강을 물살이 더 좁고 더 빠르고 바닥은 준설되어 있고 가장자리는 둑으로 가두어져서 상업이 빠르게 흐를 수 있는 물결로 바꿔냈다. 강둑에서 물살 속으로 쏙 튀어나온 작은 댐인 돌제들을 지어서 침전물을 붙잡았고, 강의 자연스러운 가장자리를 지웠으며, 침전물을 퍼내고 갑문으로 가두었다. 그러나 보스의 사진들은 그런 토목 공사를 문서화하는 데 요구되는 수준보다 더 아름답다. 하나하나가 푸른 카메오 같은 사진들에서는 전경의 철도역 구내까지 푸르고 한창 짓고 있는 다리까지 푸르다. 하지만 우리가 실제로 사는 이 세상에서는, 우리가 먼 곳에 도달하는 순간 먼 거리는 더 이상 멀지 않고 먼 세상은 더이상 푸르지 않다. 먼 곳은 가까운 곳이 되고, 둘은 같은 장소가아니다.

●

가뭄이 심하게 들었던 해, 그레이트솔트호의 수위가 낮아지다 못해 보통 짠 호숫물이던 곳이 대부분 땅으로 드러났을 때, 나는 호수를 걸어서 앤털로프섬으로 갔다. 물에 비친 제 모습 위에 뜬 섬은 보석처럼 대칭적이고 단단한 물체가 되어 먼 곳의 푸름 속에 떠 있었다. 얼마 전까지만 해도 호수였던 드넓은 영역이 이제 얕은 웅덩이, 축축한 모래와 마른 모래, 맑은 물이 담긴 얕은 석호, 섬과 저 멀리 깊은 물에 비친 섬의 모습을 향해 길쭉한 손가락처럼 뻗은 모랫길이 복잡한 조각보처럼 짜 맞추어진 땅으로 변해 있었다. 모랫길 끝까지 갔더니 물이 나와서 달리 돌아갈 길을 찾아야 했던 경우도 있었지만, 몇 시간 동안 몇 킬로미터나 걷는 동안 대체로는 곧바르게 섬을 향해 나아갈 수 있었다. 내가 걷는 땅은 고랑 진 모래일 때도 있었고, 매끈한 모래일 때도 있었고, 밑에 공기 주머니라도 든 것처럼 발밑에서 움푹 꺼질 때도 있었고, 쩍쩍 들러붙어서 발자국이 남고 발자국 주변은 내 몸무게에 눌려 물기가 빠지는 바람에 모래가 더 하얘지는 때도 있었다. 내 뒤로 그렇게 길게 발자국이 찍히고 있었으니 문자 그대로 길을 잃을 리는 없었다. 하지만 나는 그 대신 시간의 길을 잃었다. 위치의 문제가 아니라, 무언가에 잔뜩 몰두하는 바람에 나머지가 모두 사라지는 방식으로 길을 잃었다.

이따금 땅바닥에 갈색 떡갈잎이 붙은 잔가지가 놓여 있었다. 시야에 나무라고는 한 그루도 없고 물가는 한참 멀었는데도. 이따금 한때 새였겠지만 지금은 푹 젖고 쭈글쭈글해진 깃털과 뼈 뭉텅이에 지나지 않는 것이 물가에 앉아 있었다. 나뭇잎이 어떻게 그곳까지 왔는지, 새가 어떻게 죽었는지는 나로서는 알 수 없는 불가해한 일이었다. 그런데 이 불가해^{unfathomable}라는 단어는 원래 무언가가 측량이 불가능한 정도로 깊다는 뜻이다. 내 뒤, 그레이트솔트호 너머에 우뚝 선 바위산들 높은 곳에는 옛 보너빌호의 수위가 새겨져 있었다. 아주 오래전, 지구가 지금보다 훨씬 더 축축했을 때, 애리조나에서 삼나무가 자라고 데스밸리도 호수였을 때 이곳에 있던 보너빌호는 현재의 그레이트솔트호보다 훨씬 더 크고 깊었다. 그 호수가 사라진 지 1만 년 남짓 흘렀지만, 이곳 풍경에 동그란 고리처럼 남은 흔적은 내가 걷는 곳이 한때는 깊은 물속이었다는 사실을 말해주었다. 바닥의 표류물과 부드러운 모래가 지금 내가 걷는 곳에서 얼마 전까지만 해도 배를 젓거나 헤엄칠 수 있었다는 사실을 말해주는 것처럼. 이곳은 새로운 땅, 임시의 땅이었고, 겨울이 오면 다시 잠길 것이었으며, 그런 뒤 다시 걸을 수 있게 되기까지 몇 년이 더 흘러야 할지, 혹은 몇백 년이 더 흘러야 할지 알 수 없었다. 따가운 햇볕에 황금색으로 빛나는 앤털로프섬은 내가 걸어서 다가갈수록 점점 더 커지고 선명해지겠지만, 그래도 언제까지나 어떤 꿈 또는 희망처럼 늘 저 앞에 있을 것이었다. 남아 있는 연푸른색 호숫물은 이글거리는 10월 오후의 옅은 하늘과 저

먼 곳의 푸름

멀리에서 만났다. 어디까지가 물이고 어디까지가 공기인지 구별하기 어려웠다.

걷는 데 열중하다 보니 시간의 닻에서 풀려난 나는 솔트레이크시티에서 막 끝낸 행사에서 내가 했던 이야기를 떠올렸다. 나는 우리가 어떤 변화의 심오함을 당장에는 제대로 깨닫지 못한다는 주제로 말하면서, 청중에게 또 다른 호수 이야기를 들려주었다. 볼리비아의 티티카카호였다. 내가 두 살이었을 때 우리 가족은 일 년 동안 페루 리마에서 살았다. 어느 날 우리 모두는, 그러니까 어머니, 아버지, 형제들, 나는 안데스산맥을 올라서 티티카카호를 배로 가로질러 페루에서 볼리비아로 건너갔다. 타호호, 코모호, 보덴호, 아티틀란호와 더불어 세계에서 고도가 가장 높은 호수들 중 하나인 티티카카호는 푸른 눈동자처럼 가만히 푸른 하늘을 응시했다.

그런데 지금으로부터 몇 년 전, 어머니가 삼나무 서랍장에서 청록색 블라우스를 한 장 꺼내셨다. 볼리비아로 건너갔던 여행에서 내게 입히려고 샀던 옷, 그곳 원주민 여성의 복장을 흉내 내어 작게 만든 옷이었다. 어머니가 그 작은 옷을 꺼내어 내게 건넨 순간, 지금껏 내게 생생하게 남았던 기억, 즉 내가 그 옷을 입었던 기억은 그 옷이 그렇게나 작다는 사실, 팔 길이가 30센티미터가 안

길 잃기 안내서

되고 더 이상 내 것이 아닌 작은 가슴우리를 담았던 몸통은 귀뚜라미 우리만큼 작다는 사실과 충격적일 만큼 거세게 충돌했다. 내 생생한 기억에는 그 양단 블라우스를 입었던 느낌은 남아 있지만 그 속에 들었던 내가 그토록 작았으며 기억을 간직한 성인의 나와는 전혀 다른 존재였다는 사실은 남아 있지 않다는 점이 충격이었다. 연속성을 간직하는 인간의 기억은 겨우 걷기 시작한 아기의 몸과 성인 여성의 몸 사이에 가로놓인 심연이 얼마나 깊은지 미처 측량하지 못했던 것이다.

나는 블라우스를 되찾은 순간 기억을 잃었다. 둘은 양립할 수 없기 때문이다. 기억은 순식간에 사라졌고, 나는 기억이 사라지는 모습을 똑똑히 보았다. 가끔 벽화나 기적적일 만큼 잘 보존된 유해 따위가 수백, 수천 년 동안 땅에 묻혀 있거나 밀폐되어 있어서 빛으로부터 보호되었다는 이야기를 듣는다. 그것들은 신선한 공기와 빛에 노출된 순간부터 바래고, 바스라지고, 사라지기 시작한다. 우리가 얻는 것과 잃는 것은 가끔 생각보다 좀 더 긴밀하게 연결되어 있다. 그리고 세상의 어떤 것은 옮겨지거나 소유될 수 없다. 어떤 빛은 대기를 통과하는 여행을 끝까지 마치지 못하고 도중에 흩어진다.

나는 블라우스를 트렁크에 넣어두었다가 다시 이 생각을 떠올리기 시작했을 때 꺼내보았다. 그랬더니 그동안 내 기억이 그 옷을 내게 좀 더 친숙한 형태로, 그러니까 나바호족 여자들이 입는 벨벳 블라우스와 비슷한 모양으로 바꿔버렸다는 사실을 깨달았다. 실제 볼리비아 블라우스는 구슬로 장식되어 있었고, 지그재그 목선에는 연푸른 가두리 단이 대어져 있는 데다가 푸른 끈으로 매듭이 둘 지어져 있었다. 끈은 이미 오래전에 쭈글쭈글 납작하게 짓눌려 있었고, 천은 줄무늬 양단이었으며, 색은 청록색이었다. 수영장과 준보석의 색, 하늘보다 밝은 색이었다. 볼리비아, 나는 친구에게 말했고, 오블리비언(망각), 친구는 이렇게 들었다.

글을 처음 쓰기 시작했을 때만 해도 나는 인생의 대부분을 아이로 살아온 사람이었다. 그래서 어린 시절의 기억들이, 나를 형성했던 힘들이 아직 생생하고 강력했다. 이후 시간과 함께 기억들은 대부분 희미해졌고, 내가 그중 하나를 글로 적을 때마다 그 기억은 버려지는 셈이었다. 그 순간 기억은 그림자처럼 흐릿한 추억으로서의 생을 마감하고 활자로 고정된다. 더 이상 내 것이 아니게 된다. 살아 있는 것 특유의 유동적이고 불안정한 속성을 잃는다. 블라우스가 내 손에 들어온 순간 예전에 내가 입었던 기억 속 물건이기를 멈추고 나도 누군지 알 수 없는 사진 속 아기가 입은 옷으로 바뀐 것처럼. 이십 대 여성은 인생의 대부분을 아이로 살아온 사람이었다. 그러나 시간이 흐를수록 유년기의 비중은 점점 더 작아지고, 점점 더 멀어지고, 점점 더 희미해진다. 하지만 또 세상 사람들 말을 들어보면 인생이 끝날 무렵에는 인생이 시작되던 시절이 새삼스레 더 생생해져서 돌아온다고 한다. 세상을 한 바퀴 다 돈 끝에 맨 처음 출발했던 어둠 속으로 돌아가는 것처럼 느껴진다고 한다. 노인에게는 곧잘 가까운 것과 최근의 것이 희미해지고, 시간으로나 공간으로나 먼 것만이 생생해진다.

아이에게는 먼 것이 별다른 흥밋거리가 못 된다. 게리 폴 나브한은 아이들과 함께 그랜드캐니언에 갔을 때 이 사실을 깨달았다고 한다. "어른들은 그림처럼 넓게 펼쳐진 경치와 높은 곳에서 내다보는 전망을 둘러보느라 여념이 없었다. 하지만 꼬마들은 땅에 납작 엎드려서 눈앞에 있는 것을 구경하느라 여념이 없었다. 우리 어른들은 추상으로 여행하는 셈이었다." 나브한은 또 일행이 곳에 다가갈 때마다 아들과 딸은 "내게 잡혔던 손을 와락 뿌리치고 땅바닥에서 뼈, 솔방울, 반짝거리는 사암, 깃털, 야생화를 찾기 시작했다."고 적었다. 어린 시절에는 거리가 없다. 아기에게는 옆방에 있는 엄마가 영영 사라진 것이나 다름없고, 아이에게는 다음 생일까지의 시간이 무한히 길게 느껴진다. 당장 곁에 있지 않은 것은 모두 불가능한 것, 되찾을 수 없는 것, 도달할 수 없는 것이다.

먼 곳의 푸름

아이들의 그런 마음의 풍경은 중세화와 같아서, 전경에는 생생한 것들이 가득하지만 그 뒤는 그냥 벽이다. 먼 곳의 푸름은 시간과 함께, 멜랑콜리의 발견과 함께, 상실의 발견과 함께, 갈망의 질감과 함께, 우리가 그동안 건넌 지형의 복잡함과 함께, 긴 여행의 세월과 함께 온다. 만일 슬픔과 아름다움이 하나로 얽힌 것이라면, 성숙이 가져오는 것은 나브한이 말한 추상이 아니라 어떤 미감, 시간이 가져온 상실을 일부나마 보완해주고 먼 곳에서 아름다움을 찾아주는 미감일 것이다.

앤털로프섬은 점점 더 가까워졌고, 점점 더 커지고 선명해졌지만, 결국 더 이상 나아갈 수 없는 지점이 왔다. 더 나아갈 수 있더라도 그러려면 호숫물을 헤엄쳐야 했을 텐데, 평소에도 바닷물보다 훨씬 더 짠 호숫물은 그 가뭄에는 염분이 말도 못 하게 농축된 상태였을 것이다. 나는 그 산책의 다른 버전도 상상해볼 수 있다. 내가 옷을 벗고 헤엄쳐서, 등을 까맣게 그을리고 코르크처럼 수면에 까딱까딱 떠오르면서 기어이 섬에 도달하는 버전을. 하지만 도달한 뒤 어떻게 했을지는 잘 모르겠다. 그 섬이 끝내 도달하라고 있는 것인지도 잘 모르겠다. 가까이에서 보았다면 그 반짝이는 황금색은 꾀죄죄한 덤불과 흙으로 녹아내렸을 것이다.

걸을 수 있는 만큼 걸어갔을 때, 발치를 내려다보았다. 그랬더니 부채꼴 무늬로 경계 진 땅과 물이 갑자기 규모를 짐작할 수 없는 모습으로 보였다. 비행기에서 내려다본 세상처럼 보였다. 비행기는 보통 도시에서 도시로 난다. 하지만 그 사이 미답의 공간은 대충만 이름 붙일 수 있는 영역, 가령 뉴펀들랜드 어디쯤이라거나 네브래스카 어디쯤이라거나 다코타 어디쯤이라고만 말할 수 있는 영역이다. 수천 미터 상공에서 내려다본 땅은 땅 그 자체의 지도처럼 보이지만, 지도를 읽을 때 단서가 되어주는 준거들이 없는 지도다. 창밖으로 보는 우각호들과 메사들은 익명의 지도, 불가해한 지도, 글씨가 적히지 않은 지도다. 내가 알아낸 사실이 하나 있는데, 일 때문에 도시에서 도시로 비행하는 사람들 중에는 내심 비행기가 그런 곳 중 한 곳에 불시착했으면 하는 바람을 품은 사람이 많다. 그런 이름 없는 장소들은 길을 잃고픈 욕망, 먼 곳으로 가고픈 욕망, 먼 곳의 푸름이라는 멜랑콜리한 경이로움에의 욕망을 일으킨다. 그리고 내가 그레이트솔트호를 걸었던 날, 발치를 내려다보았을 때, 축척이 사라진 지형에서는 내 발마저도 아주아주 멀리 있는 듯했다. 그곳에서는 가까운 것과 먼 것이 만나서 하나가 되었다. 웅덩이는 바다가 되었고, 모래톱은 산맥이 되었다.

나는 다시 걸어서 돌아왔다. 뒤에는 섬을 두고, 앞에는 나를 기다리는 트럭이 서 있는 솔트팰리스의 폐허를 두고, 일상의 어수

선한 세계로 돌아왔다. 그런데 아까 출발했던 지점 근처에서 그 풍경이 내게 선사하는 선물이 하나 더 있었다. 땅바닥이 옴폭옴폭 파인 곳마다 물이 말라붙어서 소금 결정이 되어 있었다. 어떤 결정은 장미 융단 같았고, 어떤 결정은 볏짚더미 같았고, 어떤 결정은 눈송이가 쌓인 것 같았고, 모두 소금 진흙으로 만들어져 있었는데, 내가 연갈색 장미들을 조금 가져가려고 한 덩어리를 작게 떼어냈더니 갑자기 장미들이 덜 아름다워 보였다. 세상의 어떤 것은 영영 잃어버린 상태일 때만 우리가 가질 수 있고, 또 어떤 것은 멀리 있는 한 우리가 영영 잃지 않는다.

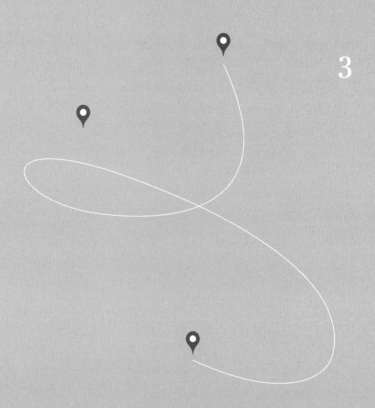

어쩐지 우리 가족에게서는 이런저런 것들이 사라진다. 내가 지금보다 훨씬 어렸을 때, 아버지의 여동생인 고모가 가족들 사진이 잔뜩 든 상자를 보여주었다. 세피아빛에서 젤라틴 은염 기법의 회색까지 다채로운 색조, 마분지 대지에 붙은 형식적인 포즈들과 이름 모를 낯선 얼굴들이 와르르 쏟아진 순간, 그때까지 나라는 존재의 시작점 뒤에 배경으로 서 있던 빈 벽이 무너져 내렸다. 고모와 나는 집 밖 삼나무 숲 때문에 거의 사철 어두침침했던 고모의 거실에서 상자를 한참 구경했다. 고모는 사진을 한 장 한 장 뒤집으면서 내가 아는 이름들과 모르는 이름들을 읊었다. 내가 가장 인상 깊게 본 사진은 할머니와 할머니의 두 남동생이 엘리스섬에서 찍은 사진, 혹은 정확히 엘리스섬은 아니더라도 아무튼 그들이 뉴욕항의 그 위대한 이민의 관문을 통과하던 무렵에 찍은 사진이었다. 그들은 그 시절 초상 사진의 관행대로 종대를 이루어서 키가 제일 작은 사람이 맨 앞에 서고 제일 큰 사람이 맨 뒤에 섰다. 이 혹은 백선白癬 때문이었을 텐데 셋 다 머리를 싹 밀었고, 그 시절 수많은 이민자들이 그랬듯이 쑥 꺼진 눈에 넋 나간 표정이었다. 흰 세일러복을 맞춰 입은 세 아이는 유럽과 대서양을 횡단하는 긴 여정을 마친 참이었고, 이제 셋이서만 또 다른 대륙을 횡단할 것이었다.

세월이 한참 흐른 뒤 내가 그 사진들에 관해 묻자, 고모는 그런 사진들이 든 상자 따위는 없었고 순전히 내가 상상한 이야기라고 대답했다. 몇 년 뒤 다시 묻자, 그런 상자가 있었다는 사실은 인정했지만 이미 사라지고 없다고 대답했다. 사진은 흔히 객관적 과거를 비끄러매두는 닻으로 기능한다고 여겨지지만, 우리 집안에서는 부계 가족사를 구성하는 다른 모든 요소들처럼 불안정하기 그지없는 물건이다. 아버지와 고모는 돌아가셨고, 할아버지와 할머니는 훨씬 더 일찍 돌아가셨으니, 이제 그분들이 들려주었던 몇 안 되는 단편적인 이야기를 되풀이할 사람도 반박할 사람도 없다. 그 이야기들은 모두 놀라운 내용이었고, 우리가 그 말에 의문을 제기하거나 좀 더 이끌어내거나 한 번만 더 들려달라고 청하는 것은 있을 수 없는 일이었으며, 신탁이나 신문의 자투리 기사에 깃든 수수께끼 같은 간결함이 그 이야기들에도 있었다. 어떤 면에서 내 부계 가족사는 그 가족사가 시작된 장소를 닮았다. 제국들이 소국들을 삼키고 게우기를 반복했던 곳, 국경이 언어와 문화를 무시한 채 오락가락 이동했던 곳, 공산주의가 과거를 억압하는 일의 조수로 조작된 사진을 동원했기 때문에 사진들이 시대에 보조를 맞추어 계속 변했고 가령 세상에서 사라진 인물은 사진에서도 사라졌던 곳. 머리를 박박 민 세 아이가 떠나온 곳은 비알리스토크였다. 오래전에는 리투아니아였다가 그다음에는 폴란드였다가 그다음에는 프러시아였고, 한때는 나폴레옹의 군대에 점령되었다가, 세 아이가 떠나올 무렵에는 러시아가 되어 있었고, 1차 세계대전 때는 독일과 러시아의 교전 지역으로 심한 폭격을 당했으며, 다음 세계대전 때는 다시 독일에게 점령되었고, 그래서 독일이 그곳 유대인을 사라지게끔 만들 지역이었다.

우리 가족에게는 진실이 고정된 양으로 존재하지도 않았을 것이다. 진실은 그들이 오락가락 썼던 여러 언어에 따라 좌르르 쏟아졌다 뚝 멎었다 했다. 그들의 이민이 훨씬 더 오래전에 이산 생활을 시작했던 민족의 이동과는 같지 않았던 것과도 닮았다. 집에서 쓰는 언어는 러시아어도 폴란드어도 아니고 중세 게르만어의 방언인 이디시어였는데, 물론 그들은 독일인도 아니었고 거의 2000년 전 이스라엘에서 이산하기 시작한 디아스포라의 후손이었다.(몇몇 집안사람들의 푸른 눈과 금발에서 알 수 있듯이 순수한 혈통은 아니었겠지만.) 내 세대에 와서는 그 언어가 몇몇 욕설 말고는 살아남지 않았다. 이디시어는 이누이트어가 얼음을 묘사하거나 일본어가 비를 묘사하는 수준으로 세밀하게 인간의 결점을 묘사할 줄 안다. 또 다른 언어인 히브리어는 다른 용도로 쓰도록 보존되었다. 그 시절에는 벌써 상상 속 존재에 불과했지만 그래도 여전히 잊을 수 없는 고국의 이미지는 히브리어 사용자들이 주변 환경에 녹아

데이지 화환

들지 않도록 막아주었다. 나는 가끔 그들의 기적적인 끈기가, 사라진 풍경과 노쇠한 언어에 대한 집착이 그럴 만한 가치가 있는 일이었을까 의아스럽다. 지금은 깡그리 잊힌 많은 사람들이 틀림없이 그랬을 것처럼 그들도 차라리 주변에 녹아들었더라면, 그래서 태어난 곳의 언어와 이야기와 장소를 사랑하기로 선택했더라면, 추방된 나라를 기억하기를 그만둠으로써 추방된 자로 살기를 그만두고 그리하여 자신이 있는 나라를 진심으로 받아들일 수 있었더라면 더 좋았으리라는 주장도 얼마든지 펼칠 수 있을 테니까. 그들은 그 과거를 잃어야만 망명자의 처지를 잃을 수 있었을 것이다. 그들이 추방된 장소는 세상에 더 이상 존재하지 않는 곳이었고, 그들은 더 이상 과거에 그곳을 떠나왔던 사람들이 아니었으니까. 어쩌면 이런 의도적인 망각과 과거를 들려주기를 거부하는 태도는 자신들이 구세계에서는 결코 토박이가 되지 않았고 될 수도 없었지만 신세계에서는 그 방식으로써 토박이가 될 수 있을지도 모른다는 희망에서 나왔는지도 모른다.

우리 집안사람들 중 홀로코스트에서 살아남은 사람들은 모두 자신에게 적대적이었던 과도적 고향을 뒤로하고 떠난 덕분에 살아남았다. 그중 그 고향으로 다시 돌아간 사람은 한 여자뿐이었다. 그녀가 목숨을 건졌던 것은 사랑 덕분이었다고, 긴 세월이 흐른 뒤 그녀의 딸이 로스앤젤레스에서 내게 말해주었다. 그녀는 러시아인과 사랑에 빠졌고, 온 가족이 결혼을 만류하는데도 마음이 시키는 대로 러시아로 갔고, 러시아에서 2차 세계대전을 겪으면서 자신은 살아남았지만 남편을 잃었는데, 그때 그녀는 둘째 아이인 아들을 임신한 상태였다. 전쟁이 끝난 뒤 홀몸이 된 그녀는 폴란드의 가족과 함께 살려고 폴란드로 돌아갔지만, 가족은 한 명도 남김없이 모두 처형된 뒤였다. 그녀는 아이들과 함께 외롭게 폴란드에 머물렀고, 그러다 결핵에 걸려서 아이들이 아직 어릴 때 숨을 거두었다. 아이들은 반유대주의자 수녀들이 운영하는 고아원으로 넘겨졌고, 그곳에서 지내다가 유대인임이 밝혀지자 배에 실려 이스라엘로 보내졌다. 두 아이 중 아들은 내가 아는 한 아직 이스라엘에서 살지만, 딸은 프랑스로 유학 갔다가 미국으로 건너왔다. 그녀는 한때 네게브 사막에서 베두인 유목민과 함께 살았고, 카슈미르에서 왕족과 함께 살았고, 애리조나에서 건축가들과 함께 살았다. 그녀의 침실 탁자 위에는 흙이 담긴 작은 유리병들이 놓여 있었다. 황토색과 붉은색과 심지어 보라색까지 띤 아름다운 가루들은 그녀가 세계 곳곳의 사막에서 모은 흙이었다. 여느 여자가 화장대에 놓아두는 연지와 가루분 같은 그녀의 흙 컬렉션은 그토록 자주 뿌리 뽑히면서 살았던 그녀에게 남은 유일한 고향 같았

데이지 화환

다. 이후 우리는 연락이 끊겼다. 하지만 그녀는 내 할아버지 쪽 친척이었지, 할머니 쪽 친척은 아니었다.

●

내 할머니의 어머니도 사라졌다. 적어도 나는 그렇게 들었다. 그 시절에 흔히 그랬듯이 맨 먼저 할머니의 아버지가 미국으로 떠났고, 그는 신세계에, 로스앤젤레스에 자리 잡아 아내를 데려올 여비를 번 뒤 아내를 불러왔다. 그다음에 아이들도 불러왔는데, 아이들은 부모가 둘 다 떠난 뒤 친척의 집에서 기숙하고 있었다. 적어도 나는 그렇게 들었고, 이 이야기를 들었을 때 내 증조할머니가 동유럽과 미국 서해안 사이 어디에선가 사라져버렸다는 이야기도 함께 들었다. 이후 나는 두 장소 사이에서 벌어질 수 있었던 온갖 일을 곧잘 상상해보았다. 증조할머니가 대초원 어딘가에서 기차에서 내리는 모습, 길을 잃은 뒤 영영 잃은 채로 남은 모습, 가족과 혈통이 그녀에게 할당했던 운명과는 다른 기상천외한 새 인생을 시작하는 모습, 아이작 바셰비스 싱어 단편의 시끄럽고 압축적인 세상에서 내려서 윌라 캐더 소설의 고요하고 드넓은 세상으로 들어간 모습을 상상해보았다. 지금까지도 이민자들이 잘 모르는 공간으로 남은 광대한 서부는 예나 지금이나 여행자들을 꾀어서 노정에서 숱하게 잃는 짐처럼 그들의 과거도 잃도록, 그리하여 자신을 새로이 발명하도록 부추겼다.

지금은 나도 안다. 그런 몽상이 사실은 나 자신이 기차에서, 차에서, 대화에서, 의무에서 훌쩍 내려서 상상의 선조에게 내가 부여했던 풍경 속으로 들어가고 싶은 욕망이었음을. 나는 풍경에 마음을 기대고 자랐다. 내가 언제든 사회적 관계들이라는 수평의 세상을 탈출하여 땅과 하늘이, 물질적인 것과 영적인 것이 수직으로 정렬된 세상으로 들어갈 수 있다는 가능성에 마음을 기대고 살았다. 이런 갈망에 가장 잘 부응하는 공간은 광대무변의 탁 트인 공간들, 내 경우 처음에는 사막에서 찾아냈고 다음에는 서부 초원에서 찾아냈던 공간들이다. 그런 공간으로 들어가는 일은 생각만큼 쉽지 않다. 그런 공간은 숲이 있고 비탈진 공유지로 가는 길 도중에 놓인 사유지일 때가 많다. 왜 사유지인가 하면 아무것도 소유하지 않음을 귀하게 여기기보다는 무언가를 소유함을 귀하게 여기기가 더 쉽기 때문이고, 사막처럼 바싹 말라서 그야말로 아무것도 없는 호수 바닥 같은 곳이 아닌 한 땅은 작물을 기르거나 가축을 풀어 먹이는 데 쓸 수 있기 때문이다.

몇 년 전 독립기념일에 뉴멕시코주 북동부의 드넓은 목장으

데이지 화환

로 소풍을 갔다. 나를 그곳으로 데려간 친구들 외에는 나를 아는 사람이 아무도 없는 곳이었다. 우기인 그 계절에 그곳 초원은 작은 땅굴, 땅딸막한 선인장, 야생화가 수놓인 초록 융단이었다. 내가 다가가면 그 융단에서 밝은색 곤충들이 펄쩍펄쩍 뛰어올랐다. 초원은 하루나 그 이상 걸으면 도달할 수 있는 푸른 산맥까지 간단없이 이어져 있었다. 그 너른 공간에서는 아무리 걸어도 멈출 필요가 없을 것 같았고, 아니면 그 거리를 다 걸었을 무렵에는 내가 이미 다른 존재로 바뀌어 있을 것 같았다. 나는 일행에게 양해를 구한 뒤 그곳으로 걸어 들어갔다. 한데 선 몇 그루의 미루나무와 느릅나무, 그 너른 공간에서 유일한 나무였던 그 나무들의 모습이 콩알만 해질 때까지, 나무들 밑에 있는 사람들의 모습은 그보다 오래전에 진작 보이지 않게 되었을 때까지. 여름의 미풍이 나를 어루만졌고, 내 다리는 자신만의 욕구에 사로잡힌 것처럼 계속 앞으로 내디뎠으며, 산맥은 계속 나를 불렀다. 나는 나무들이 시야에서 아주 사라지기 전에 멈췄다. 그날은 아직 그 광대함 속으로 완전히 사라져버릴 준비가 되지 않았기 때문에. 진실에서, 명료함에서, 독립에서 필연적으로 따라 나오는 결과들 중 내가 지금까지 발견한 최선의 결과는 바로 그런 공간들일 것이다.

"비어 있음은 중도를 따르는 사람이 그 위에서 움직이는 궤적이다." 600년 전 어느 티베트 현자는 말했다. 그리고 내가 저 문장을 읽은 책에서는 뒤이어 '궤적'에 해당하는 티베트어 "슐shul"의 뜻을 이렇게 설명했다. "예를 들어 발자국처럼, 무언가가 지나간 뒤에 남은 흔적을 뜻한다. '슐'은 또 다른 맥락에서는 이런 뜻으로도 쓰인다. 한때 건물이 서 있던 자리에 남은 상처 같은 구덩이, 홍수로 넘친 강물에 바위가 패여 생긴 물길, 간밤에 어떤 짐승이 풀밭에서 자고 난 뒤 풀이 눌린 자리. 이 모두가 '슐'이다. '슐'은 거기에 있던 무언가가 남긴 자취다. 길도 '슐'이다. 길은 사람들이 수시로 그 위를 밟음으로써 땅에 남은 자취이기 때문이다. 그런 발길 덕분에 그곳이 계속 장애물이 없고 다른 사람들이 다닐 수 있는 빈 땅으로 유지된 것이다. 우리가 비어 있음도 '슐'이라고 말하는 것은 비어 있음 또한 거기에 있던 무언가가 남긴 자취라는 뜻이다. 이 경우 그 자취는 이기적인 갈망의 동요가 남긴 자국, 빈터, 흔적, 상처로 만들어진다." 이디시어에서 '슐'이라고 발음하면 시나고그를 뜻한다. 하지만 나는 사라진 선조를 사원으로 보내고 싶었던 것이 아니라 하늘이 멀리 내려와서 내 발치까지 닿은 것처럼 보이는 공간, 사람이 살지 않는 그 광막한 공간을 관통하는 길로 보내고 싶었다.

오랫동안 나는 사라진 증조할머니를 루이스 하인의 1905년

데이지 화환

사진 「엘리스섬의 젊은 유대계 러시아인 여성」 속 여자로 상상했다. 사회적 기록 작업으로 유명한 사진가의 작품치고는 야릇한 사진이다. 골똘히 생각에 잠긴 여자의 얼굴 뒤로 초점 나간 배경이 흐릿하게 잡혔다. 대개의 사진에서 인산인해의 모습으로 등장하는 엘리스섬이 이 사진에서는 텅 비었지만 그래도 여전히 배경에 있다. 이 장소가 엘리스섬임을 알려주는 유일한 단서는 사람들이 그레이트홀로 입국 심사를 받으러 가기 위해 줄 서서 통과했던 통로에 붙은 난간의 쇠기둥들이 흐릿하게 보이는 것이다. 인파로 북적였던 엘리스섬에서 이토록 사적이고 고독한 순간을 담아낸 사진은 그 장소에서도, 하인의 작품 세계에서도 이례적인 순간의 기록이다. 이것은 사회적 현실을 기록한 사진이 아니다. 영혼을 기록한 사진이다. 이 여성, 앞가르마를 탔고 근래 감지 못한 까만 머리카락이 살짝 보일 정도로만 스카프 혹은 숄을 뒤로 밀어 쓴 여성은 카메라 너머의 무언가를 보고 있다. 그녀는 카메라에 주눅 들지 않았고 카메라와 시선을 맞추지도 않는다. 비대칭으로 여미는 외투만이 그녀가 유럽의 동쪽 변방 출신임을 알려준다. 가까이에서 보면 아름답기까지 한 얼굴이고, 젊고, 어쩐지 온화하지만, 멀리서 보거나 좀 더 작게 혹은 어둡게 나온 복사물로 보면 이 이민자의 완강한 얼굴에서 머리뼈가 도드라져 보인다. 굶주림, 탈진,

두려움 때문에, 국가의 경계가 아니라 다른 경계에 다가간 사람처럼 보인다. 그늘진 눈구멍 위 이마는 뒤편 하늘처럼 하얗게 빛난다. 우리가 마치 그녀의 이마를 통과해서 그만큼 멀고 핼쑥한 하늘을 볼 수 있는 것처럼, 혹은 이마와 하늘 두 군데 모두 사진 용지에서 잘려 나간 구멍인 것처럼 보인다.

초원으로 발을 내딛는 여자의 이미지를 부적처럼 마음에 품은 지 한참 지난 뒤, 증조할머니가 실은 사라진 것이 아니었다는 소리를 들었다. 캘리포니아에 무사히 도착한 증조할머니를 증조할아버지가 정신병원에 넣었고, 세 자녀가 도착했을 때는 그 아버지가 이미 재혼한 뒤였고, 이번 아내는 미국인 여성이었고, 둘 사이에 이미 새로 얻은 딸도 하나 있었다는 것이다. 나는 이야기의 나머지 부분을 상상해보았다. 캘리포니아에 도착한 할머니는 자기 자리를 이복 여동생이 차지한 것을 보았을 것이고, 할머니가 앞으로 배워야 하겠지만 평생 심한 억양을 띠고 말하게 될 영어를 그 여동생은 유창하게 말하는 것도 보았을 것이다. 할머니는 처음에는 길을 잘 찾았던 것 같다. 또 다른 사진을 보면 여성 등산 모임에 들었던 것 같은데, 무릎까지 올라오는 끈 부츠와 블루머를 똑같이 갖춰 입어서 꼭 군인처럼 보이는 젊고 튼튼한 여성들이 로스앤젤레스의 젊고 소나무 많은 산에 올라 찍은 사진이다. 희망찬 시

데이지 화환

선으로 카메라를 응시하는 올리브빛 피부의 아가씨들 중 누가 우리 할머니인지는 모르겠다. 할머니는 역시 러시아에서 온 이민자였던 할아버지와 결혼했다. 할아버지는 러시아의 어느 페일[제정 러시아의 유대인 집단거주 지역으로 당시 유대인은 공식적으로 그 안에서만 살 수 있었다.—옮긴이]에서도 할머니가 살았던 마을과 가까운 곳에서 살다가 1920년대 말에 건너왔다. 러시아 혁명의 고통에 휘말린 동생을 형이 미국으로 빼낸 것이었다. 할머니와 할아버지가 유대인 등산 모임에서 만났다는 이야기를 언젠가 누군가로부터 들었지만, 이 사실은 두 분에 대한 다른 사실들과는 통 어울리지 않는 듯하다. 내게 두 분은 완벽하게 도회적인 사람들 같았고, 두 분의 몸은 신세계의 광활한 공간으로 모험을 떠나는 도구가 아니라 그저 육신이 깃든 공간으로만 쪼그라든 듯했기 때문이다. 두 분이 등산 모임에서 만났다는 사실은 내 선조가 초원에서 기차를 내렸으리라는 내 환상에 그나마 가장 가까운 사실이다.

증조할머니는 자식들의 삶에서 사라졌다. 남은 질문은 이 여성이 스스로 사라지기를 선택했는가, 아니면 결국 자신의 머릿속에서 빠져나오는 길을 찾지 못했는가 하는 점이다. 그녀는 다른 길을 찾았기 때문에 자식들에게서만 사라졌을까, 아니면 세상과 자신의 마음속을 헤쳐나가는 능력을 잃은 나머지 자기 자신에게서도 사라졌을까? 마음도 풍경으로 상상할 수 있다. 하지만 내가 길을 잃고 사라지는 상상을 할 때 배경이 되어주었던 짧은 풀이 자란 너른 초원과도 같은 마음은 오직 현명한 자들만 갖고 있을 것이다. 그렇지 못한 나머지 우리의 마음에는 동굴, 빙하, 급류가 흐르는 강, 자욱한 안개, 발밑에서 갈라지는 틈이 있으며 심지어 가족의 이름을 지닌 야생동물들이 먹잇감을 찾아 어슬렁거린다. 그런 풍경에서는 길을 잃기가 쉽고, 어떤 영역은 발 들이기조차 무섭다. 불가에 전하는 이런 이야기가 있다. 어느 승려가 말을 타고 씽 달려가는 남자에게 물었다. 어디로 가십니까? 남자는 대답했다. 내 말에게 물어보십시오. 통제할 수 없는 감정이라는 말은 우리가 스스로 목적지를 정하도록 허락하지 않고, 심지어 바라보는 것조차 허락하지 않는다. 이것은 가장 단순한 형태의 광기, 우리 대부분이 이따금 맛보기 마련인 광기다.

●

내 할머니는 증조할머니가 갑자기 사라져야 했던 것처럼 갑자기 내 인생에 나타났다. 동부에 사시고 우리가 자주 뵙지 않는 아일랜드계 미국인 외조부모 외에 다른 할머니가 있다는 이야기를 그

때까지 아무도 내게 해준 적 없었고, 나는 그 사실을 우리 가족이 캘리포니아로 돌아온 지 얼마 되지 않았을 때, 내가 아직 학교에 들어가지 않았을 때 어느 날 다 함께 로스앤젤레스를 찾아가서야 알았다. 우리는 아스팔트의 바다에 세워진 웬 높은 콘크리트 건물 앞까지 차를 몰고 갔다. 그 건물에서 내가 전혀 기대하지 않았던 할머니가 내려왔고, 우리가 밖에 서 있는 동안 내게 입을 맞추었다. 내 뺨에 립스틱 자국이 남았고, 어머니는 뒤늦게 나를 보고는 뺨에 피가 묻은 줄 알고 작게 비명을 질렀다. 할머니는 나중에 그곳을 떠나 우리가 살던 곳에서 멀지 않은 내파의 국립 정신병원으로 옮겼다. 한동안 나는 그곳이 양로원인 줄 알았다. 할머니가 계신 병동에는 죄 나이 든 여자들뿐이었고, 아이의 모습에 굶주린 여자들은 우리가 방문하면 우리 곁에 모여들어 동전을 주곤했으며, 누구도 내게 그곳이 양로원이 아니라고 알려주지 않았기 때문이다. 으스스할 만큼 조용한 그곳에는 널찍한 잔디밭이 많았고, 잔디밭 여기저기에는 나무들이 서서 쾌적한 그늘을 드리웠다. 지금 그때를 회상하면 떠오르는 것은 그곳으로 가는 길에 지나던 샌패블로만 늪지에서 종종 본 붉은어깨검정새, 어느 날 오후 혹은 여러 날 오후에 남동생과 내가 그곳 잔디밭에서 데이지로 화환을 만들었고 그러면 할머니가 실팍한 가슴과 굽은 등 위에 꽃들이 다

길 잃기 안내서

84

시들 때까지 그것을 걸고 있었던 일, 집으로 오는 길에는 웬 거대한 나무 밑 체리 사이다 판매대에 들렀다는 사실과 그 체리 맛이다. 할머니에게 옛일을 묻겠다는 생각은 미처 하지 못했고, 물었더라도 할머니는 그다지 많이 대답해주지 못했을 것이다.

할머니의 병명은 망상형 조현병이었다. 사실이야 어떻든 그 병명으로 생의 마지막 몇십 년 동안 시설에 수용되어 있었다. 나는 늘 할머니의 세계관이 그분이 겪어야 했던 환경에서는 완벽하게 합리적인 세계관이었을지도 모른다고 생각했지만, 물론 내가 만난 무렵에는 이미 할머니의 정신은 충격 요법, 오랜 약물 복용, 무엇이 되었든 시설에 수용됨으로써 치른 대가 때문에 변형되어서 인간의 폐허에 지나지 않는 존재가 되어 있었다. 할머니에게서 제거된 것이 고통이었는지 과거였는지, 혹은 두 가지가 같은 말인지는 정확히 알 수 없다. 할머니를 치료했던 의사들은 아마 그런 극심한 불안정을 직접 겪지 못했을 것이다. 사라진 어머니들, 중세적인 러시아 제국의 유대인 집단거주 지역과 번쩍거리는 기억상실적 로스앤젤레스 사이의 너른 간격, 뒤로하고 떠나온 서너 개의 언어와 평생 완벽하게 습득하지는 못한 영어, 떠나온 세계와 남기고 온 친척들이 깡그리 말살된 상황. 한번은 어느 치료사가 할머니의 행동에는 조현병보다 외상후스트레스장애가 더 적합한 병명 같다고 말

데이지 화환

했다. 할머니가 견딘 온갖 전쟁들과 그 어떤 황당무계하거나 끔찍한 일마저도 얼마든지 벌어질 수 있었던 세상을 충분히 인식하는 병명이었다.

아버지가 자신의 어린 시절과 가족에 대해서 들려준 이야기는 한 손에 꼽을 만큼 적었다. 아버지는 부모보다 키가 30센티미터 더 컸고, 푸른 눈동자와 한때 금발이었던 머리카락, 제 어머니보다 훨씬, 훨씬 더 하얬던 머리카락 때문에 처음부터 캘리포니아 남부의 햇살과 풍요를 갖춘 채 그곳에서 생겨난 사람 같았다. 아버지는 1950년대를 휩쓴 민족 동화의 물결에 올라탔다. 그 시절 사람들은 과거의 혈통을 불필요한 짐짝으로 여겼고, 그 시절 미국은 미래를 종교처럼 믿었다. 아버지가 말썽꾼 아버지와 미친 어머니를 자신의 정체성에서 지우고 싶어 했던 이유도 어렵지 않게 이해할 수 있지만, 사실 아버지는 외모보다 성격 면에서 제 부모를 훨씬 더 닮았고, 역시 그들처럼 평생 온갖 종류의 탈주한 말에 서슴없이 올라탔다. 반면 아버지의 여동생인 고모는 할머니만큼 가무잡잡했다. 십 대 때 할아버지와 함께 엘패소에 살던 때는 수시로 멕시코인으로 오해받았고 후아레스에 갔다가 리오그란데강을 넘어 돌아올 때마다 불편을 겪었다고 했다. 고모는 두 번째 남편과 결혼하면서 외모에 어울리는 성을 얻었고, 이후에는 사람들에게

라틴계로 통했다. 신랄하고, 문학적이고, 급진적이었던 고모는 가족의 이야기와 사진을 지키는 사람이었다. 하지만 그 이야기와 사진은 고정된 과거를 뒷받침하는 역할을 한 것이 아니라 현재의 필요에 맞게 끊임없이 변신하는 환상과 픽션으로 기능했다. 하지만 무릇 모든 역사와 사진이 그러는 법이다. 사적인 것은 물론이거니와 공적인 것도.

또 한번은 고모가 제 어머니, 즉 내 할머니의 사진을 자기 집에 걸었다. 그 사진도 내가 그곳에서 딱 한 번 보고 다시 못 본 사진이었다. 사진에는 웬 아이가 나무를 대충 깎아 만든 농사 연장 옆에 서 있는 모습이 찍혀 있었다. 만약 500년 전에 사진술이 있었다면, 그 500년 전 사진이라고 해도 통할 것 같은 사진이었다. 그 사진은 할머니가 십 대 혹은 이십 대 때 화창하고 낙천적인 신흥 도시 로스앤젤레스로 건너오면서 뒤로했던 세상이 얼마나 후진적이었는지 보여주었다. 고모가 가끔 보여준 사진들 속 사람들은 나와는 관계가 적거나 아예 없는 듯 느껴졌다. 그들의 얼굴, 자세, 옷은 가족과 혈연이 아니라 시대와 장소를 더 많이 드러냈다. 사진의 기술과 관습은 서로 다른 세대를 찍은 사진에 서로 다른 특징을 남겼고, 역사와 복식과 음식이 개개인의 몸에 영향을 미쳤기 때문에, 특정 시대의 인물들은 세대가 다른 친척들보다는 오히려 같은 시대 사람들과 모종의 친족 관계가 있는 것처럼 보인다. 1960년대 이전에는 빛과 공기 자체가 꼭 물속 같은 깊이와 광도를 띠었던 것 같다. 그래서 그 시절 사람들의 피부는 유백색으로 빛나고 모든 것이 희미한 아우라에 감싸여 있다. 그런 분위기는 이후 은이 덜 들어간 감광제를 쓴 흑백 필름이 나오면서 사라졌다. 내 생각이지만, 대공황을 몸소 겪어보지 못한 미국인들은 그 시대가 비록 투박할지언정 은근히 유혹적인 흑백 표면의 세상에서 벌어졌다고 생각하는 경향이 있다. 어쩌면 그 질감이 그 시절의 궁핍을 상쇄하고도 남는 부유함일 수도 있다고. 한편 20세기 초반에는 빛이 쨍하게 머리 꼭대기에서 내리쬐었기 때문에, 그 시절 사진에는 몸매를 짐작할 수 없는 옷 위에 퀭하고 딱딱한 얼굴을 가진 사람들이 많이 나온다. 오늘날 히말라야산맥 꼭대기에 조개껍질 화석이 있는 것처럼, 과거에 있었던 것과 현재에 있는 것은 서로 다르다.

십 년쯤 전, 내 형제가 멕시코시티에 사는 친척을 방문했다. 증조부모가 먼저 이민을 떠난 뒤 할머니가 의탁했던 사촌들이었는데, 할머니가 미국으로 건너올 무렵 그들도 멕시코로 건너와서 살고 있었다. 그 집안의 가장은 행상으로 시작해서 부유한 예술품 수집가가 된 남자였다. 그는 어려서 할머니와 함께 살았던 일을 기억하고 있었고, 내 형제에게 우리 증조할머니는 엘리스섬은커녕 미국에도 아예 발을 들이지 못했고 러시아에서 진작 정신병원에 들어갔다고 말해주었다. 이 이야기를 전해 들은 순간, 엘리스섬의 젊은 유대계 러시아인 여성의 이미지는 내 상상의 가족 앨범에서 당장 사라지고 그 대신 사적이지 않은 이미지, 다큐멘터리라고 불리는 루이스 하인의 세상 속 이미지로 변했으며, 내 선조라는 이름 모를 여성은 다시 얼굴 없고 상상할 수 없는 존재로 변했다. 그때 내가 정체 모를 그녀의 빈 공간을 메우려고 부득부득 이야기들과 이미지들을 붙잡으면서 정확히 무엇을 찾았던 것인지, 지금은 의아스럽다. 하인의 사진은 1905년에 찍은 것이었다. 할머니는 바로 그해에 태어났고 할머니의 남동생들은 태어나기도 전이었으니, 사진 속 여자가 엘리스섬에 발도 들이지 못했을 가능성이 높은 내 증조할머니가 되기에는 사진이 찍힌 시기가 너무 일렀다. 고모의 말을 믿을 수 없다는 사실은 그때도 뻔히 보였지만, 나 자신도 믿을 수 없다는 사실은 이제야 보인다. 지금 보면 하인의 사진은 할머니와는 전혀 닮지 않았고, 오히려 좀 더 어둡고 불안한 버전의 나와 약간 닮았다. 키가 크기도 하고 작기도 하고 피부가 희기도 하고 검기도 한 사람들을 만들어낸 부계의 유전적 특질들의 복권에서 증조할머니가 정확히 어떤 외모를 얻었는지는 아무도 모를 일이겠지만.

나는 가끔 생각한다. 내가 역사가가 된 것은 내게 역사가 없어서이기도 했지만, 진실이 통 붙잡기 어려운 것으로 통하는 가족 속에서 진실을 말하는 데 흥미가 있어서이기도 했다고. 진실을 말하는 최선의 방법은 자신이 어떤 사실들과 권위 있고 객관적인 관계를 맺고 있다고 주장하는 것이 아니라 자신의 욕망과 목표를 털어놓는 것이다. 진실은 사건에 있지 않고 희망과 욕구에 있는 것이므로. 내가 그동안 써온 역사들은 숨겨진 것, 잃은 것, 간과된 것, 너무 폭넓거나 형체가 불분명하여 사람들의 레이더망에 잡히지 못했던 것일 때가 많았다. 그 역사들은 특정인이 소유한 깔끔한 밭이 아니라 누구에게도 소유되지 않았으며 많은 밭을 통과하여 구불구불 난 길이나 물길이었다. 특히 예술의 역사는 거의 구약성경의 족보처럼, 즉 누가 누구를 낳았다는 말이 줄줄이 이어짐으로써 화가는 화가에게서만 태어난다고 말하는 듯한 방식으로 이야기되곤 한다. 부계만 따지는 구약성경의 계보가 어머니들은 물론이거니와 어머니들의 아버지들도 누락하는 것처럼, 그런 단정한 예술사는 화가들이 다른 매체와 다른 접촉으로부터 얻은 자료와 영향을 누락하고, 시와 꿈과 정치와 의심과 유년기의 경험과 장소의 감각으로부터 얻은 자료와 영향을 누락하며, 역사는 직선보다는 교차로와 갈라져 나간 가지와 뒤엉킨 매듭으로 만들어진 경우가 더 많다는 사실을 누락한다. 나는 그런 다른 영향들을 할머니들이라고 부른다.

하지만 내 문제의 증조할머니에게는 그 이상의 의미가 있다. 가까운 조상 가운데 수수께끼와 미지를 뜻하는 사람이 있다는 사실은 어쩌면 선물인지도 모른다. 초원 위의 빈 공기만큼 너그러운 선물인지도 모른다. 세상에는 그 답보다 질문 자체가 더 심오한 질문이 있는 것처럼. '숲', 그러니까 한때 있었던 것이 남긴 흔적으로 만들어진 길, 그것이 지금의 그녀이고, 아마도 지금의 내가 따르는 길이다. 족보를 확인해서 혈연관계를 추적하면 진짜 이야기를 알 수 있을지도 모른다. 그러나 그것은 그녀의 진짜 이야기다. 나의 진짜 이야기는 내가 이렇게 수시로 변하는 이야기들과 함께 자랐다는 것이다. 그리고 지금, 초원으로 내려선 여자를 처음 상상했던 때로부터 긴 시간이 흐른 지금, 내가 가장 생생하고 가깝게 느끼는 것은 정신병원으로 가는 길에 늪에서 보았던 붉은어깨검정새들과 돌아오는 길에 마셨던 체리 사이다, 부들 속을 나는 새의 어깨에서 번득 빛나는 붉은빛 같았던 사이다의 맛이다. 요즘 집 근처 잔디밭에서 5센트나 10센트 동전만 한 데이지가 핀 것을 보면 나는 종종 그때 그 시들어가던 데이지 화환을 떠올린다. 그때 그 새들이 내 친족인 것 같고, 그때 그 장소가 내 조상인 것 같고, 그

데이지 화환

때 그 체리 주스가 내 혈관에 흐르는 피인 것 같다.

고모는 이 주제에 대해서 내게 더 해줄 말이 없다. 우리는 고모의 생애 마지막 날을 함께 보냈다. 전날 저녁, 고모의 친구 한 분이 내게 전화를 걸어서 고모의 폐암이 급속히 악화하고 있다고 알려주었다. 그래도 우리는 고모에게 시간이 한 달은 더 남았으리라고 생각했다. 유난히 바빴던 내가 당장 일을 집어치운 것은 평소 성격에 어울리지 않는 일이었지만, 이유는 몰라도 아무튼 나는 이튿날 아침이 되자마자 고모가 사는 숲으로 차를 몰았다. 고모의 집은 빅토리아 시대에 여름 리조트였던 부지의 북향 비탈에 있었다. 삼나무들이 다시 자라서 지금처럼 사철 그늘지고 습한 곳이 되기 전에도 연중 거주하기에 알맞은 장소는 아니었다. 냉습한 집과 고모가 키우는 다섯 마리 고양이는 병을 악화시켰지만, 고모는 죽을 때까지 집에 머물겠다는 의지가 확고했다. 고모가 인생에서 가장 자랑스럽게 여기는 성취는 이십 년 전에 소송을 통해 그 지역 분수계分水界를 벌목으로부터 지킨 선례를 남긴 일이었다.

그래서 나는 북쪽으로 차를 몰았다. 내가 자란 동네를 지나고, 더 많은 동네와 사과 과수원과 포도밭을 지나고, 어두침침한 삼나무 숲으로 들어간 뒤, 짧고 가파른 흙길을 달려서 고모 집까지 올라갔다. 고모는 기력을 잃어가고 있었고, 휑한 두 눈은 겁에

질려 있었다. 고모는 부드럽게 쉿쉿 소리가 나는 장치에서 산소를 마셨다. 책과 잡지가 널린 탁자 위로 고양이들이 지나갔다. 나는 마침 새로 나온 내 책의 첫 권을 고모에게 드린 뒤, 휴대용 산소 탱크를 가지고 함께 밖으로 나가자고 고모를 설득했다. 우리는 나가서 점심을 먹으면서 내 성공을 축하하기로 했다. 그리고 나는 예전부터 늘 내 성공은 곧 고모의 성공이라고 주장했는데, 내가 글을 쓰기 한참 전부터 책과 사례를 제공해준 사람이 고모였기 때문이다. 나는 고모의 지시에 따라 처음 가보는 길로 차를 몰았다. 그동안 고모는 옆에서 많은 이야기를 들려주었다. 자신이 그곳을 얼마나 사랑하는가 하는 이야기, 내가 땅을 사는 걸 볼 때까지 살지 못해서 아쉽다는 이야기, 고모의 자식들 이야기, 작은 가계도의 또 다른 곁가지인 우리 가족 이야기, 내 미래 이야기. 후에 생각해보니 우리는 그날 말해야 할 것을 모두 다 말한 것 같았다.

우리가 따라가는 강물은 바다로 흘렀다. 강은 하구로 갈수록 폭이 넓어지고 잔잔해졌으며, 오후의 햇빛을 받아 바다와 같은 은빛으로 빛났다. 그 풍경을 보니 그때까지는 그냥 하는 소리라고만 여겼던 두 이야기가 그 순간 엄연한 사실로 느껴졌다. 하나는 여러 해안 원주민 부족들이 죽은 사람의 영혼은 서쪽 바다로 나간다고 믿었던 것, 또 하나는 누군가 죽음을 강이 바다와 합류하

　　　　　　　　　　　　　데이지 화환

는 지점으로 묘사했던 것이었다. 나는 고모를 고모의 죽음으로 데려다드리고 있었다. 또는 그 빛 속에서는, 천둥이 한 차례 친 뒤 찾아든 정적 같은 고요함 속에서는, 고모도 나도 죽음을 맞은 것처럼 느껴졌다. 물과 빛의 서늘한 광채에 잠겨 있자니 우리가 떠나온 숲이 더 어두워 보였다. 우리는 무색으로 찬란하게 빛나는 죽음의 풍경 속에, 생명 못지않게 생기 넘치는 무언가가 가득한 풍경 속에, 너무도 장엄하여 오히려 겁나지 않는 풍경 속에, 다른 세상으로 변신한 풍경 속에 들어와 있었다. 우리는 조금 더 달려서 식당으로 갔다. 식당에 앉아서 나는 고모를 보았고, 고모는 바다를 보았다. 이튿날 고모는 섬망에 빠졌고, 바다를 찾았던 날로부터 나흘 뒤 집에서 숨을 거두었다.

아홉 달 뒤, 내 기억에 그토록 생생하게 남아 있던 두 장의 사진이 스코틀랜드에 사는 고종사촌의 집에서 나타났다.(고모의 세 자녀 중 둘은 새로운 땅으로의 이식이 자신에게는 효과가 없었다고 말하는 것처럼 유럽으로 돌아가서 살았다. 고모는 고전적 좌파 스타일로 미국을 힐난하는 사람이었지만, 그러면서도 자신의 삼나무 숲, 자신의 강, 자신의 집을 사랑했으며 여간해서는 그것들로부터 멀리 벗어나지 않았다.) 나는 실제 그 사진들을 보고서야 그동안 내가 머릿속에서 그 이미지들을 많이 변형했음을 깨달았다. 그리고 이 글을 쓰려고 자리에 앉고서야 그동안 나 또한 과거를 지워왔음을 깨달았다. 내 가운데 이름이 증조할머니 이름을 영어화한 것이라는 사실은 늘 알았다. 하지만 발음이 마음에 들지 않았고, 내 성은 몹시 보기 드문 것인 만큼 굳이 가운데 이름을 쓸 필요가 없다고 생각했기 때문에, 십 대 때부터 그 이름을 쓰지 않았다. 이제야 나는 깨달았다. 그 이름이 어느 증조할머니의 이름이었는지. 이 글을 쓰면서야 비로소 깨달았다. 그 정체 모를 여자의 이름이 무엇이었는지. 또한 그 이름이 내 이름이기도 하다는 사실을, 혹은 지금 내 이름과 성 사이에 있는 빈 칸이기도 하다는 사실을.

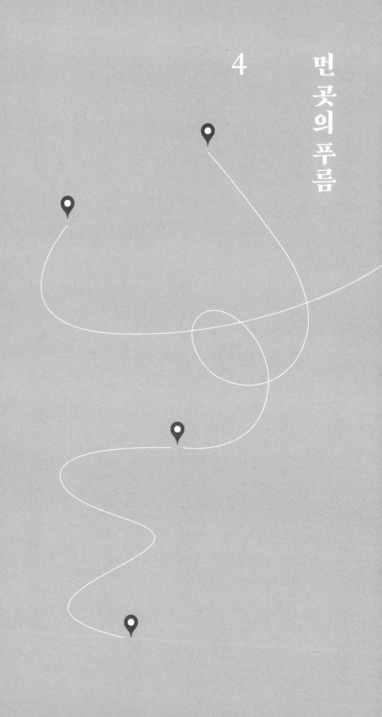

4

먼 곳의 푸름

1527년, 스페인 사람 알바르 누녜스 카베사 데 바카는 지휘관과 병력 대부분이 뭍에 내려 내륙을 탐사하는 동안 배들을 안전한 항구로 끌고 가서 지키라는 명령에 불복하겠다고 대답했다. 이유를 묻는 지휘관 나르바에스에게 탐험대 부지휘관이었던 카베사 데 바카는 이렇게 답했다고 회고한다. "준비가 지독하게 부실했으니, 지휘관은 배들을 다시 찾을 수 없을 테고 배들도 그를 다시 찾을 수 없을 게 뻔했다. 나는 안전하게 배에 남아서 명예를 의심받는 상황에 처하느니 내륙에서 우리를 기다리는 위험을 감수하는 쪽을 택하겠다고 말했다." 그래서 무능한 나르바에스, 카베사 데 바카, 그리고 300명의 인원은 사람이 살지 않는 광활한 땅, 그로부터 십사 년 전 후안 폰세 데 레온이 플로리다라고 이름 붙였던 땅에 자란 난쟁이당종려들을 헤치면서 북쪽으로 보름을 이동했다. 그들은 전에 만난 원주민들로부터 북쪽에는 "아팔라첸이라는 곳이 있는데 그곳에는 금뿐 아니라 우리가 원하는 모든 것이 다 있다."라는 말을 들은 터였다. 카베사 데 바카는 명예와 욕심이라는 두 문을 통과하여 완벽한 미지의 영역으로 들어갈 것이었다.

그들이 찾아낸 아팔라첸은 초가집이 마흔 채 있는 마을이었다. 그곳의 보물이라고는 밭에서 익어가는 옥수수, 창고에 보관된 말린 옥수수, 사슴 가죽, "작고 질 나쁜 숄"이 전부였다. 금을 찾는 이들은 계속 전진했다. 호수를 헤치고, 내리 며칠씩 걷고, 원주민들과 작은 싸움을 벌이고, 타고 온 말을 잡아먹고, 너벅선을 만들어서 멕시코와 그곳에 있다는 스페인 정착촌을 향해 나아갔다. 목적지가 얼마나 먼지 모르는 채 갑옷을 꿴 화살을 맞아서, 병에 걸려서, 굶주려서, 물에 빠져 죽어가면서. 초기의 이 스페인 정복자들만큼 완벽하게 길을 잃는 사람은 아마 다시는 없을 것이다. 이들은 지형도 기후도 아무것도 모르는 대륙을 헤맸고, 말이 통하지 않는 주민들을 만났고, 자신의 대륙에 있던 것들과는 너무도 딴판인 장소와 식물과 동물(스컹크, 앨리게이터, 들소)을 부를 이름조차 모르는 곳으로 몸을 던졌다.

에두아르도 갈레아노는 아메리카 대륙은 발견된 게 아니라 정복된 것이라고 말했다. 포교할 종교와 황금의 꿈을 품고 왔던 남자들은 자신들이 있는 곳을 결코 정확히 알지 못했으며 그 발견은 우리 시대에도 계속되는 중이라고 말했다. 그렇다면 대부분의 유럽계 미국인들은 수백 년 동안 계속 길 잃은 상태였던 셈이다. 실제적인 의미에서가 아니라 좀 더 심오한 의미, 즉 자신이 있는 곳의 진정한 정체를 이해하고 그 장소의 역사와 자연에 관심을 쏟는 면에서 말이다. 그 대신 그들은 떠나온 곳의 지명을 이곳에 붙였고, 수입해 들인 동식물과 풍습으로 이곳을 개조하려 들었다. 그럼에도 불구하고 물론 호박이나 단풍나무 시럽 같은 식재료가 그들의 식단에 포함되었고, 코네티컷이나 다코타나 라쿤 같은 단어가 그들의 어휘에 포함되었다. 반면 카베사 데 바카와 동행들은 결국 이 땅과 이곳 사람들에게 정복될 터였고, 적어도 카베사 데 바카만큼은 결국 자신이 있는 곳이 어디인지를 알아냈던 것 같다. 탐험에 나섰던 600명 중 네 명을 제외한 나머지는 모두 어디인지 모르는 이곳에서 죽었다. 폭력이나 질병이나 굶주림으로 빠르게 죽기도 했고, 원주민들의 노예가 되거나 부족민으로 맞아들여져서 천천히 죽기도 했으며, 그렇게 죽은 이들의 이야기는 대개 역사에서 사라졌다.

미시시피 삼각주에서 나르바에스는 가장 튼튼하고 건강한 부하들을 골라 자신의 너벅선에 태운 뒤, 나머지 두 배를 내버리고 앞장서서 노 저어 가버렸다. 며칠이 흘렀다. 버려진 두 배 중 한 척은 폭풍에 휘말려 사라졌다. 카베사 데 바카는 나머지 한 척을 지휘했는데, 그 배의 부하들은 모두 "죽음에 임박하여 서로의 몸 위로 쓰러졌다. 몇 명은 의식이 없었다. 버틸 수 있는 사람은 다섯도 안 되었다. 밤이 되자, 배를 돌볼 여력이 있는 사람이 항해사와 나뿐이었다. 어둠이 내리고 두 시간 뒤, 항해사는 나더러 배를 맡으라고 말했다. 자신이 그날 밤 죽으리라고 믿었던 것이다." 자정

먼 곳의 푸름

이 지난 뒤에는 카베사 데 바카도 "주변의 많은 부하들이 그런 상태에 처한 것을 보느니 나도 죽는 편이 낫겠다."는 생각이 들었다. 동틀 녘, 파도가 물가에 부딪히는 소리가 들렸다. 날이 밝았을 때, 그들은 아마 텍사스주 갤버스턴섬이었을 땅을 발견했다. 남자들은 "감각과 움직임과 희망을 되찾았다." 그들은 원주민들에게 생선과 뿌리채소를 얻어먹었다. 그러고는 다시 항해에 나섰지만 해안 근처에서 배가 뒤집혔고, "생존자들은 세상에 태어났을 때처럼 홀딱 벗은 채, 갖고 있던 것을 모조리 잃은 채 빠져나왔다." 그들은 다시 원주민들의 자비에 의지하는 처지가 되었다. 그러다 겨울이 왔다. 스페인인들은 굶었고, 원주민들은 스페인인들이 가져온 이질로 죽어갔다. 난파했던 스페인인 약 구십 명 중 그때까지 살아남은 열여섯 명은 그곳을 불운의 섬이라고 이름 붙였다.

카베사 데 바카는 그 부족의 노예가 되어 "견딜 수 없을 만큼" 힘든 노역 생활을 했다. 물속이나 덤숲에서 뿌리채소를 파내는 일 같은 것이었다. 그는 언어도, 옷도, 무기도, 힘도, 아무것도 없는 상태로 줄어들었지만, 용케 그곳을 탈출한 뒤 일대에서 나는 조개껍질, 황토, 메스키트콩을 사고파는 상인으로 변신했다. 그는 엄청난 체력과 몇 번이고 자신을 다시 만들어낼 줄 아는 능력을 가졌던 모양이다. 그는 하루에 간소한 한 끼만 먹으면서 몇 날 며칠이

길 잃기 안내서

고 몇 주고 걸었고, 그러다 또 노예가 되었고, 그곳에서 동료 생존자 몇 명을 만나서 그들과 함께 또 노예 상태에서 탈출했다. 그 후 다다른 곳은 또 다른 원주민 부족의 땅이었는데, 그곳에서는 그들이 치유자로 환대받았고 봄까지 머물 수 있었다. 카베사 데 바카의 이야기 중 이 대목에서 눈에 띄는 일화가 있다. 그가 메스키트콩을 찾다가 길을 잃었던 사건이다. 그런데 그는 자신이 뚝 떨어진 새로운 삶에 어찌나 잘 적응했던지, 온통 메스키트뿐 길이라고는 안 보이는 곳에서 길과 동행들의 흔적을 놓쳤다는 사실을 깨닫기 전에는 자신이 길을 잃은 줄도 몰랐다. 그는 밤에 불을 피워 체온을 지키기 위해서 불붙은 나뭇조각을 든 채 닷새를 걸었고, 닷새째 마침내 나르바에스 탐사대의 동료 생존자들과 원주민들을 따라잡았고, 그들에게 프리클리페어 선인장을 얻어먹었다.

카베사 데 바카가 후에 쓴 글에 따르면, 그와 동행들은 타는 듯한 해를 맨몸으로 쬐었기 때문에 "일 년에 두 번씩 뱀처럼 피부가 벗겨졌고," 햇빛과 바람과 피부가 쓸리는 노동 때문에 늘 상처에 시달렸다.(일행 중에서 에스테바니코, 혹은 에스테반, 혹은 그냥 "흑인"이라고 불렸던 사람은 원래 아프리카 출신이었기 때문에 화상 면에서는 남들보다 사정이 나았을 것이다.) 그는 또 이렇게 적었다. "우리는 다시 의사가 되었다. 그중에서도 내가 제일 대담하고 의욕적인 태도로 오

먼 곳의 푸름

만 병을 다 고쳐보겠다고 나섰다. 원주민들은 우리 의술이 틀림없다고 철석같이 믿다가 급기야는 우리와 함께 있는 한 아무도 죽지 않을 것이라고까지 믿었다." 여러 부족과 함께한 시간이 몇 달 흘렀다. 플로리다에서 재난을 맞은 때로부터는 몇 년이 흘렀다. 이들은 계속 서쪽으로 나아갔다. 그러는 동안 어느새 이 끈질긴 알몸의 생존자들은 원주민들에게 신성한 존재로 둔갑했고, 이들의 여행은 원주민 3000, 4000명을 거느린 위풍당당한 행렬로 둔갑했다. 새 마을에 다다를 때마다 그곳 주민들은 이들을 기적을 행하는 사람으로 여겨서 반겼고, 이들을 위해서 춤을 추어 보였다. 원주민들은 이들에게 구리 딸랑이들, 산호 목걸이들, 터키석들, 공작석이지만 카베사 데 바카는 에메랄드로 착각했던 초록 화살촉 다섯 개를 주었고, 심지어 사슴 심장 600개를 공물로 바쳤다. 카베사 데 바카가 심장의 마을이라고 부른 동네에 다다랐을 무렵, 이들은 구 년 동안 방랑하는 중이었다.

그 직후 이들은 스페인 정복자들이 근처에 있다는 증거를 발견했고 소식도 들었다. 이들이 도착한 곳은 현재의 뉴멕시코였다. "우리가 갔을 때는 그 넓은 땅이 텅 비어 있었는데, 주민들은 기독교인이 무서워서 산으로 피신한 뒤였다." 카베사 데 바카와 세 동료는 주민들에게 "기독교인을 만나면 인디언을 죽이거나 노예로 붙잡거나 재산을 빼앗지 말라고 이르겠다."고 약속한 뒤 계속 나아갔다. 카베사 데 바카는 훗날 작성한 보고서에서 오직 친절로만 그곳 사람들을 스페인과 기독교에 복종시킬 수 있다고 조언했다.

어느 날 그는 검은 피부의 동료와 열한 명의 원주민과 함께 50킬로미터 넘게 걸었고, 이튿날 아침 이윽고 말을 타고 노예를 사냥하는 스페인인들을 만났다. 스페인인들은 낯선 대륙의 사람과 장소에 편안하게 섞여든 전라의 인간을 보고 깜짝 놀랐다. 동포들에게 돌아가려고 십 년 가까이 갖은 고생을 해온 카베사 데 바카였지만 동포와의 첫 만남은 순조롭지 않았다. 스페인인들은 카베사 데 바카가 거느린 원주민들을 노예로 삼으려 했다. 카베사 데 바카와 동료 생존자들은 "화가 치민 나머지 터키풍 활, 많은 주머니, 에메랄드 화살촉 다섯 개 등등을 잊은 채 자리를 박차고 나왔고, 그래서 그 물건들을 죄다 잃었다." 이들이 퇴각하여 합류한 원주민들은 이들이 정복자들과 같은 부족임을 믿지 못했다. 왜냐하면 "우리는 해 뜨는 곳에서 왔지만 그들은 해 지는 곳에서 왔고, 우리는 병든 자를 낫게 했지만 그들은 건강한 자를 죽였고, 우리는 맨몸에 맨발로 왔지만 그들은 옷을 입고 말을 타고 창을 들고 왔고, 우리는 아무것도 탐내지 않았고 가진 것을 무엇이든 내주었지만 그들은 만나는 사람마다 빼앗았고 누구에게도 아무것도 주지 않았기 때문이다." 해 지는 곳에서 온 사람들의 모습, 그것은 카베사 데 바카가 플로리다에 상륙했을 때의 모습이었다.

그는 멕시코의 스페인인 마을에 도착하고도 한참이 지난 뒤에야 옷 걸치는 일과 맨바닥이 아닌 곳에서 자는 일을 참을 수 있게 되었다. 그때까지 그는 맨몸으로 돌아다녔고, 뱀처럼 피부가 벗겨졌고, 욕심을 잃었고, 두려움을 잃었고, 인간이 잃고도 살 수 있는 것이라면 거의 모든 것을 버렸다. 하지만 여러 언어를 배웠고, 치유자가 되었고, 함께 살게 된 원주민 부족들을 존경하게 되었으며 그들과 자신을 동일시하게 되었다. 요컨대 그는 과거의 그가 아니었다. 그가 왕에게 보낸 보고서의 문장은 사적이지 않고 더없이 간명하다. 장소나 음식이나 만남 같은 구체적인 사항만을 서술문으로 적었고, 그마저도 묘사가 거의 없고 세부도 거의 없는 건조하기 그지없는 언어로 적었다. 제 영혼이 겪은 특별한 변신을 묘사할 언어가 적어도 그에게는 없었다. 그는 아메리카 대륙에서 길 잃은 최초의 유럽인 중 하나였고, 돌아와서 이야기를 들려준 최초의 사람 중 하나였으며, 그중 많은 이와 마찬가지로 그가 길 잃은 상태에서 벗어난 것은 돌아옴으로써가 아니라 스스로 다른 존재가 됨으로써였다.

카베사 데 바카와 동료들은 자진하여 아메리카의 풍경 속으로 뛰어들었지만, 이후 수백 년 동안 다른 많은 사람들은 비자발적으로, 포로로 그 속에 들어갔다. 그랬다가 돌아온 사람들 중 일부는 제 경험을 글로 쓰거나 구술했고, 포로 이야기라고 부를 만한 그 글들은 미국만의 독특한 문학 장르가 되었다. 물론 돌아오지 않은 사람들의 이야기는 기록되지 않았으니, 그들의 여정은 글 밖으로, 영어 밖으로, 또 다른 이야기의 영토로 나가버린 셈이었다.

이렇게 길 잃은 자들과 포로가 된 자들은 처음에는 자신이 집에서 멀어졌다고 느꼈고, 욕망하는 것들로부터 멀어졌다고 느꼈다. 그러다 어느 순간 놀라운 반전이 벌어져서 갑자기 자신이 집에 있다고 느끼게 되었고, 그동안 갈망했던 것들을 오히려 멀고 낯설고 달갑지 않은 것으로 느끼게 되었다. 어떤 사람은 아마 오래된 갈망이 사실 습관에 지나지 않으며 자신은 집에 가고 싶지 않고 언제부터인가 이미 집에 있음을 깨닫는 각성의 순간을 겪었을 것이다. 또 어떤 사람은 주변 환경의 이모저모에 차차 익숙해지면서 집을 그리는 마음이 서서히 희미해졌을 것이다. 현재의 환경을 새로운 언어처럼 배웠을 테고, 그러던 어느 날 문득 자신이 이제 그 언어에 능통하다는 사실을 깨달았을 것이다. 어떤 식이었든 그 표류자들에게는 먼 것이 가까운 것이 되고 가까운 것이 먼 것이 되었다. 그들은 낯선 것을 거부하지 않고 받아들였으며 그 과정에서 그

민 곳의 푸름

것은 낯익은 것이 되었다. 카베사 데 바카는 십 년의 방랑을 마쳤을 때 자신의 출신 문화에 조화하지 못하는 상태가 되었지만, 그래도 그때까지는 그것을 목적지이자 목표로 마음에 간직했고 그 덕분에 계속 목적의식을 품고 움직일 수 있었다. 결국 그에게는 도착이 또 다른 트라우마였지만 말이다. 아예 돌아가기를 거부한 사람도 많았다.

　1704년 한겨울, 매사추세츠주 개척촌 디어필드에서 일곱 살 유니스 윌리엄스는 다른 가족들과 총 112명에 이르는 이웃들과 함께 프랑스인과 원주민으로 구성된 습격대에 사로잡혔다. 습격대는 그들에게 모카신을 주고 신으라고 한 뒤 매사추세츠 북부에서 뉴햄프셔를 거쳐 몬트리올 근처까지 눈밭을 행군시켰다. 일부는 부상을 입어 죽어갔고, 포로 중 뒤처지는 사람은(주로 아기들, 그리고 윌리엄스의 어머니를 비롯하여 출산한 지 얼마 되지 않은 여자들이었다.) 살해되었으며, 그렇게 죽은 자들의 시체는 길 가는 도중 눈밭에 그냥 버려졌다. 많은 아이들이 행로의 일부나 전부를 따라갔다. 그런 어린이 포로 중 일부는 단순한 포로가 아니라 입양아 후보였다. 예를 들면 유니스의 오빠 스티븐 윌리엄스는 먼저 아베나키족에게 보내졌다가 그다음 페나쿡족 추장에게 입양되었다. 하지만 그는 1705년 봄에 종교적 의미가 깃든 표현으로 말하자면

"구원"되었는데, 몸값과 교환되어 풀려났다는 뜻이었다. 한편 유니스는 몬트리올 근처 모호크 이로쿼이족에게 입양되었고, 영영 돌아가지 않았다.

이로쿼이족에게는 가족 중 죽은 사람을 포로로 대신하는 의례적 입양 풍습이 있었다. 가끔은 전투에서 죽은 사람을 포로가 대신했다. 그들은 포로에게 새 이름을 지어주었고, 가족의 일원으로 대했다. 그 이름이 죽은 사람의 이름일 때도 있었는데, 이경우 새로 그 이름을 받은 사람은 고인이 누렸던 애정과 정체성도일부 물려받았다. 의례를 통해서, 공식적으로, 유니스 윌리엄스는다른 사람이 되었다. 이후 몇 년 동안 그녀의 가족 중 살아남은 이들은 모두 청교도 공동체로 돌아갔지만, 그녀와 함께 사는 사람들은 그녀와 헤어진다면 "자신들의 심장도 떼어 주는 셈일" 것이라고 말했다. 그녀는 그곳에 남았고, 곧 영어를 잊었고, 새 이름을 받았으며, 그다음에는 가톨릭 세례명을 받았고(청교도 목사였던 그녀의 아버지에게는 딸이 가톨릭교도가 된 일이 인디언이 된 일보다 더 충격적이라고도 할 만했다.), 나중에는 두 번째 이로쿼이 이름을 받았다.

1713년, 십 대 후반이었던 그녀는 같은 부족 사람인 프랑수아 그자비에 아로센과 결혼했고, 52년 뒤 그가 죽을 때까지 해로했다. 오빠 스티븐은 1722년 일기에 캐나다에서 온 남자를 만난

먼 곳의 부름

이야기를 이렇게 썼다. "남자가 거기서 나쁜 소식을 가지고 왔다. 불쌍한 내 동생이 인디언 남편과 살고 있다는 것이다. 아이도 둘 낳았는데 하나는 살았고 하나는 죽었다고 한다." 윌리엄스 가족은 그녀를 잃은 것을 언제까지나 슬퍼했고, 그녀를 영적으로도 잃었다고 여겼다. 하지만 유니스 윌리엄스 자신은 이미 오래전에 포로이기를 그만두었다. 그녀는 1740년에 마침내 스티븐을 포함한 남자 형제들을 만났고, 그들을 따라 그들의 집까지 왔고, 그들과 함께 "공개 예배"에도 참석했다. 그들은 "이것은 그녀가 오래 떨어져 살았던 집과 하느님의 의식으로 돌아올 수도 있다는 서약인지 모른다."고 기대했지만, 전하는 말에 따르면 그녀는 "인디언 담요를 벗기를" 거부했으며 친척 집에서 자는 대신 남편과 함께 풀밭에서 야영하기를 택했다. 그녀는 자신과 그들 사이의 감정적 거리와 문화적 거리를 조심스럽게 다루었고, 또 그들의 방식이 아니라 자신의 방식으로 다루었다. 그녀는 이후에도 몇 차례 더 태어난 가족을 방문했다. 하지만 자신을 포로로 삼았던 공동체를 결코 떠나지 않았고, 그 속에서 살다가 아흔다섯에 숨을 거두었다.

윌리엄스 가족은 늘 그녀가 손 닿지 않는 딴 세상으로 건너가 버린 것처럼 말했지만, 정말로 놀라운 점은 18세기에도 이미 그 경계가 흐릿했다는 사실이다. 그녀와 함께 살았던 모호크족은 몬트리올의 예수회와 관계가 돈독했고, 당시 여러 프랑스, 영국, 원주민 공동체 간의 교류도 상당했다. 그렇다고는 해도 물론 충분히 다른 세상이었다. 그녀는 혈족의 언어를 더는 쓰지 않았고, 삼십 년 넘게 그들을 보지 않았고, 모든 믿음과 풍습이 청교도와는 전연 다른 사람들 틈에서 자리 잡고 살았다. 존 디머스는 유니스 윌리엄스에 관한 책 『돌아오지 못한 포로』에서 이로쿼이족이 아이들에게 더 친절했다고 말했는데, 백인들이 인정하기에 가장 어려운 사실, 혹은 종종 상상하기조차 어려운 사실은 일부 포로들이 원주민 문화를 더 좋아했다는 점일 것이다. 돌아보면 카베사 데 바카의 동포 스페인인들의 문화나 유니스 윌리엄스의 혈연 가족의 문화는 카베사 데 바카나 유니스 윌리엄스가 함께 살게 된 토착 주민들의 문화에 비해 지금 우리로부터 멀게 느껴지는 정도는 엇비슷한데도 좀 더 엄하게 느껴진다. 그들의 문화에는 완고하고 강박적이고 융통성 없는 면이 있었다. 정복자들의 갑옷처럼 딱딱하고 모난 면, 청교도 교리처럼 음울한 면이 있었다.

그런 면은 스티븐 윌리엄스가 동생을 한사코 비극으로만, 포로로만, 돌아가기를 기다리는 사람으로만 간주하려고 했던 점, 그녀가 이미 다른 사람이 되었다는 사실을 인정하지 않았던 점에서도 드러난다. 이 맥락에서 '잃다lost'라는 단어는 여러 의미가 있다.

먼 곳의 푸름

포로는 처음에는 말 그대로 길 잃은 사람, 미지의 땅으로 납치된 사람이다. 그리고 구출되지 않는 한 그는, 혹은 그보다 더 자주 그녀는 뒤에 남은 사람들에게 사라진 존재가 되므로, 사람들은 꼭 사물을 잃었을 때처럼(잃어버린 우산, 잃어버린 열쇠처럼) 사람에게도 잃음의 언어를 쓴다. 그가, 혹은 그보다 더 흔히 그녀가 진작에 계속 포로로 남거나 잃어버린 사람으로 남기를 그만두었을지도 모른다는 가능성은 인정하지 않는다. 한편 이 '잃다'에는 영적인 의미도 있다. 회개한 노예 상인의 찬송가 중 "나 한때 길 잃었으나 이제 하느님이 나를 찾았네"라는 가사에서처럼. 이교도에게 납치된 사람은 영적으로 길 잃은 자로 여겨졌고, 기독교와 문명으로부터 멀어진 자로 여겨졌다. 따라서 원래 포로였던 사람의 현재 상태가 어떻게 달라졌든, 그는 영원히 길 잃은 자로 간주되었다. 하지만 막상 그 자신은 스스로를 늘 그렇게 여기지는 않았다. 그런 포로들은 말하자면 과거를 잃어야만 현재에 합류할 수 있었고, 그렇게 기억과 옛 인연을 포기하는 것은 적응하려면 치러야 하는 값비싼 대가였다.

1758년 펜실베이니아에서 가족과 함께 포로가 되었던 메리 제미선은 제 사연을 필사자에게 들려주었다. 그래서 윌리엄스와는 달리 자신의 목소리를 직접 남겼다. 제미선의 부모가 일구던 개척지 농장에 습격대가 들이닥친 것은 그녀가 열다섯 살쯤 되던 해였다. 원주민 한 명이 채찍을 들고 행렬 맨 뒤를 따르면서 아이들도 보조를 맞추어 걷도록 감독했다. 포로들은 물도 음식도 없이 며칠을 걸은 뒤, "어느 음산한 늪가로" 인도되었다. 그곳에서 제미선과 다른 남자아이 하나는 모카신을 받았다. 그것은 그들의 여행이 계속된다는 뜻이었고, 그녀의 부모와 형제자매를 포함한 나머지 포로들은 "정말로 끔찍하게 난도질당하여" 살해되었다. 유니스 윌리엄스처럼, 제미선도 입양되었다. 그녀는 두 세네카족 여자의 죽은 남자 형제를 대신할 존재였고, 그녀를 거둔 두 여자를("친절하고 착한 여자들, 성품이 온화하고 순한 여자들이었어요.") 평생 언니라고 불렀다. 포로가 된 충격, 가족이 몰살된 충격, 갑자기 다른 문화와 다른 언어로 다른 인생을 살게 된 충격은 엄청났겠지만, 그 모든 변화에 적응하는 것은 생존의 문제였다. 어린 포로들은 살아남았고, 새로운 인생을 훌륭하게 살아나갔다. 하지만 그것은 아마출생만큼 갑작스럽고 폭력적인 파열이었을 것이다.

일 년여 후, 그녀와 함께 사는 세네카 여인들이 포트피트(미래의 피츠버그)를 방문하는 길에 그녀를 데리고 갔다. 그런데 그곳에서 만난 백인들이 그녀에게 하도 관심을 보이자 언니들은 그녀를 "허둥지둥 카누에 태우고 강을 도로 건너서" 집까지 먼 길을 한 번도 쉬지 않고 노 저어 왔다. "영어를 하는 백인들을 보니까, 차마 말할 수는 없었지만, 그들과 함께 집으로 가서 그들처럼 문명의 축복을 누리고 싶다는 열망이 솟구쳤어요. 그들로부터 갑자기 떠나온 것이 또 한 번 포로가 된 일인 양 느껴졌죠. 한동안은 비참한 신세를 곱씹으면서 처음 겪었던 것만큼 깊은 슬픔과 실망을 느꼈어요. 하지만 모든 감정의 파괴자인 시간이 차츰 불쾌한 기분을 지워주었고, 나는 다시 예전처럼 만족하게 되었어요. 우리는 여름에는 옥수수밭을 돌보았고……." 그녀는 결혼했고, 아이를 낳았고, 남편을 잃었고, 그즈음에는 세네카족 공동체를 집으로 여겼다.

또 한 번 백인 공동체로 돌아갈 가능성이 보였던 것은 웬 네덜란드인이 그녀를 생포해서 몸값과 바꿀 생각으로 뒤를 밟기 시작한 때였다. 제미선은 다시 포로가 되지는 않겠다고 결심했고, "내가 소유한 전속력으로" 달려서 숨었다. 그러자 이번에는 세네카족 장로 하나가 네덜란드인에게서 영감을 얻어 자신이 직접 몸값을 받고 그녀를 내줄 생각을 품었다. 그녀는 다시 도망쳐서 어린 아들과 함께 풀숲에 숨었다. 그녀는 이제 한때 떠나기를 염원했던 곳에 필사적으로 머물고 싶어 했다. 그녀는 재혼했고, 여섯 아이를 더 낳았고, "여섯 민족의 추장들 덕분에" 넓은 땅을 소유하게 되었고, 그 땅에서 긴 여생을 살았다. 필사자의 펜을 거쳐 쓴 자서전에서 그녀는 제 삶을 "두 번 다시 되풀이하고 싶지 않은 비극적 메들리"라고 말했다. 그러나 그때 그녀가 언급한 비극은 자식들의 죽음과 불화였다. 그녀의 고민은 이제 사적인 것뿐이었다. 그리고 그녀가 백인 농부들에게 땅을 빌려주었기 때문에, 그녀가 살았던 땅 자체가 두 문화가 만나는 공간이 되었다.

　　동부에 살았던 저 포로들의 경우, 집단들이 지리적으로 차지하는 공간이 겹쳤기 때문에 문화들 간의 경계도 흐릿해지기 시작했다. 반면 신시아 앤 파커의 경우에는 그런 흐릿함이 없었다. 1836년 아홉 살이었던 파커는 갓 정착한(혹은 침범한) 텍사스 평원에서 가족과 함께 코만치족에게 납치되었다. 나머지 가족들은 살해되었다. 그녀는 홀로 생존했고, 새 공동체의 유력자였던 페타 노코나와 결혼했고, 아들 둘과 딸 하나를 낳았다. 사반세기 뒤 이번에는 백인들이 주동한 전투가 벌어졌고, 그녀는 막내인 딸을 안은 채 말에 실려 납치되었다. 그녀는 사람들의 말을 듣고 남편이 전투에서 죽었다고 믿었지만, 아마 사실이 아니었던 것 같다. 아무튼 그녀는 남편도 두 아들도 다시 보지 못했다. 포트워스에서 살던 삼촌이 그녀를 데려가서 포로로 삼았고, 혹시라도 그녀가 딸과 함께 달아날까 봐 밤에는 아예 가둬두었다. 한때 자신의 것이었지만 더는 자신의 것이 아닌 문화에서 산 십 년 동안 그녀는 영어를

먼 곳의 추믈

영영 다시 제대로 익히지 못했다. 그때 그녀를 만났던 사람은 이렇게 회상했다. "그녀는 표정이 풍부했고, 사람들이 자신을 쳐다보면 고개를 숙였다. 남자처럼 도끼를 잘 다뤘고, 게으른 사람을 경멸했다. 털 붙은 가죽을 무두질하는 일, 밧줄이나 채찍을 땋거나 짜는 일에 전문가였다. 그녀는 두 아들을 초원에서 잃었다고 믿었다. 그녀에게는 그 사실이 제일 큰 불만이었다." 백인들은 늘 그녀를 구출된 사람으로 여겼지만, 그녀는 자신을 감금된 사람으로 여겼던 것 같다. 딸이 먼저 죽었고, 그녀는 백인의 포로가 된 지 십년째 되던 해에 굶기를 자처하여 쇠약해진 몸으로 독감에 걸려 죽었다. 그녀는 두 아들을 영영 다시 보지 못했다. 하지만 그녀가 죽은 뒤 사십 년이 흘렀을 때 한 아들이 그녀의 유해를 되찾아가서 자신의 세상에 다시 묻었다.

이보다 덜 불행한 사연들도 있었다. 토머스 제퍼슨 메이필드의 사연이 그랬다. 메이필드의 가족은 1840년대에 텍사스에서 캘리포니아로 이주하여 샌와킨 계곡에 정착했다. 그곳 원주민 이웃들은 그들에게 생선, 사냥한 짐승, 도토리빵을 계속 나눠주었다. 그러다 그의 어머니가 죽었고, 사업차 떠돌아다니면서 아들을 돌보기가 어렵다고 느낀 아버지는 그를 초이눔네 요쿠츠족과 함께 살도록 보냈다. 대개 남성적인 전투로 접촉이 시작되었던 포로 이야기들, 그리고 미지의 땅으로 폭력적으로 돌진했던 카베사 데 바카의 이야기를 듣다가 메이필드의 이야기를 들으면 놀라운 점은 그가 한 문화에서 다른 문화로 부드럽게 이행했다는 점이다. 요쿠츠족은 어머니를 대신해주었다. 어느 한 여자가 그를 입양한 것은 아니었지만 모두가 함께 그를 돌보았고, 그는 여러 아이들과 무리를 이루어 잘 지냈던 것 같다. 십 년 동안 그의 집은 그곳이었고, 길게는 삼 년씩 아버지를 만나지 못하고 지냈다. 그러다 남북전쟁이 터졌고, 요쿠츠족은 점차 백인 정착자들에게 둘러싸이게 되었고, 그는 결국 태어났던 문화로 돌아왔다. 그의 회고록은 어떤 면에서 포로 이야기 장르의 끝을 알렸는데(19세기 후반에도 다른 포로들이 더 있기는 했다.), 왜냐하면 이제 원주민 부족들이 제 땅에서 더 이상 자유롭지 못했기 때문이다. 그들 자신이 무섭게 퍼지는 지배 문화 속에서 포로가 되어가는 신세였기에, 이 아이들이 받았던 것 같은 다정한 환대를 받은 사람은 이후에는 거의 없었다. 서로 간의 차이로 갑작스러운 충돌을 겪는 주체, 가까운 것과 먼 것 사이의 거리를 무지르는 주체가 이제 개인이 아니라 문화 전체였다.

이런 이야기들을 읽으면, 우리가 배워야 할 기술은 자취를 추적하고 사냥을 하고 방향을 찾는 기술, 생존과 탈출의 기술이라고 여기게 되기가 쉽다. 생존에 대한 우리의 불안은 현대의 일상

먼 곳의 푸름

에서도 지금 주어진 상황보다 훨씬 더 험난한 상황에 대비한 차와 옷을 장만하는 행동으로 드러난다. 세상이 얼마나 거친지 잘 알고 있으며 기꺼이 그에 대비하겠다는 마음을 표현하는 것처럼. 그러나 진정한 어려움은, 진정한 생존의 기술은 그보다 좀 더 미묘한 영역에 있는 듯하다. 그 영역에서 필요한 것은 정신의 회복성이라고 부를 만한 능력, 앞으로 어떤 일이 벌어지든 기꺼이 맞을 줄 아는 능력이다. 저 포로들은 모든 사람이 살면서 겪기 마련인 사건을 극명하고 극적인 방식으로 보여준 셈이었는데, 그 사건이란 우리가 어떤 과정을 통해 과거의 자신과는 다른 자신으로 변하는 일이다. 이 사건이 그렇게까지 극적인 경우는 드물지만, 가까운 것과 먼 것 사이를 가로지르는 여행이라고 할 만한 이런 사건은 모두의 삶에서 늘 벌어진다. 가끔은 오래된 사진 한 장, 오래된 친구 한 명, 오래된 편지 한 통 때문에 내가 더 이상 과거의 내가 아님을 깨닫는다. 그들과 함께 살았던 나, 이것을 귀하게 여겼던 나, 그것을 선택했던 나, 저렇게 썼던 나는 더 이상 존재하지 않기 때문이다. 스스로도 모르는 사이에 이미 먼 거리를 건너온 것이다. 어느새 이상한 것이 익숙한 것이 되었고, 익숙한 것은 이상하지는 않더라도 흡사 작아진 옷처럼 어색하거나 불편한 것이 되었다. 그리고 어떤 사람은 남들보다 유난히 더 멀리 간다. 어떤 사람은 자신에게 알맞은 자아, 혹은 적어도 의문을 제기받지 않는 자아를 생득권처럼 타고나지만, 또 어떤 사람은 생존을 위해서든 만족을 위해서든 자신을 새로 만들어내려고 하고 그래서 멀리 여행한다. 어떤 사람은 가치와 관습을 상속받은 집처럼 물려받지만, 어떤 사람은 그 집을 불태워야 하고, 자기만의 땅을 찾아야 하고, 맨땅에서부터 새로 지어야 한다. 심리적 변신도 마찬가지다. 그리고 문화적 변신일 경우, 이 변화는 훨씬 더 극적이다.

다른 문화에 내던져진 사람은 일생에 한 번 이상 몸이 산산이 해체된 뒤 재편되는 과정을 겪는 나비의 고통과 비슷한 고통을 겪는다. 팻 바커는 소설 『재생』에서 어느 의사에 대해 이렇게 썼다. "그는 변화나 치료의 첫 단계는 악화를 닮은 경우가 많다는 사실을 잘 알았다. 번데기를 갈라보면, 속에는 썩은 애벌레가 있을 뿐이다. 절반은 애벌레이지만 절반은 나비인 존재, 타고난 성정상 어디서든 상징을 찾기를 좋아하는 사람들이 인간 영혼의 알맞은 상징으로 여기는 그 신화적 존재는 그 속에서 결코 찾아볼 수 없다. 아니, 변형의 과정은 거의 전적으로 퇴화로 이루어진다." 하지만 나비는 정말 인간 영혼의 상징으로 알맞기 때문에, 그리스어로 나비를 뜻하는 단어 '프시케psyche'는 결국 영어에서 영혼을 뜻하는 단어가 되었다. 우리에게는 그런 퇴화의 단계, 물러남의 단계,

먼 곳의 푸름

시작에 앞서 와야만 하는 끝의 단계를 제대로 표현할 언어가 많지 않다. 변신의 폭력성을 표현할 언어도 부족하다. 변신은 오히려 꽃이 피는 것처럼 우아한 일로 묘사될 때가 많다.

위의 글을 쓰고 난 뒤 어느 날, 누군가와 대화하는 약속과 그 다음 할 일 사이에 한 시간이 비기에, 최근 복원하여 재개장한 집 근처 식물원 '컨서버토리 오브 플라워스'에 가보았다. 구 년 만이었다. 그곳이 어느 해 겨울 폭풍우로 만신창이가 되었었기 때문이다. 나는 지도처럼 커다랗고 번들거리는 짙은 나뭇잎을 보리라고 기대했고, 덩굴과 이끼와 난초를 구경하리라고 기대했고, 축축한 공기를 마시리라고 기대했다. 내가 익히 기억하는 덥고 습하고 멋진 것들을 보리라고 기대했다. 그런데 우윳빛 유리로 된 대온실의 서관이 나비 정원이 되어 있었고, 그 방 한가운데 나비 부화장이 있었다. 널빤지 앞에 몇 센티미터쯤 거리를 두고 유리를 댄 부화장, 아니면 깊이가 얕은 선반장이라고 묘사해야 할 것 같은 부화장에는 미래에 나비가 될 번데기들이 종류별로 분류되어 핀으로 꽂혀 있었다. 번데기들은 각자 속에 든 나비의 형태를 띠고 있었다. 어떤 번데기는 바로 옆 번데기들은 가만히 있는데도 저 혼자 산들바람이라도 맞은 듯이 흔들거렸다. 내가 지켜보는 동안 나비 네 마리가 우화羽化했고, 다른 날 다시 찾았을 때는 일곱 마리가 우화했다.

번데기에서 나온 나비의 날개는 착착 접힌 낙하산처럼, 쭈글쭈글 구겨진 편지처럼 뭉쳐 있었다. 녀석들이 번데기에서 나오는 모습을 내 눈으로 보고서도 그렇게 큰 날개가 그렇게 좁은 공간에 담겨 있었다는 사실이 믿기지 않았다. 갓 우화한 나비는 몸통이 뚜렷이 눈에 들어왔다. 일단 날개가 펼쳐져서 그 생명체를 압도하게 되면 이후에는 다시 볼 수 없는 모습이었다. 그 짧은 순간 나비는 꼭 벌레처럼, 곤충처럼 보였다. 감각을 느낄 줄 아는 꽃의 사촌인 양 화려한 날개로만 보이는 나중의 모습과는 달랐다. 몸통은 우화 후 몇 분 안에 날개로 펌프질해 넣어서 날개를 날기에 알맞은 평면으로 펼쳐내는 데 쓸 체액을 머금고 있기 때문에 아직 통통했다. 나비들이 각자의 번데기에 달라붙어 있는 동안, 그들의 날개가 거의 알아차릴 수 없을 만큼 서서히 펼쳐졌다. 번데기에서 완전히 빠져나오지 못해서 날개가 영영 다 펼쳐지지 않는 녀석도 있었다. 어떤 나비는 번데기 속에 말린 주황색 날개를 빼지 못한 채 가만히 앉아 있었다. 어떤 나비는 절반쯤 빠져나온 상태로 영영 멎은 듯했고, 그 노랗고 검은 날개는 채 피지 못한 꽃봉오리 같았다. 어떤 나비는 미친 듯이 퍼덕거렸고 아직 열리지 않은 옆 번데기로 기어오르면서까지 몸을 빼내려고 애썼는데, 그러자 공황이 전염되었는지 옆 번데기들도 퍼덕거리기 시작했다. 그 나비는

먼 곳의 푸름

마침내 몸을 풀어냈지만, 날개가 활짝 펼쳐지기에는 너무 늦었는지도 몰랐다. 변형의 과정은 주로 퇴화로 이루어지지만, 그다음에는 이처럼 너무나 철저하고 갑작스럽게 옛 상태로부터 벗어나는 위기가 온다.

하지만 나비가 한살이에서 겪는 변화가 늘 이렇게 극적이지만은 않다. 묘한 울림이 있는 단어인 '영齡, instar'은 탈피와 탈피 사이의 단계를 뜻한다. 애벌레는 마치 뱀처럼, 북아메리카 남서부를 걸어서 가로질렀던 카베사 데 바카처럼 여러 번 껍질을 찢고 나오면서 성장하는데, 그 각 단계를 영이라고 부른다. 애벌레는 탈피를 겪어도 계속 애벌레이지만 이제 다른 껍질을 입고 있는 것이다. 세상에는 이런 탈피나 졸업이나 감화를 기념하는 의식들이 있다. 변화를 기념하는 예식들이 있다. 그러나 대부분의 변화는 그렇게 분명하고 고무적인 인정을 받지 못한 채 진행된다. 영은 천상의 일이면서도 내면으로 성장하는 일, 천국 같은 일이면서도 재앙 같은 일이다. 변화는 보통 그와 비슷한 일일 것이다. 아직 묻혀 있는 별, 가까운 것과 먼 것 사이에서 진동하는 별일 것이다.

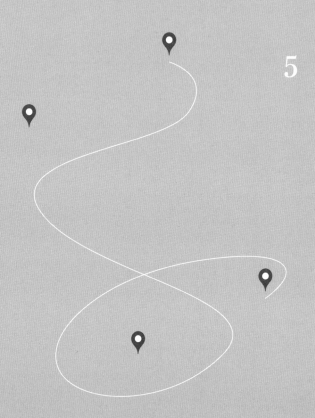

버려진 병원에서 가장 아름다운 것은 벗겨지는 페인트였다. 그곳은 파스텔 색조로 여러 차례 겹겹 페인트칠 되었었다. 버려진 채 시간이 흐르는 동안 칠은 마름모꼴 조각이나 돌돌 말린 두루마리처럼 벗겨졌고, 양면의 색이 달랐다. 벗겨진 조각들은 종이로 된 나무껍질처럼 벽에 매달려 있었고, 떨어진 낙엽처럼 바닥에 쌓여 있었다. 저 멀리 출입구에서 새어든 빛만으로 밝혀진 긴 복도를 걸었던 기억이 난다. 그 복도의 페인트는 큼직큼직하게 벗겨져서 천장과 벽에 매달려 있었고, 내가 지나가면서 일으킨 바람만으로도 조각들이 한들한들 떨어져 내렸다. 우리가 그곳에서 찍은 영화는 입자가 거칠어서 그렇게 섬세한 세부까지 보여줄 수는 없었지만, 그래도 그 영화 속 한 장면에서 내가 그런 복도를 걸어가는데 마침 내 뒤에서 비추던 빛이 목 양쪽으로 너무나 환하게 빛나는 바람에 간간이 내 머리가 몸에서 떨어져 허공에 둥둥 뜬 듯이 찍혔던 것이 기억난다. 나는 그곳을 떠나지 못하고 맴도는 유령이었다.

내가 지금 나이의 절반도 안 되었던 스무 살 때였다. 나와 나이가 같은 남자아이가 내 평생 받아본 제안 중에서 가장 정중하고 민주적인 제안을 건넸다. 샌프란시스코에서 그 시절 내가 살던 곳 근처에 있는 어느 병원의 폐허에서 자신과 함께 영화를 찍을 의향이 있는지? 나는 의향이 있었고, 우리는 영화를 찍었고, 이후 육

년 동안 우리는 놀랍도록 평온한 시간을 함께 보냈으며, 그 뒤에도 몇 년 더 가까운 사이로 지냈다. 그는 시험에서는 가진 재능이 드러나지 않는 부류의 천재였다. 박식하다고는 할 수 없지만 기계적·시각적·공간적 측면에서 천재였고, 자기표현과 의미보다는 문제 해결에 더 흥미가 있는 엔지니어형 천재였다. 대본과 줄거리는 그의 능력 밖이었기에, 대신 내가 이런저런 발상들을 대충 꿰맞춰서 그가 어찌어찌 구한 슈퍼8 카메라와 흑백 필름들, 그 시절에도 이미 보기 드문 물건이었던 그것들로 병원을 찍을 수 있도록 이야기를 만들었다. 1980년대 초였고, 지금 돌아보면 그 시절은 분명 폐허의 황금기였다.

펑크록의 전성기에 성년을 맞았던 우리에게는 우리가 무언가의 끝을 살고 있다는 사실이 분명해 보였다. 모더니즘의 끝, 아메리칸 드림의 끝, 산업 경제의 끝, 특정한 형태의 도시화의 끝. 사방에 널린 도시의 폐허들이 증거였다. 브롱크스는 몇 블록씩 몇 킬로미터씩 펼쳐진 폐허였고, 맨해튼의 몇몇 동네도 그랬으며, 전국 곳곳의 공공 주택 단지 사업은 붕괴한 상태였고, 샌프란시스코와 뉴욕 경제의 핵심이었던 선적 부두들은 버려진 곳이 많았으며, 샌프란시스코의 널찍한 서던퍼시픽철도회사 조차장과 가장 눈에 띄는 두 양조장도 마찬가지였다. 빠진 이 같은 공터는 우리가 자주 오가던 거리에 거친 미소를 지어 보였다. 폐허는 어디에나 있었다. 부자들이, 정치가, 미래의 전망이 도시를 버렸기 때문이다. 도시의 폐허들은 그 시기를 상징하는 장소였고, 펑크록 미학의 일부를 제공한 장소였다. 그리고 대개의 미학이 그렇듯이 이 미학에도 고유의 윤리가, 즉 어떻게 행동하고 살 것인지를 지시하는 세계관이 담겨 있었다.

그래서, 폐허란 무엇일까? 폐허란 인간이 지은 구조물이 방치되어 자연으로 돌아간 것이다. 도시 속 폐허의 유혹 중 하나가 바로 그런 야생의 유혹이다. 폐허는 계시와 위험을 둘 다 간직한 미지의 것들을 잔뜩 품고 있는 듯한 장소다. 도시는 인간이 만들지만, 자연이 쇠퇴시킨다. 지진과 허리케인으로, 혹은 부패나 침식이나 부식이나 미생물이 콘크리트, 돌, 나무, 벽돌을 분해하는 점진적 과정으로. 거기에 동식물이 돌아와서 자신들만의 복잡한 질서를 만들어내면 그것이 인간의 단순한 질서를 더한층 해체한다. 자연이 그렇게 도시를 차지하도록 허락되는 것은 경제적 이유에서든 정치적 이유에서든 인간의 관리가 멈출 때다. 폐허는 또 반달리즘, 방화, 전쟁으로 인간이 미쳐 날뛸 때도 만들어진다. 유럽과 미국 남부의 도시들은 인간이 전쟁으로 의도적으로 망가뜨렸지만, 미국 북부와 서부는 그와는 다른 이유에서 폐허가 되었다. 폐허는 그 시대의 많은 예술에게, 일부 사진과 회화에게, 많은 음악에게, 그 시절의 SF 영화에게 상징적인 집이었으며, 심지어 록 뮤직비디오와 패션 사진에게, 그리고 꼭 오래된 것처럼, 낡은 것처럼, 전투복처럼, 거미줄처럼 보였던 옷들에게 배경이 되어주었다. 폐허는 방치의 풍경이었다. 처음에는 소홀과 폭력으로 인한 방치였고, 나중에는 폐허로 스며든 열정에 의한 방치였다.

도시는 인간의 의식을 본떠 지어진다. 그것은 계산하고, 관리하고, 생산할 줄 아는 네트워크다. 한편 폐허는 도시의 무의식, 기억, 미지, 어둠, 잃어버린 땅이 되고 그럼으로써 도시에 진정한 생명을 부여한다. 폐허 덕분에 도시는 계획의 틀을 벗어나서 생명처럼 복잡한 것, 탐사될 수는 있지만 지도화될 수는 없을 듯한 것으로 바뀐다. 이것은 동화에서 조각상이나 장난감이나 동물이 인간으로 변신하는 것과 비슷한 변신이지만, 그것들은 생명을 얻는 데 비해 도시는 폐허로 인해 죽음을 얻는다. 하지만 이 죽음은 꽃에게 양분을 주는 시체처럼 생명을 길러내는 죽음이다. 도시의 폐허는 도시 경제의 바깥으로 밀려난 장소이고, 그러니 역시 도시의 일상적인 생산과 소비 바깥으로 밀려난 예술이 제 집으로 삼기에 이상적인 장소인지도 모른다.

펑크록은 계시처럼 강력하게 내 삶으로 갑자기 뛰어 들어왔다. 하지만 지금 그 계시가 무엇이었는지 말하라면 내 정신의 폭발적 압력에 걸맞던 박자와 폭동적 강렬함이었다고만 말할 수 있을 따름이다. 나는 열다섯 살이었다. 당시 내 모습을 마음에 그리면 불꽃이 치솟는 모습이 보이고, 내가 세상 밖으로 추락하는 모습이 보이고, 그때 내가 바깥의 세상이 아니라 내면의 세상을 견디고 살아남았다는 사실이 감탄스럽게 느껴진다. 그 시절 이전과 이후에 내가 가장 강하게 공명할 공간은 야생의 자연이었지만, 펑크록을 발견했던 순간부터 십 년간은 도시가 그런 공간이었다. 나는 종종 사회란 육체와 정신이라는 빵 사이에 낀 볼로냐소시지 같은 무의미함이라고 말해왔는데[영어 단어 baloney에는 무의미한 헛소리라는 뜻과 볼로냐소시지라는 뜻이 둘 다 있다.—옮긴이], 그런 사회는 가장 환원적인 형태의 사회, 인간의 가능성을 협소하고 뻔한 언어로만 규정하는 사회일 뿐이다. 펑크록, 슬램 댄싱을 하고 진탕 취하고 무대에서 다이빙하고 스피커 앞에서 몸이 진동하는 것을 느끼는 펑크록, 정치적 분노를 노래에 담았고 극단적인 상태를 선동하고 표현하려고 했던 펑크록은 그런 사회에 대항하는 집단 반란이었다. 그러나 실은 폐허처럼, 사회도 황야가 될 수 있다. 그 속에서 영혼도 야성적인 것이 되는 공간, 자기 자신과 자신의 상상력을 넘어선 것을 추구하는 공간이 될 수 있다. 그리고 그런 야성 중에서도 특수한 종류가 하나 있으니, 에로틱한 것과 취하는 것과 위반하는 것에 관련된 야성, 야생의 자연보다는 도시에서 더 쉽게 터를 잡는 야성이다. 그런 야성에게 어울리는 시간도 따로 있으니, 바로 젊음의 시간, 밤의 시간이다.

이제 나는 데메테르와 페르세포네의 이야기를 좀 의심한다. 어쩌면 페르세포네는 죽음의 왕과 눈이 맞아서 흔쾌히 그의 지하 세계로 달아났는지도 모른다. 어쩌면 그것이 그녀가 어머니로부터 벗어날 유일한 방법이었는지도 모른다. 어쩌면 데메테르는 나쁜 부모였을지도 모른다. 리어왕 같은 나쁜 부모, 즉 본성을 부정하는 부모, 자식이 부모를 떠나려는 본성도 부정하는 부모였을지도 모른다. 어쩌면 페르세포네는 하데스를 한없이 쿨한 연상의 남자, 자신이 찾는 지식을 알고 있는 남자로 여겼을지도 모른다. 어쩌면 페르세포네는 어둠을, 여섯 달의 겨울을, 석류의 시큼한 맛을, 어머니로부터의 자유를 사랑했을지도 모른다. 어쩌면 페르세포네는 세상에 겨울이 반드시 있어야 하는 것처럼 우리가 진정으로 살아 있기 위해서는 죽음이 반드시 삶의 일부여야 한다는 사실을 알았는지도 모른다. 페르세포네가 성인이 되고 힘을 갖게 된 것은 지옥의 왕비가 되고서였다. 하데스의 영역은 지하 세계라고 불리는데, 도시에서 법망을 벗어난 모든 영역을 가리키는 말도 지하 세계다. 그리고 호피족의 창조 신화에서 인간을 비롯한 모든 존재가 지하에서 생겨났다고 말하는 것처럼, 우리 문명에서 문화는 지하로부터 생겨난다.

이따금 목가적인 작은 마을의 십 대들이 그런 동네에 통 어울리지 않는 절망의 의상을 입은 모습을 본다. 너덜너덜하고 얼룩져 있고 갈기갈기 찢긴 옷, 내가 젊었던 시절의 패션이 남긴 유물 같은 옷. 왜 그런가 하면 인생의 그 단계에서는 지하 세계가 그들의 진정한 집이고, 도시의 빈민가나 이면이 그나마 그런 세계에 가장 근접한 공간이기 때문이다. 사춘기 때는 몸속의 생체 시계마저 바뀌어, 최소한 몇 년 동안 야행성 동물이 된다. 유년기에는 내내 생명을 향해 자라다가, 생명의 정점에 도달한 사춘기에 이르러서는 갑자기 죽음을 향해 자라기 시작하는 것이다. 이때 죽음의 숙명성은 반가이 맞아들일 만한 확장으로 느껴진다. 왜냐하면 우리 문화에서 젊은이가 성인이 된다는 것은 감옥에 들어가는 일인 셈이고, 죽음은 그 감옥에 탈출구가 있다는 사실을 확인시켜주기 때문이다. 스물여섯 살에 죽은 키츠는 "나는 안락한 죽음과 어설픈 사랑에 빠졌었다."라고 말했고, 우리도 마찬가지였다. 비록 우리가 사랑에 빠졌던 죽음은 그 시절에는 그저 몽상에 지나지 않았지만.

내가 버려진 병원에서 찍은 영화에 붙인 제목은 「생을 위한 치료」였다. 촬영을 시작하기 얼마 전, 나는 침실이라기보다는 기차역 같은 방, 휑뎅그렁하고 천장이 높고 큰 방에 낮은 침대들이 줄줄이 놓여 있고 그 침대마다 여자들이 있고 내가 그중 한 명인 꿈을 꾸었다. 군인을 위한 유곽이었다. 내가 그런 생각을 품었던 데는 록밴드 조이 디비전의 영향도 있었을 것이다. 조이 디비전은 멜랑콜리하고 음울한 펑크록, 훗날 인더스트리얼록이라고 불릴 스타일을 개척했지만 음반을 겨우 몇 장 발표한 뒤 작사가이자 리드 싱어였던 이언 커티스가 목을 매어 자살했다. '조이 디비전'은 나치가 여성들을 성 노예로 삼아 만들었던 군인용 유곽을 부르는 이름이었다. 내 꿈에서는 매춘이 명시적으로 드러나지는 않았다. 내가 그 긴 줄에 끼어 있을 때 웬 남자가 내게 다가와서 작은 증표를 건네는 일이 다였다. 나는 남자가 내게 자유롭게 선물을 주었으니 나도 이제 자유롭게 탈출해도 된다고 이해했다. 마치 어떤 단순한 방정식이 성립되어 있는 것처럼, 나는 이제 그 물건을 얻었으니 남들과는 다른 존재가 되었고 하나의 선택이 내려졌으니 다른 선택들도 내려도 된다고 여겼다. 꿈에서 나는 방을 떠났다. 영화는 나의 그 탈출을 길게 펼쳐 보일 것이었다.

우리는 결국 유곽에서의 장면은 촬영하지 않았다. 그래도 선물은 만들었다. 영화 제작자가 새기고 내가 수놓은 리본이었다. 내가 수놓은 문장은 몇 해 전 생일에 고모에게 받았던 선물인 블라디미르 나보코프의 『창백한 불꽃』 중 한 대목, "사라진 장갑 한 짝은 행복하다."라는 부조리한 격언이었다. 어쩌면 그 영화 자체가 영화 제작자가 내게 준 선물이었을지도 모른다. 나더러 내 탈출을 스스로 글로 써보라고 격려하는 선물이었을지도 모른다. 또 그 영화 자체가 테세우스가 크레타의 미로에서 빠져나오는 길을 찾을 때 썼던 실만큼 긴 하나의 리본이었을지도 모른다. 병원은 도시의 한 블록을 몽땅 차지한 부지에 수많은 복도들과 방들이 있는 5층 건물이었다. 뾰족한 창들이 이어진 것처럼 생긴 철제 담장이 부지를 둘러싸고 있었다. 우리는 담장을 넘은 뒤 불법 점유자들이나 탐험자들이 깨뜨려둔 지하실 창문으로 들어갔고, 안에서 가끔 그들이 남긴 흔적을 발견하기도 했다. 건물은 넓고 복잡해서 보르헤스의 단편 중 미로와 무한한 도서관이 나오는 이야기들이 떠올랐다. 그래서 내가 쓴 영화 줄거리의 또 다른 전제는 그 병원이 무한하다고 여겨진다는 것, 밖이 없고 안만 있는 공간으로 여겨진다는 것이었다. 그것은 존재론적 질병에 대한 은유이자 우리의 주인공이(즉 낡고 흰 셔츠식 잠옷을 입은 내가) 영화에서 먼지투성이 빛을 받으며 노후한 복도를 한없이 방랑할 구실이었다. 그 시절은 영화들이 도시의 방치되고 누추한 공간에서 추격전을 벌이던 시절이기도 했다. 「매드 맥스 2: 로드 워리어」, 「터미네이터」, 「블레이드 러너」가 모두 그즈음 나왔다.

우리가 촬영한 탈출 이야기에서 한 가지 중요한 사건은 내가 미치광이 의사에게 납치되는 것이었다. 의사는 인간의 영혼이 육체의 어딘가에 물리적으로 깃들어 있다고 믿었고, 그 지점을 알아내기 위해서 사람들을 죽여가며 수술을 실시하고 있었다. 나는 그에게 장황한 독백용 대사를 써주었는데, 의사가 수술용 마스크를 쓰고 있다는 점 덕분에 그가 대사를 말하는 장면을 찍어서 우리의 무성영화에 붙여도 그다지 이상하지 않았다. 나는 그 인물을 주나 반스의 소설 『나이트우드』에서 약간 빌려왔다. 『나이트우드』도 고모가 준 선물이었다. 이 책을 사춘기의 책으로 꼽은 사람은 아직 본 적이 없지만, 에로틱한 괴로움과 극단적인 감정 상태를 대단히 잘 묘사했다는 점에서 충분히 그렇게 여겨질 만한 책이다. 내가 참고한 인물은 수다스럽고 여장을 즐기는 다락방 의사 매슈 오코너였다. 소설에서 그는 비탄에 빠진 주인공의 질문에 대한 대답으로 사랑과 밤에 관한 자신의 의견을 들려주는데, 한 챕터를 차지할 만큼 긴 그 장광설에는 소설의 다른 부분들보다 주옥같은 문장이 더 많다.

길 잃기 안내서

이후 영화 제작자와 나는 각자의 능력을 어디에 어떻게 쓰면 좋을지를 차츰 알아나갈 터였지만, 그 영화는 사실 멋지게 노후한 그 공간에서 모종의 목적의식을 품고 어슬렁거리기 위한 핑계에 불과했다. 그곳에는 시체만 한 크기의 녹슨 서랍이 있는 안치소, 타일 깔린 좁은 무대가 있고 참관자들이 위에서 지켜볼 수 있도록 극장처럼 만들어진 수술실, 바퀴 달린 들것이 다닐 경사로, 지금은 죽은 지 오래인 사람들의 질환 상태와 치료 상태를 알려주는 낡은 의료 기록 무더기, 그 밖에도 용도 모를 녹슨 장치들이 있었다. 그러나 무엇보다도 그곳에는 빛이 있었다. 먼지투성이 유리창을 통해서 버려진 방과 복도로 비스듬히 스미는 빛이 있었다. 우리는 촬영에 친구들을 여럿 동원했는데, 대부분 우리 못지않은 아마추어들이었다. 그때 이미 어엿한 예술가였던 친구는 단 한 명, 마린뿐이었다. 마린은 악보가 흩뿌려진 철제 침대 틀에 앉아서 첼로를 연주하는 장면에 등장했다. 그렇게 첼로를 연주한 뒤 악보들 틈에서 지도를 한 장 꺼내어 내게 건넸다. 그 지도는 내가 발명한 무한의 병원에서 탈출하는 길을 알려주는 지도였고, 영화 제작자가 직접 그린 지도였다.

마린을 마지막으로 만났던 여름밤, 우리는 나이트클럽에 갔고, 아주 많은 계획을 세웠으며, 우리가 처음 만났던 때를 이야기했다. 그 처음이란 마지막 날로부터 칠 년 전, 마린이 열일곱 살이 거의 다 되었고 내가 스물한 살이 되기까지 아직 좀 남았을 때, 영화를 찍기 두어 달 전이었다. 내가 먼저 마린을 보았다. 마린은 그 봄날 오후에 밴드 연습 장소였던 교외의 차고로 걸어가고 있었다. 회색 가죽 재킷을 입고 한 손에 베이스를 든 모습이었고, 멀리서는 실제보다 더 나이 들고 자신만만해 보였다. 이후 여러 번 바뀌었던 마린의 베이스들은 모두 그녀의 몸집과 비례가 맞지 않아 보였고, 그렇게 큼직한 물건을 마린이 능숙하게 통제하는 모습은 뭐랄까, 서커스단 소녀가 널찍한 말 등에서 곡예를 선보이는 것처럼 대단한 묘기로 보였다. 마린의 손가락은 생일 케이크에 꽂는 초 같았다. 마린은 손가락의 굳은살과 그 손가락에서 피가 날 때까지 연주한다는 점을 자랑스러워했다. 마린은 첼로를 연주하다가 일렉트릭 베이스로 바꾼 것이었기에 몸집보다 큰 악기가 처음은 아니었다. 그날 차고에서 처음 만난 뒤 어울리기 시작했을 때 마린이 해주었던 말인데, 그녀는 첼로를 자신이 그 위에 타고 노를 저어서 가족으로부터 벗어날 수 있는 배로 상상했다고 했다. 그때만 해도 나는 첼로가 마린의 인생에서 계속 중요한 존재라는 사실, 바이올리니스트인 마린의 어머니가 마린을 구슬려 자신이 일요일마다 연주하는 성당에서 함께 연주하도록 한다는 사실을 몰랐지만, 이후 딱 한 번 마린과 마린의 어머니와 오만한 코카인 판매상이었던 마린의 친구 하나가 성당에서, 내가 더 어릴 때 의식과 소속을 갈망하며 드나들었던 성당에서 자정 미사에 연주하는 것을 들으러 간 적은 있었다.

내게 마린을 정의하는 특징은 세 가지, 마린의 아름다움, 재능, 변덕스러운 성격이었다. 타고나기를 종잡을 수 없는 그 성격은 그녀를 소유하고 싶어 했던 사람들에게 고통을 안겼고, 나로 말하자면 그 때문에 끊임없이 놀랄 일이 있었으며 그녀의 행방을 좀처럼 잘 쫓을 수가 없었다. 마린은 섬세한 톰보이였고, 관능적이며 창백했고, 아이처럼 부드럽고 완벽한 피부와 크다기보다 길다고 묘사해야 할 강렬하고 까만 눈을 가졌다. 궁지에 몰린 동물처럼 남의 눈을 피하려던 그녀의 모습을 기억하고, 마지막 날 그녀가 얼마나 우아하게 변해 있었던지를 기억한다. 사람들은 마린을 야생동물처럼 포획하고 싶어 했고, 아이처럼 보살피고 싶어 했다. 사람들은 흔히 아름다움을 그저 욕정이나 감탄을 일으키는 무언가로 이

방지

야기한다. 그러나 사실 가장 아름다운 사람들은 꼭 삶의 운명이나 숙명이나 의미처럼 느껴지는 방식으로 아름답다. 어떤 놀라운 이야기의 주인공처럼 보이는 방식으로 아름답다. 그런 사람에 대한 욕망은 어떤 면에서 고결한 운명을 갈구하는 욕망이고, 그런 아름다움은 쾌락으로 난 문일 뿐 아니라 의미로 난 문으로 보인다. 하지만 사실 그런 사람들은 남들에게 미치는 영향 외에는 그다지 특별한 점이 없는 경우가 많다. 뛰어난 아름다움과 매력은 사악한 요정이 세례식에서 아기에게 베푸는 선물이다. 선물의 소유자는 그 덕분에 남들에게 상당한 영향력을 휘두르지만, 다른 사람들이 다가와서 난파하는 바위 위의 사이렌처럼 기능하느라 바쁜 나머지 자신도 스스로 나아갈 방향을 찾아야 한다는 사실을 망각할 수 있다. 마린에게는 남들도 그 속에서 살고 싶어 하는 이야기를 살아가는 아름다움이 있었지만, 그뿐 아니라 능력, 몰입력, 대담함도 있었다.

처음 만난 뒤 몇 년 동안 우리 둘은 비슷한 무리들과 어울리는 가까운 친구였다. 마린이 내 집에서 가까운 마약 판매상 친구의 집을 나온 뒤 몇 달 동안 내 집에 산 적도 있었다. 이후 마린은 더 멀리 방랑하기 시작했고, 나는 나대로 다른 영역으로 빨려 들어갔다. 그래도 나는 내내 같은 장소에 머물러 있었기에, 늘 마린이 먼저 전화를 걸어서 새 전화번호를 알려주거나, 새 가족이나 직업을 꾸리려는 시도가 또 한 번 실패했기 때문에 다시 어머니와 외할머니의 집으로 들어갔다는 소식을 전해주거나 했다. 그러나 마지막 무렵에는 무슨 바람이었던지 내가 먼저 마린네 가족의 아파트 문을 두드렸다. 마린은 로스앤젤레스에서 막 음반 계약을 한 뒤 돌아와 있었고, 우리는 끊어졌던 연락을 다시 이었다. 그것이 5월 초였다. 이후 몇 주 동안 우리는 자주 대화했다. 6월에 마린은 토요일 밤을 나와 함께 놀고 싶다고 정했다. 그래서 우리는 외출해서 서로에게 감탄했고, 과거를 재탕했고, 미래의 계획을 잔뜩 세웠다.

마린은 내가 한 번도 완벽하게 소속되지 못했던 파란만장한 세계의 화려함을 가진 사람, 내게는 낯설기만 한 재능을 가진 사람이었다. 글쓰기는 예술 중에서 가장 덜 육체적인 일이고, 읽고 쓰는 일은 대체로 사적이고 고독한 경험이다. 그래서 나는 늘 음악과 춤을 행위자의 육체가 관객과 직접 소통하는 예술, 작가는 거의 경험할 수 없는 교감을 만들어내는 예술로 여겨 매혹되었다. 어떤 음악에는 가사가 있다. 록음악의 가사는 때로 시를 갈망했지만, 그때도 늘 가사는 우선 소리였고, 머리보다 몸에 먼저 말해졌다. 마린은 음악가가 되려는 마음이 컸기 때문에 진정한 스리

코드 펑크록 연주자가 되기는 힘들었다. 그래서 엄밀한 의미의 로큰롤 중에서도 좀 더 장식적이고 덜 이데올로기적인 영역에 이끌렸다. 마린은 난해한 문화적 지식을 놀랍도록 많이 알았다. 그녀의 집안 증조부가 위대한 작곡가들과 어울렸던 시절 이래 그 가족의 삶의 일부가 된 고전음악만 많이 아는 게 아니었다. 마린은 불쑥 누군가를 사드 후작 같은 수염을 기른 사람이라고 묘사했고, 어려운 용어를 썼고, 바로크 시대나 성 안토니우스가 겪은 유혹에 관해 빈정거렸다. 마린이 샌타모니카에 살 때 그림이 잔뜩 실린 오듀본 곤충 도감을 구하고 얼마나 기뻐했던지, 지구의 교차로인 아열대 지역에 기어 다니는 이국적인 곤충들을 얼마나 좋아했던지 지금도 기억난다.

어쩌면 세 특징이 아니라 세 장소로 마린을 설명할 수 있을지도 모른다. 우리를 형성했으나 우리가 비웃고 달아났던 교외 주거 지역, 마린이 불완전하나마 집으로 삼았던 밤의 도시, 서정적 유럽 문화의 세상이자 우리의 유년기 뒷마당 너머에 펼쳐져 있던 언덕의 세상이라고도 할 수 있는 전원. 마린은 어머니가 유럽의 음악 학교에서 공부할 때 만나 혼외 연애를 했던 음악가 아버지를 한 번도 만나지 못했다. 마린의 이름은 어느 작곡가의 정부의 이름을 딴 것이었다. 마린의 어머니는 마린이 태어났을 때 아주 어렸고,

그래서 이후 모녀는 마린의 인생 대부분을 마린의 외조부모와 함께 살았다. 그러니까 마린은 제대로 독립했다고 할 수 없는 어머니와 자신들의 음악적 기술이 이미 은퇴했다는 사실에 초조해하는 외조부모와 함께, 요컨대 서로 좋은 관계가 되기 어려울 것 같고 아이를 어떻게 키워야 할지도 잘 모르는 사람들과 함께 살았다. 내가 그 집에 갈 때면 외할머니의 고함 소리가 집을 쩌렁쩌렁 울리기 일쑤였다. 마린은 외할머니를 "잔소리하는 여편네"라고 불렀고, "집안의 포악한 여신들이 또 베르디의 코러스를 부른다."고 말했다. 잠시도 쉴 줄 모르는 고함 소리는 세상의 위험과 간교를 장황하게 주의시키고 귀가 시간과 따뜻한 차림을 고약한 말로 일깨웠으며, 젊은이의 야만성과 특히 이 젊은이의 사악함을 끝없이 꾸짖었다. 숨 돌리는 대목조차 없는 노래, 십 년 넘게 반복되었을 분노의 문장이었다. 목소리는 마린이 집을 나설 기미를 보이면 더 커졌고, 마린의 통화에 불쑥 끼어들었고, 계단을 내려와서 문을 나서는 우리 뒤를 쫓았다. 처음에는 보호하려는 마음에서 시작되었는지는 몰라도 이미 오래전에 앵돌아버린 목소리였다.

띄엄띄엄 소식을 들을 때마다 마린의 상황은 늘 달랐다. 또 다른 사람과 함께 살았고, 또 다른 밴드에 들었다가 나왔고, 일자리가 있었고, 일자리가 없었고, 성공의 목전이었고, 재앙에서 회복하는 중이었다. 십 대 후반에는 이제 남자가 아니라 주로 여자와 사귀었다고 들었는데, 이 문제에서도 확실한 것은 아무것도 없었다. 마린은 안정과 안전이 지루했던 것인지, 잘 모르겠다. 마린이 혼란으로 투신했던 것은 산만한 자기 파괴적 무모함의 발로였는지, 아니면 그런 위험은 그저 매혹에 필요한 치장에 불과했는지, 그러니까 마약에, 모험에, 연주에, 마약으로 포화된 지하 음악 세계에서 벌어지는 쉴 없는 사교 행위에 필요한 치장에 불과했는지 잘 모르겠다. 마린에게는 세상에 내보일 페르소나를 절박하게 구축하고 있는 사춘기 아이들이 몹시 중요하게 여기는 어떤 초연함이 있었다. 그러나 그런 초연함은 자신이 정말로 원하는 것과 필요한 것을 자신과 남들에게 분명하게 알리는 데 도움이 되는 솔직함과는 대립한다. 그 시절 우리를 격랑처럼 뒤흔들었던 감정은 아직 눈에 보이지 않았고 이름도 없었다.

　　마린은 십 대 때 아이섀도를 근사하게 칠했다. 하늘색과 분홍색과 금색과 그 밖의 놀라운 색깔들은 그녀의 눈을 비잔틴 모자이크처럼 보이게 했다. 이후에는 눈 화장을 점점 적게 하더니, 마지막 날 밤에는 아무것도 칠하지 않았다. 그러면 더 나이 들어 보인다고 마린은 말했다. 그때 마린은 스물네 살이었다. 갈색 머리카락을 까맣게 염색하고 있었다. 옅디옅은 올리브색 피부와 가는

길 잃기 안내서

뼈대 때문에 그녀 자신의 사진으로, 완벽한 순간의 이미지로 녹아 드는 것처럼 보였다. 그날 밤의 몸짓. 턱을 들고, 눈을 감고, 피로한 자의식이 담긴 손길로 이마에 떨어진 머리카락을 뒤로 넘기던 동작. 우리는 둘 다 까만 청바지와 까만 티셔츠와 부츠와 가죽 재킷을 입었다. 마린의 데모 테이프를 들어보려고, 또 내 첫 책의 원고가 얼마나 무거운지 들어보려고 내 집에 들렀을 때, 우리는 거울 앞에서 몸단장하면서 춤을 추었다. 클럽으로 가서도 또 춤을 추었다. 마린과 함께했던 남자, 그때 그녀가 소속된 밴드에서 연주하는 사람이었던 연상의 남자가 우리를 너그러운 눈으로 지켜보았다. 그날 밤 마무리는 바이커들이 즐겨 찾는 술집에서 했다. 우리가 마지막으로 한 잔씩 하는 동안 마린은 술집의 커다란 고양이를 꾀어 무릎에 앉혔다.

마린은 생기 넘쳐 보였다. 약을 끊었다는 말을 나는 믿었다. 우리가 외출한 것은 토요일이었는데, 마린은 목요일에 누구를 만날 약속이 있다면서 나와 자신의 남자 친구도 함께 만났으면 좋겠다고 말했다. 마린은 이 약속에 여느 때보다 고집스러웠다. 화요일에 내게 전화까지 걸었다. 자기 셔츠와 스웨터가 내 차에 있는지 확인하려는 용건도 있었지만, 목요일 아침 열 시에 다시 전화할 테니 그때 어디서 어떻게 만날지 정하자고 말하기 위해서였다. 마린이 그렇게 분명하고 집요하게 요구하는 것은 드문 일이었기 때문에, 목요일에 전화가 없자 나는 마린이 이전 몇 주 동안 머물던 밴드의 공간으로 전화를 걸었다. "마린은 화요일 밤에 죽었어요." 연상의 남자가 무너진 목소리로 말했다. "꼬마 마린이." 그는 말했다. "믿을 수가 없어요."

●

마린과 함께했던 백 가지 모험. 내 스물한 살 생일 오후에 마린과 영화 제작자와 함께 샌프란시스코 북서쪽 끝 수트로배스의 드넓은 폐허를, 파도가 하도 강하게 때려서 물보라가 몇 미터씩 솟구치는 그곳을 어슬렁거렸던 일. 초봄의 신록이 가득한 동네 언덕을 산책하다가 잠시 멈춰서 어린 여자들에게 뻔한 이유로 강한 마약을 주던 나이 든 세계적 록스타의 집 수영장에 돌멩이를 던졌던 일. 폭염의 어느 날, 마린의 연을 날리려고 나갔다가 바람이 전혀 없어서 실패한 뒤 숲으로 가서 얼음처럼 차가운 계곡물에 발을 담그고 발이 시퍼레질 때까지 놀았던 일. 열아홉쯤 되었던 마린이 마약 과용으로 탈수가 와서 쓰러진 뒤 입원해서 심드렁하고 짜증스러운 표정으로 환자복을 입고 있던 일. 마린의 집에서, 마린이

고개를 모로 꼬고 자신이 아기였을 때 사진들을 보면서 사진 속 자신이 무솔리니와 똑같이 생겼다고 단언하던 일. 우리가 영화 제작자 아버지네 뒷마당에서 꺾은 가시 달린 장미를 마린의 무대에 던지자 밴드의 리드싱어가 주워서 마린에게 바쳤던 일. 마린과 내가 마린네 집 아래쪽에 있던 가톨릭 묘지의 담을 넘을 때 바로 옆 맹인 학교의 개들이 일제히 컹컹 짖었던 일. 마린이 죽기 반 년 전, 집에 왔더니 전화 응답기에 마린이 명랑한 경탄의 말투로 남긴 메시지가 녹음되어 있었던 일. "사랑해, 나 마린이야!"

이튿날, 장례 일정을 물어보려고 밴드의 공간에 다시 전화했을 때 나는 말했다. "하지만 마린은 행복해 보였어요. 드디어 모든 일이 잘 정리된 것 같았어요." 남자는 대답했다. "마린은 자신을 위해서 행복한 적은 한 번도 없었어요. 당신을 위해서 행복했던 거예요." 토요일에 나와 함께 논 뒤, 마린은 잠시 집을 비운 어머니 대신 할머니를 돌보려고 집으로 들어갔다가 화요일 밤 파티에 갔다고 했다. 그 파티에서 한 무슨 약 때문에 마린은 죽었다. 놀랍지 않았지만 현실감도 없었다. 계속 이 모든 게 희한한 실수나 지어낸 이야기일 것이라고 생각했다. 마린의 어머니에게 전화 걸 때까지는. 어머니는 내게 마린의 시신을 참 예쁘게 단장해두었으니 꼭 영안실로 가서 보라고 말했다. 어떻게 그럴 수 있을까. 마린의 담배

꽁초가 아직 내 재떨이에 있고, 마린의 머리카락이 아직 내 빗에 엉켜 있고, 마린의 옷이 아직 내 차에 있고, 마린의 목소리가 아직 내 귀에 울리는데, 우리가 함께 내 거울에 모습을 비춰본 것이 겨우 며칠 전인데, 우리 둘 중 더 나긋하고 더 유연하게 아름다운 것은 마린이었는데. 토요일, 심포지엄을 듣다가 갑자기 뛰쳐나와서 영안실로 갔다.

　그런 곳에 가본 것은 처음이었다. 조지 왕조 양식 주랑 현관을 지나니 양쪽에 문이 달린 긴 복도가 있었다. 그곳에서 열리는 장례식에 참석하려고 아이들을 데리고 모인 가족들이 나를 수상쩍게 여기는 눈길로 보았다. 복도에서 좀 헤맸지만, 문마다 앞에 방명록이 놓인 독서대가 있다는 사실을 알아차렸다. 맨 마지막 독서대의 방명록에 마린의 이름이 쓰여 있었고, 커튼 달린 유리문이 살짝 열려 있었다. 나는 살그머니 들어갔다. 어두운 방은 예배당처럼 꾸며져 있었다. 묘하게 숨죽인 정적이 흘렀고, 거대한 초들이 있었고, 스테인드글라스 창이 있었고, 그 창으로 새어든 흐리고 희미한 빛이 크고 화려하고 아이보리색이라 꼭 페이스트리처럼 보이는 관에 떨어졌는데, 제단 같은 관대 위에 얹힌 관 속에는 남자아이 같은 꼬마 뱀파이어가 누워 있었다. 문에서 옆얼굴을 보았을 때는 마린이 평온하게 자고 있는 것 같았다. 그러나 다가가서 밝은

데서 보니 내가 절반만 아는 얼굴인 것 같았고, 나는 쉼 없이 움직거리던 마린의 몸짓이 그녀의 인상에서 큰 부분을 차지했다는 사실을 깨달았다. 관 속에는 침대처럼 보드라운 흰 새틴이 깔려 있었다. 나도 모르게 속삭였다. "마린, 마린, 마린, 일어나봐."

마린의 어머니는 이후 몇 년 동안 가끔 내게 전화를 걸었다. 그렇게 통화하던 중 한번은 마린이 죽은 날 밤이 자신의 결혼식 날이었다고 내게 말해주었다. 마린의 어머니가 결혼한 남자는 나이가 마린과 어머니의 중간쯤 되는 젊은 부자였는데, 마린은 자신이 그를 얼마나 미워하는지 말한 적은 있어도 결혼 이야기는 한 적 없었다. 결혼식 다음 날 아침에 집으로 온 어머니를 기다린 것은 마린이 축하 선물로 사둔 샴페인 한 병, 그리고 마린의 외할머니의 말이었다. "마음 단단히 먹어라. 아주 단단히 먹어야 할 거야." 그 사실을 알게 되니, 다른 사실들이 전과는 다른 형태로 정렬되었다. 마린은 집을 자신이 갈 수 없는 곳으로 만들지도 모르는 어머니의 결혼에 낙담한 나머지 무모하게 행동한 것 같았다. 벗어나고 싶어서가 아니라 돌아갈 길이 막혔기 때문에. 나는 마린이 내 차에 놓아둔 보라색 셔츠와 스웨터를 개어 침대 발치 서랍장에 넣었다. 옷들은 아직 거기에 있다. 셔츠 주머니에는 구겨진 투시팝 막대사탕 포장지가 들어 있었다.

그 시절이 내게 문득 다시 밀려든 것은 몇 년 전 뉴욕에서 1986년 에이즈로 사망한 피터 후자의 사진이 걸린 갤러리를 돌아보던 순간이었다. 그 중요한 만남 전, 나는 여러 갤러리를 다니면서 철저하게 현대적인 작품들을 구경했다. 매끈하고 반들거리고 영리한 예술, 디자인의 주제들이나 패션이나 불만에 관한 예술, 옛 뉴욕의 풍경을 대체한 새 뉴욕의 매끄러운 표면에 관한 예술이라고 말할 수 있는 작품들이었다. 하지만 내가 후자의 사진에 그토록 감동한 것은 그 옛 풍경 때문이었다. 질감부터 달랐다. 동물, 낙오자, 괴짜, 폐허를 찍은 후자의 강렬한 흑백사진에서는 세상이 모든 면에서 거칠었다. 그 표면은 거칠었고, 낡았고, 관능적이었고, 연륜이 있었으며, 무언가를 흡수할 능력을 갖고 있는 것 같았다. 빛을, 의미를, 감정을 흡수할 능력을. 그것은 도시 재생 사업이 일소하겠다고 약속하는 바로 그 미스터리와 위험을 간직한 도시였다. 갤러리에서 멀지 않은 곳에 첼시 부두가 있었다. 이제 "가족을 위한 장소"가 된 그곳은 고급 스포츠 및 운동 단지다. 비싸고, 통제되고, 안전하고, 예측 가능하고, 골프나 등산처럼 실제로는 다른 장소에서만 벌어질 수 있는 활동을 흉내 내는 사람들로 가득하다. 그곳은 진정한 의미에서 합성적인 장소, 인공의 목적들과 시뮬레이션된 공간들로 만들어진 장소이지만, 언젠가 그곳도 다시 폐허가 될지도 모른다.

챌시 부두의 웹사이트는 1976년부터 현재 단계가 시작된 1992년 사이의 역사는 소개하지 않는다. "그러나 챌시 부두는 운명이 다시 부를 때까지 항구의 바람을 맞으면서 그저 가만히 녹슬어가고 있었습니다." 웹사이트는 그렇게만 말하지만, 사실 부두는 그저 가만히 있지만은 않았다. 그동안 특별한 성적 지향을 갖고 있거나 사회에서 따돌림 당하는 온갖 부류의 사람들이, 가죽옷을 입은 사도마조히스트나 그물 옷을 입은 크로스드레서나 부랑자나 중독자가 임시 자치 구역이 된 그곳을 제 집으로 삼았다. 피터 후자는 챌시 부두를 사진으로 찍었고, 후자가 아꼈던 데이비드 워나로위츠는(워나로위츠도 에이즈로 1992년에 죽었다.) 챌시 부두를 어슬렁거리면서 이런 글을 썼다. "버려진 가구들 사이에서 옛 해운 회사의 서류들이 폭발이라도 한 것처럼 흩날렸다. 다리가 세 개인 책상들이 있었고, 뒤집힌 민트색 인조 가죽 소파가 있었고, 먼 벽에는 빛과 바람과 강이 내다보이는 작은 직사각형들이 있었다. 나는 그에게 기댔고, 그를 그 벽에 밀어붙였고, 내 창백한 손을 그의 스웨터 밑으로 넣어서 쓸어 올렸다. [……] 어두워지기 직전에 창고의 복도를 걸으면서 벽에 그려진 다양한 그라피티를 찍었고, 양성구유자들도 찍었고, 날카로운 얼굴로 담배를 피우는 건달들도 찍었다." 워나로위츠의 감정적, 성적, 미적, 윤리적 강렬함에서 어떤 면은 그런 장소와 불가분의 관계였던 것으로 보인다. 게이이자 펑크족이자 무법자이자 활동가였던 워나로위츠를 그 시절의 정수에 해당하는 예술가로 볼 수 있다면, 그것은 그 시절이 그런 장소에 관한 시절이었기 때문이다. 황량한 폐허이지만 왠지 낭만적인 무법적 가능성으로 충만했던 장소, 자유로 충만했던 장소, 심지어 이상주의자가 될 자유로 충만했던 장소. 물론 섹스 피스톨스가 노래한 「미래는 없어No Future」처럼 씁쓸한 맥락의 이상이었겠지만, 그래도 어쨌든 이상은 이상이었던.

　　"핵 실수가 있었지만, 나는 두렵지 않아." 클래시는 이렇게 노래했다. "런던이 가라앉고 있고, 나는 강가에 사니까." 레이건이 벼랑 끝 핵 전략을 벌이던 시대였고, 핵전쟁 후 폐허가 모두의 상상을 사로잡은 시대였다. 핵무기 동결을 요구하는 활동가들은 "산 사람이 죽은 사람을 부러워하게 되리라."라는 말을 주문처럼 읊었고, 수많은 책과 기사와 TV용 영화가 장차 북반구가 어떤 폐허가 될지 예상해보았다. 나는 늘 그런 핵전쟁 후 세상에 살게 되리라고 예상했다. 그래서 미래를 생각할 때면 늘 생존 기술과 대학원

졸업장 중 무엇이 더 적절할지 고민했다. 물론 그 폐허는 예언적 건축물처럼 상상된 폐허였지만, 그래도 분명 그 시대를 규정하는 중요한 요소였다. 위대한 산업 도시들은 차츰 다른 것이 되어가고 있었다. 샌프란시스코와 뉴욕은 그보다 좀 더 외곽의 부지에 항구를 내주면서 거의 끝나갔고, 도심에서 소규모 산업들이 떠난 자리는 예술가들로, 그리고 종종 예술가들을 뒤따르며 모방하는 매끄러운 자본으로 대체되었다.

지금 우리는 폐허보다 훨씬 더 겁나는 건축물의 시대를 열고 있다. 내가 이 글을 쓰는 동안, 실리콘에 기반한 합성 생명이 아무런 경고 없이 세상의 모든 틈으로 슬그머니 비집고 들어왔다. 그것들은 핵전쟁보다 훨씬 더 음흉한 방식으로 세상을 철저히 바꿀 것이었고, 폐허를 지워낼 새로운 풍요를 가져올 것이었다. 우리가 1980년대에 종말을 상상했던 것은 돈과 권력과 기술이 가져올 이상하고 복잡한 미래, 벗어나기 어려우리만큼 얽히고설킨 미래보다는 종말이 더 쉬웠기 때문이다. 마찬가지로 십 대들이 요절을 상상하는 것은 성인이 감당해야 하는 온갖 결정과 부담 때문에 자신이 어떤 사람으로 변할지 상상하는 것보다는 죽음을 상상하는 편이 더 쉽기 때문이다. 그때 내가 마린의 죽음을 내 젊음의 끝으로 여겼던 것은 마린이 죽음이 그런 지하 세계와의 관계의 끝을 알리는 사건이라서였다. 하지만 어쩌면 그게 아니라 죽음이 이제 내게 현실이 되어서였을지도 모르겠다.

마린의 죽음으로 끝난 두어 해 동안, 내 인생에서 모든 것이 바뀌었다. 먼 나라에서 아버지가 돌아가셨다. 너무 위험해서 전에는 눈에 들어오지 않았던 것들이 수면으로 떠올랐고, 그래서 나는 고등교육이라는 악령들과 씨름하게 되었다. 직장을 그만두었고, 내가 지금까지 사는 삶, 독립적인 작가의 삶을 살기 시작했다. 영화 제작자는 로스앤젤레스로 옮겨서 엔터테인먼트 업계에서 성공적인 경력을 일구기 시작했는데, 그 변화로 인해 우리가 향한 방향이 다르다는 사실이 분명해졌기에 우리는 그만 헤어졌다. 나는 인생을 송두리째 잃었다가 차츰 새 인생을 얻었다. 이전보다 더 개방적이고 더 자유로운 인생을. 1980년대는 내가 인생에서 가장 도시적이었던 단계였지만, 그래도 둘 다 아름다운 언덕이 있는 교외에서 자랐던 마린과 나는 언제든 한 발은 자연 혹은 야생에 딛고 있었다. 그 방향 또한 탈출이었으니까.

만약 지형이 약이 될 수 있다면, 지금 생각해보면 교외 지역은 내 앞 세대에게 일종의 진정제였다. 획일적인 랜치하우스들, 완만하게 굽어서 막다른 골목으로 이어지는 편안한 곡선의 거리들, 그 동질성, 반복성, 예쁘지만 공허한 지명들은 모두 가난과 갈등

길 잃기 안내서

의 절박함을 지우고자, 공동 주택과 군대 막사와 이민자 수용소와 소작인의 판잣집을 지우고자 설계된 것들이었다. 그러나 그들이 지우기를 바랐던 것을 우리는 도로 발굴해서 우리의 지하 세계 문화로, 은신처로, 정체성으로 만들었다. 우리는 부모 세대의 최면을 떨쳐버리고 조부모 세대의 세상을 찾아 나섰으니, 사실 우리도 사라진 유럽에서, 2차 세계대전에서, 절박함과 결핍에서 그다지 멀지 않았기 때문이다. 그리고 도시가 우리에게 제공한 것이 바로 날카로운 해독제, 모든 가능성 속에서 말짱하게 깨어 있을 가능성이었다. 비록 그 가능성 중 일부는 끔찍하다는 사실을 우리도 직접 겪어서 배우게 되겠지만. 나는 아직 도시에서 산다. 하지만 모든 것이 변하던 시절에 처음에는 반대 방향으로 멀리 나아갔다. 그때 또 다른 세상이 내게 열렸다. 밤이 잠의 시간인 세상, 도시의 불빛에서 먼 곳이라면 별들의 시간인 세상. 나는 은하수를 알게 되었고, 보름달이 사막에 드리우는 그림자가 얼마나 날카로운지를 알게 되었다.

나는 이제 마린이 자신을 왜 그렇게 방치했을까 생각해본다. 결과를 두려워하지 않고 모험으로 돌진하는 것은 어떤 면에서 용감한 일이었던 것 같다. 아니면 그것은 죽음보다 더 끔찍한 것들을 아는 절박함이었을까? 약물이 안겨주는 듯한 무감각과 기분 전환과 운명의 감각을 다급하게 원하는 욕망, 심지어 죽음을 원하는 욕망이었을까? 의식의 먼 영역을 탐험하기를 바라지 않았던 나, 길을 잃을까 봐 걱정하고 돌아오지 못할까 봐 걱정했던 내가 겁쟁이였을까? 나는 열일곱 살 때부터 스스로 앞가림했고, 이르게 독립한 탓에 빨리 나이 들었다. 내가 무너질 때 수습해줄 사람이 있을지 알 수 없었고, 늘 결과를 생각했다. 젊은이는 절대적으로 현재만을 산다. 그러나 그 현재는 드라마와 무모함의 현재, 충동적으로 행동하고 친구들과 몰려다니는 현재다. 그들은 아이의 무겁함으로 행동하여 어른의 결과를 얻는데, 그러다 자칫 무언가 잘못되면 그로 인한 부끄러움이나 고통도 영원한 현재로 경험한다. 성인기는 신중한 예상과 철학적 기억으로 이루어지고, 그 덕분에 우리는 좀 더 느리고 착실하게 길을 찾는다. 하지만 실수를 두려워하는 태도는 그 자체 크나큰 실수일 수 있다. 제대로 된 삶을 살지 못하게 하는 실수일 수 있다. 삶은 늘 위험한 법이니, 조금이라도 덜 위험한 삶은 이미 무언가를 상실한 것이기 때문이다. 과거에 나는 그러다가 많은 모험을 놓쳤다. 그러나 또한 안다. 만약 내가 선택했더라면 그 끝에 광기와 비참이 기다리고 있었음 직한 길도 많았다는 사실을. 마린에게 가능했던 길들 중 한 길의 끝에 죽음이 있었고, 그래서 재능과 열정이 그녀를 데려갈 수 있었을지도 모르는 다른 길들을 다 닫아버렸던 것처럼.

　나는 이후 얼마간 몇 번의 기회에 순도가 다양한 아편의 금속성 맛을 즐길 것이었고, 나를 거의 파충류로 바꿔놓는 듯한 그 효과를 경험할 것이었다. 아편은 육체의 고통뿐 아니라 존재의 고통도 죽여주는 듯하다. 자신의 감각, 욕망, 흘러가는 시간을 남의 일처럼 멀찍이 방관하게 된다. 침대 의자, 늘어진 커튼, 긴 담뱃대의 이미지들이 약속했던 대로 과연 께느른해진다. 하지만 마린의 죽음에 대한 또 다른 이야기에 따르면, 마린을 죽인 것은 헤로인이 아니라 친구들이 그녀를 "깨우려고" 놓은 각성제였다. 두 가지는 함께 쓰면 치명적이다. 이 이야기가 옳다면 마린을 죽인 것은 법적 책임을 지게 될까 봐 겁나서 구급차를 부르지 않은 겁쟁이들이었다. 구급 요원은 주사 한 방에 마린을 살릴 수 있었을 텐데. 나는 이제 마린의 죽음이 살인이었는지, 자살이었는지, 사고였는지, 아니면 동시에 그 모두였는지 잘 모르겠다. 마린은 연거푸 미지로 몸을 던지면서도 매번 집으로 돌아왔다. 그러나 나는 계속 일직선으로 걸어, 출발점으로부터 계속 멀어졌다.

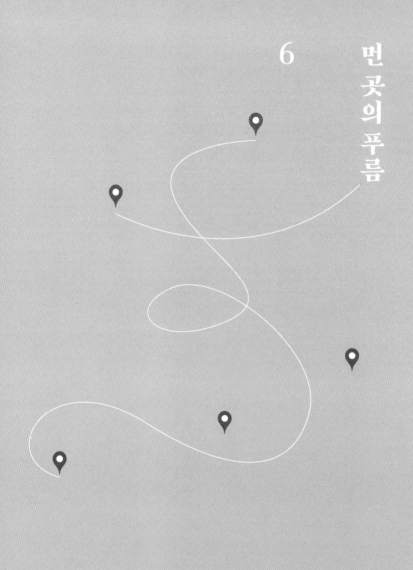

6

먼 곳의 푸름

'블루'는 내가 십여 년 전 만든 편집 테이프의 제목이었다. 그 속에 담긴 노래들 중 일부는 슬픔에 관한 노래였고, 일부는 하늘에 관한 노래였고, 일부는 둘 다에 관한 노래였다. 나는 이따금 그런 편집 음반을 만들었다. 주로 긴 자동차 여행에서 듣기 위해서였고, 내가 고른 노래들의 어떤 점에 감동받았는지를 제목에서 드러내려고 했다. 이전의 다른 음반 제목은 '지리학 수업들, 주로 비극적인'이었는데, 이 제목에서도 장소의 환기성과 그 노래들이 일으키는 감정을 표현하려고 애쓴 것이었다. 강과 술에 관한 노래들, 그리고 안으로부터 또한 밖으로부터 익사하는 것에 관한 노래들을 모은 음반의 제목은 '완벽하게 액체적인 노스 씨'라고 붙였다. F. 스콧 피츠제럴드의 소설 『밤은 부드러워라』에 등장하는 인물, 즉 알코올 중독으로 죽고 마는 작곡가 에이브 노스의 이름을 딴 것이었지만, 얄궂게도 그 속의 노래들은 남부의 노래들이었다. '블루'에서는 대부분의 노래들이 블루스와 조금이라도 관련 있었다. 노래들이 갈망과 먼 곳의 푸름을 통해 자신들의 기원으로 돌아간 것처럼.

내가 컨트리 음악과 웨스턴 음악을 발견한 것은 그때로부터 불과 몇 년 전이었다. 단 현악기와 콧소리가 넘치고 대체로 센티멘털한 현대 팝 음악을 말하는 것이 아니라 더 오래된 노래들, 감정적 경험의 어두운 깊이를 헤아렸던 노래들이다. 나는 그런 음악의 영역과는 한참 먼 곳, 해안가의 진보적 이민자 문화에서 자랐다. 제대로 귀담아듣지도 않았으면서 그냥 그런 음악은 진부한 것, 저급한 것, 저속한 것으로 여기도록 배웠다. 그러던 어느 해 봄, 그 음악이 느닷없이 내 앞에 나타났을 때, 그 장르에서 가장 유명한 곡들은 에드거 앨런 포나 캐서린 앤 포터의 단편들처럼 비극이나 지형과 사랑에 빠진 일종의 남부 고딕 이야기라는 사실을 알고 나는 충격 받았다. 생각해보면, 상실의 쓰라림을 노래하는 그런 곡들이 전파를 지배했던 시절은 어땠을까? 어쩌다 그런 노래들이 그야말로 진부한 오늘날의 밝은 컨트리 음악으로 슬며시 변했을까?(물론 요즘도 이 장르의 변경에는 여전히 훌륭한 발라드 가수들이 있다.)

　내 핏속으로 흘러든 노래들은 모두 두어 개의 연과 하나의 후렴구로 압축된 짧은 이야기 같았다. 노래들은 늘 시간에 걸치고 시간을 쌓는 이야기였다. 떨치지 못하는 무언가에 쫓기는 이야기, 오래된 기억에 대한 이야기, 이미 죽어 사라진 사람에 대한 이야기이거나 그렇지 않더라도 이 노래를 듣지 못할 만큼 멀리 있는 연인에게 부르는 노래였다. 글쓰기처럼 고독한 음악, 고독한 작곡과 사색 속에서 혼잣말하는 음악, 이전과 이후와 그사이 시간을 자유롭게 오가지만 어째서인지 사랑이 한창 진행되는 현재에는 머물지 않는 음악이었다. 어쩌면 내 여름의 기나긴 자동차 여행들도 그런 시간이었는지 모른다. 하루에 1000킬로미터, 1500킬로미터씩 달리던 여행. 영화처럼, 이야기처럼, 아이들이 안도감을 느끼고 싶어서 계속 계속 들려달라고 요구하는 이야기처럼 반복되고 또 반복되듯 이어지던 여행. 40번 고속도로로 애리조나와 뉴멕시코를 통과하고, 80번과 50번 고속도로로 네바다와 유타를 통과하고, 58번과 285번 고속도로로 캘리포니아 사막을 통과하고, 그 밖의 많은 큰 도로들과 작은 도로들을 달리던 여행. 그런 길에서 메사들과 식당들은 어디나 다 같았지만, 빛과 구름과 날씨는 한순간도 같지 않았다.

　꼭 유명하지 않거나 비주류적인 노래들만 그런 것도 아니었다. 내게는 완전히 신세계였던 장르를 처음 뒤지기 시작했을 때, 어느 벼룩시장에서 타니아 터커의 초기 히트곡들이 담긴 카세트를 25센트인가 50센트인가에 샀다. 그 카세트는 여러 이야기들을 엮은 선집 같았다. 한때 아름다웠던 여자가 실연으로 미쳐서, 오래전 사라진 순간에서 헤어 나오지 못한 채, 여행 가방을 들고, 오래전 자신을 버린 남자를 기다리면서, 하염없이 도시를 배회한다. 어느 이름 모를 여자의 목소리는 역시 이름 모를 자신의 연인에게 "나와 함께 (돌밭에) 누울래요?"라고 묻고, 그 말에 우리는 두 연

먼 곳의 푸름

인이 갈아엎을 수도 없는 돌투성이 풀밭에 누운 기묘한 장면을 떠올리는데, 그 이상한 요구에 대한 설명은 여자가 간절히 바란다는 사실로 충분하다는 듯이 다른 말은 없다.(패치 클라인의 1957년 히트곡 「자정 지나서 걷기Walking After Midnight」도 비슷한 방식으로 너무 이상해서 심란할 지경이다. 돈 헥트와 앨런 블록이 쓴 가사에서, 여자는 노래 속 "당신"에게 사랑한다고 말하기 위해서 한밤중에 고속도로를 걷는다. 무언가를 말하는 방법치고 그다지 세련되거나 합리적인 방법이 못 될뿐더러 확실한 방법도 못 되지만, 사실 방법이 그토록 우회적인 것은 이 외로움의 풍경 속에서 그녀가 이름 모를 연인에게, 되찾을 수 없는 연인에게 직접 그 말을 건넬 수는 없는 처지이기 때문이다.) 또 어떤 여자는 아이 때 자신에게 접근했던 웬 남자를 떠올린다. 남자는 그녀에게 엄마의 이름을 묻고, 엄마가 뉴올리언스라는 지명을 말한 적 있는지도 묻는데, 그러다가 아이를 괴롭힌다는 이유로 교도소에 갇힌다. 노래가 불리는 현재에 가까운 어느 시점, 과거의 그 남자가 죽는다. 남자의 시체 위에는 여자의 엄마가 딸의 탄생을 알리는 쪽지가 놓여 있다. 아버지와 딸의 단 한 번의 만남은 서로 알아보지 못하고 연결되지 못한 재앙이었던 것이다. 이 주제는 이런 노래들의 흔한 소재이고, 그래서 노래들은 마치 무덤에 먼지가 덮이듯이 시간을 겹겹 덮는다.

노래들은 늘 누군가가 오래전 비극을 회상하는 내용이다.

그 비극은 보통 또 다른 사람이 겪었던 이야기라서, 한때 절절했던 사건에는 먼 거리가 주는 어슴푸레한 아지랑이가 걸려 있다. 그것은 조지프 콘래드가 부두에 정박한 배에 화자를 세워서 오래전 다른 바다에서 다른 남자에게 벌어졌던 일을 이야기하게 만들었을 때 소환했던 시간, 다시 겪을 수 없기에 영영 풀 수 없는 수수께끼 같은 시간이다. 이런 분위기의 노래들 중 정수라 할 수 있고 나도 제일 좋아하는 노래는 「길고 검은 베일Long Black Veil」이다. 주인공은 무덤에 누워서 노래하는데, 그가 자신이 저지르지 않은 죄로 목이 매달려 죽어가는 동안 가장 친한 친구의 아내가 그 모습을 조용히 바라보았던 때로부터 십 년이 흐른 시점이다. 두 사람은 사실 살인사건이 벌어지던 순간에 함께, 침대에 함께 있었지만, 둘 중 누구도 남자의 목숨을 구할 알리바이를 들먹일 수 없었다. 그래서 유명한 후렴구가 노래하듯이 여자는 "바람이 울부짖는 밤이면" 길고 검은 베일을 쓰고 언덕을 올라 "내 무덤을 찾아온다." 1967년 공전의 히트를 기록했던 보비 젠트리의 「빌리 조에게 바치는 노래Ode to Billy Joe」에서는 주인공인 젊은 여자가 (촉토리지 아래의) 탤러해치 다리 밑으로 연인을 밀어버렸을 가능성이 있다. 이 노래도 역시 되찾을 수 없는 시간의 백미러로, 회복할 수 없는 상실과 실수의 백미러로 유령을 보는 듯한 분위기를 풍긴다.

민 곳의 푸름

163

이 노래들의 주인공은 보통 정체가 불분명하고, 이름이 없고, 막연한 표현으로만 묘사된다. 남자이거나, 여자이거나, 오래전 죽은 연인이거나, 불성실한 아내이거나, 잔인한 남편이거나, 버려진 희망이거나, 한때 언뜻 눈에 보였지만 이후 잃어버린 꿈이다. 반면에 그런 드라마가 펼쳐지는 배경만큼은 반복적으로 자세히 환기된다. 그리고 이 노래들은 인간의 실패한 사랑에 관한 비극적인 노래이기는 해도 그와 동시에 장소에 관한 사랑 노래였고, 그런 장소의 이름을 무슨 주문이나 애무처럼 읊었다. 지명들이, 혹은 그저 어떤 다리나 산이나 계곡이나 마을이나 주^{state}나 강(강이 아주 많이 나온다.)이나 고속도로에 관련된 사실들이 몽상 속에서 회상된다. 가끔은 "로스트 하이웨이(길 잃은 고속도로)", "론리 스트리트(외로운 거리)" 하는 식으로 마음의 상태 자체가 지명이 된다. 그러니 이 노래들은 겉으로는 그냥 사랑 노래일지라도 대부분은 풍경을 그보다 더 심오한 존재의 닻이자 더 영속적인 애정의 대상으로 삼는 노래들이었다. 「길고 검은 베일」에서는 주인공들보다 시청의 불빛, 언덕, 교수대가 더 생생하다. 어쩌면 이것은 우리가 과거의 시간으로 돌아갈 수는 없지만 사랑의 장소, 범죄의 장소, 행복의 장소, 치명적인 결정의 장소로는 돌아갈 수 있기 때문일지도 모른다. 장소야말로 끝까지 남는 것이고, 우리가 소유할 수 있는 것이고, 불멸하는 것이다. 우리를 만든 장소, 그런 장소는 손으로 만질 수 있는 기억의 풍경이 되고, 어떤 면에서는 우리도 장소가 된다. 장소는 우리가 소유할 수 있는 것이자 끝에 가서는 우리를 소유하는 것이다.

내 오래된 타니아 터커 음반에서 제대로 거명되는 지명은 브라운스빌, 샌안토니오, 멤피스, 뉴올리언스, 페이커스뿐이지만, 그 밖에도 여러 거리, 벌판, 강, 가게, 감옥, 페리, 장소가 등장한다. 인물들은 이름이 없다. 가끔은 여자들이 장소로 변한다. 마치 신들이 그들의 괴로움을 달래주기 위해서 장미덤불이나 샘으로 변신시켰다는 옛이야기 속 비극적 인물들처럼. 델타 던이라고 불리는 버림받은 신부도 있지만, 그보다 훨씬 더 통렬한 사례는 어린 강간 피해자가 자기 안에만 틀어박혀서 세상 사람들에게 "무인 지대No Man's Land"라고 불리게 된다는 이야기다. 그녀는 미인으로 자랐고, 간호사가 되었는데, 어느 날 자신을 강간했던 남자를 간호하게 된다. 노래에서 세부적인 부분은 막연하게만 묘사되지만, 아무튼 그녀는 남자를 치료하는 대신 남자가 죽어가는 모습을 가만히 바라보기만 한 것 같다. "그래서 이제 그의 영혼은 / 무인 지대를 걷고 있다네." 무서운 노래다. 이것은 사람들이 서로에게 입힐 수 있는 상처에 관한 노래이자, 강간범이 여자를 두 번 소유한 이야기

먼 곳의 푸름

165

이기도 하다. 두 번째에는 연옥으로 변한 여자의 마음에서 떠나지 않는 유령이 되어.

무엇이든 중요한 사건이 벌어졌던 장소는 그 감정의 일부에 새겨 넣어진다. 따라서 장소의 기억을 되찾으면 그 감정을 되찾게 되고, 가끔은 장소를 재방문하고서야 비로소 숨었던 감정이 드러난다. 모든 사랑에는 저마다의 풍경이 있다. 사람들은 장소란 우리가 그곳에 있을 때만 중요한 것인 양 말하지만, 사실 장소는 그 부재로써 우리를 사로잡고, 장소에 대한 감각으로써 또 다른 생명력을 얻고, 기억을 공기처럼 감싼 분위기로 기능하고 강렬한 감정과 연관됨으로써 마음속에서 그 기억과 감정을 소환한다. 내면의 장소도 외부의 장소만큼 중요하다. 장소는 그것이 우리에게 머물고 우리가 그것을 갈망한다는 점에서 일종의 신이 된다. 많은 종교에 어떤 장소의 신, 장소에 깃든 영령, 장소의 수호신이라는 개념이 있다. 저 노래들에서는 켄터키나 레드강이 말하자면 가수의 기도를 받는 영혼이라고 봐도 좋을 것이고, 가수는 자신이 그곳에서 추방당하기 전에 살았던 꿈의 시대를 애도한다고 봐도 좋을 것이다. 그가 환상으로서의 신이 아니라 어떤 지형, 물질, 땅 자체였던 신들과 함께 살았던 시절을.

그런 슬픔에서는 늘 풍만한 기쁨이 느껴진다. 그리고 나는 그 기쁨이 어디에서 오는지 궁금하다. 우리가 보통 세상을 해석하는 방식에서는 슬픔과 기쁨이 멀리 떨어져 있으니까. 타인으로부터 오는 기쁨에는 늘 슬픔의 가능성이 담겨 있는 것일까? 사랑이 실패하지 않더라도 결국에는 죽음이 끼어드니까? 혹은 슬픔과 기쁨이 별개가 아닌 장소, 모든 감정들이 공존하는 장소, 감정의 지류들이 흘러가서 만나는 바다와 같은 장소, 멀고 깊은 그런 장소가 우리 내면에 있는 것일까? 혹은 그런 슬픔은 삶의 깊이를 묘사하는 예술의 부작용일 뿐, 그 깊이가 수반할 수 있는 외로움과 고통까지 온전히 묘사하는 예술을 보는 것은 아름다운 일이라서 그런 것일까? 세상에는 반항적인 힘을 가진 노래들이 있다. 그 점에서 최고는 역시 블루스에서 파생된 장르인 로큰롤이다. 그런 노래는 젊음의 노래이자 세상이 시작되는 시점의 노래, 자신의 잠재력을 똑똑히 아는 노래다. 반면에 컨트리 음악은, 적어도 옛 컨트리 음악은 주로 어떤 일이 끝난 뒤 남은 여파를 노래했다. 그런데도 계속 살아가는 것이 얼마나 힘든지 노래했고, 아니면 자신이 더 이상 버틸 수 없게 되었음을 깨달은 순간을 노래했다. 블루스가 록보다 더 깊다면, 그것은 실패가 성공보다 더 깊기 때문이다. 우리가 교훈을 얻는 것도 주로 실패에서다.

그 여름날의 드라이브들, 내가 어디로 가는 중이든, 사람으

빈 곳의 부름

로든, 일로든, 모험으로든, 집으로든, 모든 사회생활은 이전이나 이후에 놓아둔 채 홀로 차에 앉아 있을 때, 나는 탁 트인 도로의 아름다운 고독 속에서 일시 유예된 상태였고, 그것은 오직 야외의 공간만이 만들어낼 수 있는 성찰의 시간이었으니, 내면과 외면은 우리가 보통 구분하는 정도보다 실은 좀 더 많이 얽힌 것이기 때문이다. 풍경이 일으킨 감정은 마음에 사무친다. 지평선에 가장 깊은 푸름이 펼쳐져 있을 때, 혹은 구름들이 빠르게 흘러가면서 근사한 일을 벌일 때, 그때 느껴지는 고통에 가까운 기쁨은 회상하기는 쉽지만 묘사하기는 훨씬 더 어렵다. 나는 가끔 샌프란시스코의 집은 겨울 야영지일 뿐이고 진짜 내 집은 일 년에 두어 차례 서부를 한 바퀴 순회하는 여정 그 자체이며 나는 일종의 유목민이라고 생각했다.(오늘날 사람들의 생각과는 달리, 유목민은 고정된 여정을 따라 이동하면서 장소들과 안정된 관계를 맺는다. '노마드'라는 단어가 요즘 정처 없는 떠돌이나 종교적 부랑자라는 뜻으로 쓰이곤 하지만, 실제 유목민은 전혀 그렇지 않다.) 그렇다면 곧 모든 장소가 내 집이라는 뜻이었다. 정말로 그 강렬한 감정은, 가령 뉴멕시코주 갤럽의 고속도로를 따라 서쪽으로 80킬로미터쯤, 동쪽으로는 100킬로미터쯤 메사가 줄줄이 이어진 풍경은, 지금 이 문장을 쓰는 순간에도 나를 깊이 감동시키는 힘을 갖고 있다. 그 밖에도 수십 곳의 장소들이 그러하여, 급기야 나는 새로운 장소를 더는 보고 싶지 않았고 대신 익숙한 장소들을 더 깊이 알고 다시 보기를 갈망하게 되었다. 하지만 정말로 그 모든 장소가 내 집이라면, 나는 매혹적인 광활함을 소유하면서도 동시에 그로부터 철저히 소외된 셈이었다.

저 노래들 속 사람들도 마찬가지였다. 그 노래들 속 지명은 내게 그러는 것처럼 그들에게도 무언가를 환기시키는 힘을 발휘하는 듯했다. 그래서 나는 사람들이 지명을 말하는 것을 듣는 걸 정말 좋아한다. 예전에 뉴멕시코에 살 때, 캘리포니아에서도 내게 익숙한 지역에서 산 적 있는 학생이 이렇게 읊어서 나를 홀리곤 했다. "서배스토폴, 옥시덴털, 프리스톤, 그래번스타인 하이웨이, 페털루마……." 거꾸로 지금 내게 가장 큰 힘을 발휘하는 것은 뉴멕시코의 지명들이다. 골론드리나스, 모라, 샤콘, 트람파스, 치마요, 남베, 리오엔메디오, 캐니언시토, 스탠리, 모리아티, 이스트마운틴스, 세릴로스, 세로펠론. 맨 처음 블루스에서 시작된 현상인데, 세상에는 가사가 거의 지명으로만 구성된 노래, 말하자면 지리의 레치타티보인 노래가 하나의 장르가 되었다고 해도 좋을 만큼 많다. 유명한 「66번 국도^{Route 66}」는 그중 가장 인기 있는 사례일 뿐이다. (어쩌면 그런 노래들은 기차 차장들이 철로에서 부르짖던 외침에서 비롯했는지도 모른다. 블루그래스 곡 「오렌지 블라섬 스페셜Orange Blossom Special」의

먼 곳의 푸름

가사처럼. 또 어쩌면 여행과 목록은 필연적으로 엮여 있으니, 한곳에 머물지 못하고 늘 들썩거리는 노래는 지명의 목록을 읊음으로써 제게 잘 맞는 박자를 찾는 것인지도 모른다.) 외부자가 통찰을 발휘하여 그런 노래들의 정수를 가장 비슷하게 표현한 곡은 밥 딜런이 1969년에 쓴 곡, 이후 여러 가수들이 다시 불렀지만 그중에서도 조니 캐시가 부른 버전이 가장 유명한 「지명 수배자Wanted Man」다. 이 노래의 가사에서 범죄자는 앨버커키, 탤러해시, 배턴루지, 버펄로 등 자신이 수배자 명단에 오른 장소들을 뻐기듯이 나열한다. 그리고 여자들이 그를 원한다는 사실과 경찰이 그를 원한다는 사실을 똑같은 일로 여기는 듯한 가사는 그가 범죄를 저지르는 진짜 동기가 무엇일까 하는 심란한 생각을 떠올리게 한다.

이 노래들에서, 삶은 곧 여행이라는 것은 기정사실이다. 그도 그럴 것이 이 노래들의 배경은 시골의 백인들이 도시화하고 남부의 흑인들이 북부로 이주하던 시대였기 때문이다. 그러나 장소에 대한 강렬한 사랑 때문에, 그 여행은 미지의 땅을 알아내는 발견의 이야기가 아니라 그 사람을 형성했던 땅이자 그가 잘 알았던 땅을 상실하는 고립의 이야기가 된다. 노래에서 그 땅은 추억으로만 존재한다. 그곳은 그가 지닌 어두운 담력 속에 새겨진 지도이고, 그의 심장이 부검으로 열린 뒤에야 그 심장의 단면에서 읽어낼 수 있는 지도다. 이 노래들에서는 누구도 아무것도 극복하지 못한다. 시간은 어떤 상처도 낫게 하지 못한다. 조지 존스의 대표곡 [「오늘 그는 그녀를 사랑하기를 멈추었다He Stopped Loving Her Today」를 말한다.—옮긴이]이 노래하는 것처럼, 만일 오늘 그가 그녀를 사랑하기를 그만두었다면 그것은 오늘 그가 죽었기 때문이다. 정체성의 바탕이 된 풍경은 고체의 풍경이 아니다. 그것은 바위와 흙이 아니라 기억과 욕망으로 만들어진 풍경이다. 이 노래들이 그런 것처럼.

●

사람들은 미래를 내다볼 때 현재의 힘들이 일관되고 예측 가능한 방식으로 펼쳐지리라고 기대하지만, 과거를 살펴보면 변화의 구불구불한 경로는 상상을 초월할 만큼 희한하다는 사실만 확인할 뿐이다. 어떤 논리와 예언으로도 고래의 진화를 설명할 순 없을 것이다. 고래는 원래 바다 생물이었지만 이후 억겁의 시간을 거치며 육상 생물이 되었다가, 다시 바다로 돌아가서 지상에서 생존할 수 있는 어떤 동물과도 다른 동물이 되었다. 블루스라고 불리는 음악도 뜻밖의 결과를 설명하는 예시로 좋을 법하다. 블루스는 아프리카 음악이 미국 남동부에서 진화하면서 노예제의 영향을 받고, 영어라는 언어와 유럽 악기들의 영향을 받고, 그리고 아마 아일랜드와 스코틀랜드와 잉글랜드의 발라드에서도 영향을 받아 만들어졌다. 그 결과 열정적인 멜랑콜리를 간직한 머더 발라드들, 버림받은 아가씨와 피투성이 복수극에 관한 노래들이 만들어진 것이다. '블루blue'라는 말은 고대 영어에서 멜랑콜리, 혹은 슬픔, 우울한 기분, 우울증, 울적함을 뜻하던 단어에서 유래했고, 내 어원 사전에 따르면 1555년에 처음 등장했다.

블루스를 낳았던 세상은 지금은 거의 사라졌다. 노예제로부터 반세기도 지나지 않아, 그 세상은 극심하게 제약된 선택과 제약된 이동의 굴레에서 벗어났다. 변화의 초기에 살았던 인물들의 생애를 읽다 보면 꼭 사진을 수집하는 기분이 든다. 목화밭에 둘러싸인 초라한 판잣집에서 살았던 소작농들의 사진, 고된 노동에 시달리던 죄수들과 아이들과 모든 사람들의 사진, 흙먼지의 사진, 범람한 미시시피강과 변덕스럽게 적용되던 법률의 사진, 과거에 노예였던 사람들이 아직도 결코 자유롭다고 말할 수 없는 상태로 살아가던 사회의 사진을. 그 세상을 빠져나온 사람들 중 일부는 내가 성인기의 대부분을 산 동네로 와서 정착했고 내게도 그 시절의 이야기를 들려주었다. 하지만 이제 그들은 한 명 한 명 죽어가고 있고, 요즘도 동네 교회들이 가스펠을 부르기는 해도 그들의 증손

주 세대는 전혀 다른 노래를 듣는다. 어떻게 보면 블루스도 일종의 포로 이야기다. 다만 백인들의 포로 이야기에서는 주인공의 포로 상태가 대개 일시적 상태 또는 새 사회에 온전하게 받아들여지는 과정이었던 데 비해, 결코 옛 세상으로 돌아갈 수 없는 블루스의 주인공들은 내면적으로 영원한 추방 상태였다. 물론 블루스 중에는 남부를 떠나는 것을 노래한 곡이 무수히 많고, 그 곡들은 백인 컨트리 음악과는 달리 떠나온 장소에 대한 갈망을 드러내지도 않지만 말이다. 이 점에서 노스탤지어와 향수병조차 모두에게 허락되지는 않는 일종의 특권이다.

가난과 인종차별은 사라지지 않았다. 그러나 자신들 내에 갇혀 있던 시골 흑인 공동체는 이주 때문에, 인종차별이 조금쯤 줄었기 때문에, 무엇보다 값싼 교통수단과 사방에 퍼진 대중매체로 인해 세상이 변했기 때문에, 그리고 거의 모든 곳에서 지방이 쇠퇴했기 때문에 깨어졌다. 꼭 특수한 종류의 중력이 흩어져버린 것 같다. 다만 그 중력은 사라지기 전에 여러 이질적인 힘들을 하나로 뭉쳐서 더없이 강렬한 표현을 만들어냈던 것 같다. 엄청난 무게와 압력이 흙과 광물을 보석으로 바꿔내는 것처럼. 엄밀한 의미의 블루스, 1933년에 존재했던 형태의 블루스는 지금은 연약하고 귀한 음악이 되었다. 그 스타일이 지금은 시대착오적인 것으로 보일 때

먼 곳의 푸름

도 있고 스스로에게 향수를 느끼는 것처럼 보일 때도 있지만(요즘 청중은 주로 백인이다.), 그래도 그것은 한때 널리 퍼져서 현대 대중 음악의 많은 갈래들의 선조가 된 음악이었다.

어떻게 보면 블루스는 세상을 접수했다. 노예제 이후 남부 고유의 멜랑콜리였던 것이 좀 더 보편적인 멜랑콜리로 변했다. 아니면 보편적 멜랑콜리가 자신을 표현할 특수한 수단을 찾아냈다고 말할 수도 있겠다. 내가 수집한 컨트리 음악들, 장소를 노래하는 컨트리 음악들은 어떤 면에서 모두 블루스였다. 행크 윌리엄스의 곡들 중 노골적으로 블루스로 설계된 곡들이 얼마나 많은가. 그런 곡들도 블루스라고 말하는 것은 이 색깔을 문자 그대로 받아들이는 해석일 수도 있다. 원조 블루스는 짙은 푸른색, 열정적이고 반항적인 푸른색, 인디고색, 감청색, 사파이어색이라고 생각하고, 그것이 차츰 희석되어 상실과 과거로의 시선을 노래하는 백인들의 우울한 멜랑콜리로, 먼 곳의 푸름으로 옅어졌다고 생각하는 것이다.

이자크 디네센이 쓴 어느 이야기 속 이야기 중, 푸른색에 관한 이야기가 있다. 꼭 이 노래들 중 하나 같은 이야기다. 노래를 더욱 절절하게 만들어주는 가수의 목소리나 음악은 없지만, 그래도 저 멀리 있는 시간과 공간과 자아를 내다보는 듯한 이야기다. 언젠가 이 이야기를 읽은 기억이 나서 디네센의 책을 몇 번이나 뒤져보았지만 허사였다. 그래서 푸른색에 관한 이야기를 잃어버린 상태였는데, 그러던 어느 날 웹에서 디네센과 푸른색을 함께 검색해보고는 그것이 「카네이션을 든 젊은 남자」라는 단편에서 주인공 작가가 선원들에게 들려주는 이야기임을 알아냈다. 단편은 그 작가가 절망에 빠져서 위기를 겪는 하룻밤을 묘사한 이야기이고, 위기는 그가 아침에 신과 계약을 맺음으로써 끝난다. 신은 이렇게 약속한다. "나는 네게 책을 쓰는 데 필요한 정도보다 더 많은 괴로움은 가하지 않겠다. 혹시 그보다 더 적었으면 좋겠는가?" 내가 찾던 이야기는 분량이 고작 한 쪽 반이라, 예의 노래들처럼 간략한 스케치로 느껴진다. 예를 들어 「길고 검은 베일」의 가사는 행수가 소네트와 엇비슷하지만 그 속에 장편소설의 뼈대가 들어 있다.

디네센도 아프리카로 간 이주자였다. 아프리카 고유의 이야기 방식이 디네센의 이야기 재능에 미친 영향은 블루스의 잡종성과 비슷한 점이 있는지도 모른다. 디네센이 들려주는 이야기들은 여느 평범한 단편소설들보다 더 명쾌하고 기발하며, 여느 우화나 동화보다 더 정교하고 설득력 있다. 내가 재발견한 이야기 속 이야기에서, 평생 나랏일을 해오며 나이 든 영국 귀족은 이제 푸른 도자기 수집 외에는 아무 일에도 흥미를 느끼지 못하고 그래서 어린 딸과 함께 도자기를 찾아 세계를 여행한다. 이 설정은 의미심장하다. 도자기는 이미 수출품 시장에서 거래되는 품목이었기 때문에, 네덜란드와 중국은 유럽인들이 중국 도자기의 이상으로 여기는 형태를 흉내 낸 자기류를 생산하고 있었다. 그 이상이란 청색과 흰색으로 된 자기이고, 그 위에 가장 흔히 그려진 그림은 그 자체 작은 비극의 한 장면이라고 할 수 있는 그림으로, 새들과 나무들과 물길과 서로 멀리 떨어진 연인들이 푸른 버들 무늬로 그려진 그림이었다. 그래서 그런 도자기는 꼭 무언가를 담아서 마실 수 있는 노래처럼, 영원히 슬픔의 고배일 수밖에 없는 잔처럼 보인다. 부녀가 탄 배는 난파한다. 탈출 과정에서 딸은 그만 뒤에 남겨지지만, 마지막 순간에 한 선원이 어쩌다 사람들의 눈에 띄지 않아 남은 구명선에 그녀를 태운다. 두 사람은 단둘이 아흐레 동안 바다를 떠돈다.

두 사람은 끝내 구조된다. 그런데 디네센이 가공의 젊은 작가의 입을 빌려 들려주는 뒷이야기에 따르면, 아버지는 딸을 구한 선원을 손 닿지 않는 곳으로, 지구 반대편으로 쫓아버린다. 구조된 조난자는 이후 푸른 도자기 수집 외에는 아무 일도 하고 싶어 하지 않는다. "여자는 자신과 거래하는 사람들에게 자신이 특별한 푸른색을 찾고 있다고 말했습니다. 그 푸른색을 위해서라면 값은 얼마든지 치르겠다고 말했습니다. 하지만 푸른 단지와 그릇을 수백 점 사들이면서도 늘 잠시 뒤에는 물건을 옆으로 치우면서 말했죠. '아아, 이건 그 푸른색이 아니에요.' 항해에 나선 지도 오래되었을 때, 아버지는 딸에게 그녀가 찾는 색은 세상에 없는지도 모른다고 말했습니다. 딸은 말했습니다. '세상에, 아버지. 어떻게 그런 심술궂은 말씀을 하세요? 당연히 온 세상이 푸른색이었던 시절에서 지금까지 남은 물건이 한두 점은 있을 거예요.'" 한 해 두 해가 흘렀고, 십 년 이십 년이 흘렀고, 아버지는 죽었다. 이윽고 어느 날, 한 상인이 중국 황제의 여름 궁전에서 약탈한 오래된 푸른 단지를 여자에게 가져왔다. 단지를 본 여자는 이제야 죽을 수 있겠다고 말한다. 그리고 자신이 죽으면 심장을 도려내어 그 푸른 단지에 넣어달라고 말한다. "모든 것이 예전으로 돌아가겠지요. 나를 둘러싼 온 세상이 푸르겠지요. 푸른 세상 속에서 내 심장은 순결하고 자유로울 테고, 부드럽게 뛸 테죠……."

먼 곳의 푸름

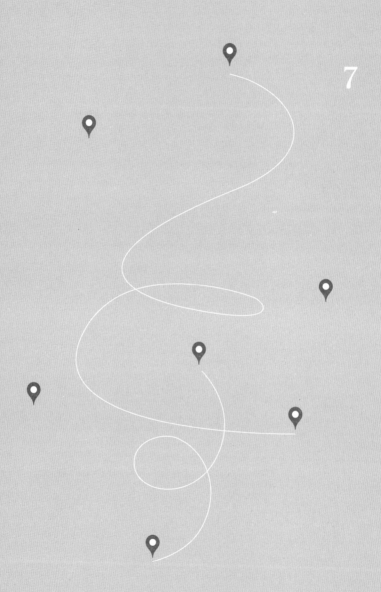

두 개의 화살촉

예전에 나는 사막을 아주 많이 닮은 남자를 사랑했다. 그 전에는 사막을 사랑했다. 특별한 이유가 있어서라기보다는 사막의 드넓은 공간, 그 풍부한 부재가 나를 끈 매력이었다. 사막에서는 그보다 더 울창한 풍경에서 바탕에 깔린 지형이 눈에 들어오고, 그 점이 사막에게 뼈대처럼 앙상한 우아함을 준다. 사막의 가혹한 환경이(물과 물 사이의 먼 거리, 많은 위험, 극단적인 더위와 추위가) 우리에게 자신의 필멸성을 계속 상기시키는 것과도 비슷하다. 그러나 뭐니 뭐니 해도 사막은 빛으로 만들어져 있다. 적어도 우리 눈과 마음에는 그렇게 보인다. 그리고 우리는 금세 깨닫는다. 30킬로미터 떨어진 먼 산맥이 새벽에는 분홍색이고, 정오에는 풀숲 같은 초록색이고, 저녁이나 구름의 그림자 밑에서는 푸른색이라는 사실을. 빛은 땅이 뼈처럼 딱딱하다는 사실을 잊게 하고, 얼굴에 스치는 감정들처럼 땅에서 노닌다. 이 점에서 사막은 강렬하게 살아 있다. 겉으로 드러난 산의 기분이 시시각각 변할 때, 한낮에는 평평하고 황량했던 장소들이 저녁에는 그림자와 미스터리로 채워질 때, 어둠이 눈으로 마실 수 있는 저수지가 될 때, 먹구름이 비를 약속할 때. 그 비는 열정처럼 왔다가 구원처럼 떠나고, 천둥과 벼락과 갑자기 피어오르는 향기를 데리고 오는데, 이런 장소의 향기들이란 어찌나 순수한지, 수분과 흙먼지와 다양한 덤불들이 갑자기 습기를 머금어 저마다 고유의 냄새를 낸다. 돌, 날씨, 바람, 빛, 시간의 원초적 힘들이 살아 북적거리는 사막에서 생물은 불청객일 뿐이라, 알아서 제 몸을 건사하고, 금색으로 물들고, 난쟁이로 작아지고, 사막의 주인들에게 위협당하며 살아간다. 내가 사랑한 것은 그 광활함이었고, 그 내핍함은 또한 풍요로웠다. 그러면 내가 사랑했던 남자는?

나는 어느 해 늦봄 저녁, 모하비 사막 깊숙이 있는 그의 집을 찾아갔다. 우리는 이전에 한 번 만난 사이였다. 몇 달 후 그가 우리를 소개해준 친구의 전화번호를 묻는다는 구실로 전화를 걸어와서 나를 한 시간 남짓 전화통에 붙잡아두었고, 끊으면서 언제 근처에 올 일이 있으면 자기 집에 들르라고 말했고, 그래서 나는 그렇게 했다. 훤한 초저녁 빛 속에서 시작된 대화는 그 계절 들어 처음 맞는 푸근한 밤의 어둠까지 이어졌다. 내게는 부드러운 바람 자체도 기쁨이었다. 바람은 밤이라도 더 이상 옷으로 가릴 필요가 없는 팔다리를 어루만지며 흘렀다. 하늘에 보름달이 뜨는 동안 우리는 이야기를 나누었고, 말은 둘 사이 좁은 공간을 채우면서 우리를 잇기도 하고 완충재가 되어주기도 했다. 몇 시간이 흘렀을까, 갑자기 내 발치의 흙이 꿈틀거렸다. 캥거루쥐 한 마리가 쏙 나타났다. 이전에는 멀리서 달아나는 모습으로만 본 동물이었다. 나는 남자의 어깨에 손을 얹어서 이 놀라운 출현으로 그의 시선을 돌렸다. 우리는 말을 멎은 채 희한하게 겁 없는 쥐가 제 할 일을 하는 모습을 오래 지켜보았고, 이윽고 아까보다 더 느리고 더 부드러운 대화를 재개했고, 그동안 쥐는 우리에게는 아랑곳없이 계속 돌멩이 투성이 흙으로 굴 입구 어귀에 돋운 흙무더기를 다듬었다. 박쥐들이 급강하하여 우리 눈에 보이지 않는 먹을거리를 공중에서 낚아챘다. 코요테들이 울부짖기 시작했다. 그렇게 많은 수가 그렇게 가까이서 그렇게 길게 우는 소리는 전에도 후에도 들어보지 못했다. 온 오케스트라가 새벽을 향해 긴긴 울음을 내질렀다.

여느 남자를 사귀면 그의 가족을 알게 되지만, 사막의 은둔자 같던 이 느긋한 남자에게는 동물이 가족의 자리를 대신하는 것 같았다. 그리고 그의 집 주변에는 늘 동물이 있었다. 도시의 고독은 타인의 부재, 더 정확하게 말하자면 문이나 벽 너머에 있는 타인과의 거리 때문에 생기지만, 이런 외딴 장소에서의 고독은 무언가의 부재가 아니라 다른 무언가의 존재다. 그 존재가 웅웅 소리 내는 듯한 침묵 속에서 고독은 다른 동물들에게만큼 우리 종에게도 자연스러운 것으로 느껴지고, 언어는 우리가 뒤집어볼 수도 있고 뒤집지 않을 수도 있는 이상한 돌멩이처럼 느껴진다. 나는 다른 사막들에서도 살아보았지만, 이 사막만큼 동물이 많은 사막은 또

두 개의 화살촉

없었다. 늘 솜꼬리토끼, 멧토끼, 까딱거리며 잽싸게 달려가는 사막 메추라기가 곁에 있었고, 이른 아침에 곧잘 토끼들이 서로 얼싸안고 춤추다가 흥에 겨워 공중으로 점프하는 모습을 볼 수 있었다. 늦은 오후에 코요테가 마당을 어슬렁어슬렁 지나가곤 했고, 한번은 보브캣이 마당에서 내게 무심한 눈길을 던졌다. 이웃들은 산에서 퓨마를 본 적도 있다고 했다. 아침이면 진입로에서 서로 꽁무니를 쫓아 달리는 길달리기새 쌍을 보는 일이 예사였다.

두 번째 데이트 날, 그는 내게 아침에 일어났더니 집 밖에서 방울뱀이 이른 아침 찬 공기에 움츠러들어 꼼짝 못 하고 있더라는 이야기를 들려주었다. 그래서 삽으로 뱀을 떠서 헛간에 넣었다고 했다. 뱀이 헛간에서 배선을 갉아먹는 숲쥐를 잡아먹기를 바라면서. 나는 대부분의 사람들이 뱀에게 바라는 것, 그러니까 멀찍이 거리를 두는 것과는 상반된 그의 반응에 놀랐고, 홀딱 반했다. 그는 유달리 뱀을 좋아했다. 그리고 우리가 처음 만나기 시작했을 때, 그는 나를 만날 때마다 새로 들려줄 뱀 이야기가 있는 것 같았다. 한번은 그가 여름날 저녁 모하비 사막을 달려서 산으로 갈 때는 일부러 느리게 달린다는 이야기였다. 아스팔트는 어떤 물체보다 오래 밤까지 열기를 간직하기 때문에, 곧잘 몸을 덥히려고 그 위에 나와 있는 뱀들을 잘 보기 위해서라고 했다. 그런 뱀을 보면 집어서 안전한 곳으로 옮겨준다고 했다. 또 한번은 고퍼뱀이 토끼 굴 입구에 도사리고 앉아서 새끼 토끼가 고개를 내밀 때마다 잡아먹는 모습을 보았다고 했고, 또 한번은 뱀들이 공중으로 높이 솟아올라 서로 몸을 휘감고 사랑을 나누는 모습을 보았다고 했다. 방울뱀 정도는 수시로 마주치는 듯했다. 어느 날은 집에 돌아온 그가, 나도 이제 다정함의 표현임을 알게 된 가라앉은 목소리로, 자기 손가락보다 가는 새끼 방울뱀을 보았다고 말해주었다. 첫 만남 후, 나는 다시 길을 나서서 원래 가려던 목적지로 갔다. 혼자 머물며 글 쓸 계획이었던 또 다른 사막이었다. 그곳에서 며칠을 보낸 뒤, 일 년 중 낮이 제일 긴 하짓날, 좁은 흙길을 걷다가 간밤에 꾼 꿈을 떠올렸다. 꿈에서 본 것이 뱀이었기에 뱀이라는 단어를 혼잣말로 중얼거렸는데, 그 순간 시선을 아래로 떨어뜨렸더니 조르르 단추 달린 듯한 꼬리의 통통한 방울뱀이 혀를 날름거리며 꿈틀거리고 있고 내 오른발이 막 녀석의 몸을 내려딛으려는 찰나였다.

야생동물이 전하는 메시지, 모든 것을 말하면서도 아무것도 말하지 않는 듯한 메시지의 내용은 무엇일까? 말 없는 그 메시지, 동물 그 자체일 뿐 그 이상도 이하도 아닌 메시지의 내용은 무엇일까? 세상은 야생이라는 사실, 생명의 선함과 위험은 둘 다 예측 불가능한 속성이라는 사실, 세상은 우리 상상보다 더 크다는 사실? 그가 일하러 나가고 나 혼자 그의 집에서 글 쓰던 날이 기억난다. 공기가 어찌나 잠잠하던지 까마귀가 날개를 느리게 퍼덕이는 소리가 날갯짓 하나하나 또렷하게 구분되어 들렸다. 그때도 의아했고 지금도 의아한 일인데, 나는 어떻게 그것들을 다 포기하고 그 대신 도시와 사람들이 주는 것을 택했을까? 동물들의 세상, 천상의 빛의 세상이 안겨주는 상징적인 질서 감각에서 벗어나느니 차라리 외로움을 느끼는 편이 덜 끔찍하지 않을까? 그러나 글쓰기는 그러잖아도 충분히 외로운 작업이다. 글쓰기는 즉각적인 대답이나 상응하는 대답이 영원히 돌아오지 않을 수도 있는데 먼저 고백하는 일이다. 상대가 영원히 묵묵부답일 수도 있는 대화, 아니면 긴 시간이 흘러서 글쓴이가 사라진 뒤에야 진행될 수도 있는 대화를 먼저 시작하는 일이다. 하지만 최고의 글은 꼭 저 동물들처럼 나타난다. 갑작스럽게, 태연자약하게, 모든 것을 말하면서도 아무것도 말하지 않는 방식으로, 말 없음에 가까운 말로. 글쓰기는 자기 자신의 사막, 자기 자신의 야생일지도 모른다.

인생에는 가끔 행운의 마주침, 우연한 일치, 심지어 그 이상의 수준까지 이르는 조화의 순간이 있다. 또 그런 사건이 유난히 자주 일어나는 듯한 시기가 있다. 여름과 사막은 그런 순간과 사건의 배경으로 최적인 듯하다. 한번은 이런 일이 있었다. 그레이트베이슨 대분지에서 트럭을 세워두고 그 그늘에 드러누워 『신곡』을 읽던 중이었다. 천국편 끝부분, 단테가 빛으로 다가가고 "태양과 별들을 움직이는 사랑이" 그를 바퀴처럼 빙글빙글 돌리는 대목을 막 다 읽었는데, 차가 한 대 와서 섰다. 차에서 내린 사람은 라스베이거스에서 밑바닥 인생들에게 봉사하고 또 사막의 평화를 위해서 봉사하는 프란체스코회 신부였다. 짙은 브르타뉴 억양의 그 희극적인 성인은 단테의 이야기와 더없이 잘 어울리는 사막으로 천국에서부터 곧장 달려온 것 같았다. 이런 일도 있었다. 다른 사막을 걷다가 일 년 전 그 부근에서 발견했던 작은 흑요석 화살촉을 떠올렸다. 이어서 그 뒤 어떤 남자에게 받았던 크림색 규질암 화살촉을 떠올렸다. 두 번째 화살촉 모습을 떠올린 채 아래를 보았더니 그곳에 그 화살촉의 쌍둥이 같은 화살촉이, 역시 색깔이 엷고 밑동이 넓은 화살촉이, 3000킬로미터의 거리와 육 개월의 시간을 사이에 둔 완벽한 짝꿍이 놓여 있는 게 아닌가. 너무나 놀라운 우연의 일치에 그날 하루 종일 인과관계에 대한 감각이 심하게 흔들렸다. 그런 일은 무수히 많다. 수백 킬로미터를 여행하여 친구를 만나기로 했는데 그 먼 목적지에 친구와 내가 동시에 도착했을 때, 찾던 것이 예기치 않게 짠 나타났을 때, 두 사람이 같은 생각을 같은 표현으로 동시에 말했을 때. 그런 순간을 겪으면, 나는 지금 말해지는 이야기에 순종하여 그 줄거리를 따르는 존재일 뿐 스스로 그 이야기를 말하는 것은 아니라는 생각이 든다. 내 하찮은 목소리는 오히려 운명을, 자연을, 신들을 방해하고 그것들과 다툴 뿐이다.

내가 은둔자의 삶에 도착하고 그가 내 삶에 도착했던 저녁으로부터 삼 년 뒤, 어느 완벽한 여름날, 아침 일찍 그 오두막에서 눈떴다. 그 집 안쪽의 침실 창으로는 내가 본 것 중에서도 가장 근사한 풍경이라고 꼽을 만한 풍경이 내다보였고, 부엌 창은 산비탈에 바싹 붙어 있었다. 그래서 나는 주전자에 물을 채우다가 어린 솜꼬리토끼 한 마리와 눈이 마주쳤다. 토끼에게는 유리창 너머의 내가 보이지 않았기 때문에 녀석은 겁먹지 않았다. 까맣고 동그란 거울 같은 눈동자에 크레오소트부시와 창틀이 비쳤다. 그날 뒤뜰에는 솜꼬리토끼들이 가득했다. 그런데 그 속에서 문득 커다란 사막거북이 프리클리페어 선인장을 먹으려고 느릿느릿 다가오는 모습이 보였다. 내가 갑자기 거북과 토끼가 나오는 옛이야기 속으로 들어간 것 같았는데, 공교롭게도 전부터 나는 은둔자와 나의 기질이 두 동물의 기질을 닮았다고 생각해왔다. 그는 그만큼 과묵하고 신중했고, 나는 그만큼 잽싸고 예민했기에. 나는 은둔자와 이웃 사람을 불렀다. 두 남자는 밖으로 나와서 거북을 보고 누가 남자들 아니랄까 봐 한다는 말이 예전에도 이만큼 큰 거북을 본 적 있다고 했다. 이보다 더 큰 거북도 본 적 있어요? 나는 물었다. 그러자 두 남자는 입을 다물었고, 거북이 부리 같은 주둥이를 써서 느릿하지만 위협적인 몸짓으로 선인장을 베어 무는 모습을 잠자코 구경했다. 그날 저녁, 우리는 잠시 집을 비운 지인의 고양이들에게 밥을 주려고 갔다. 집에 들어섰더니 고양이 세 마리가 우는비둘기 한 마리를 쫓고 있었고 피투성이가 된 비둘기는 푸드덕푸드덕 큰 방을 돌아다니고 있었다. 내가 고양이들을 막는 동안 그가 비둘기를 잡았다. 비둘기는 그의 손안으로 사라졌고, 그 속에서 진정했는지 우리가 밖으로 나갈 때까지 얌전히 있었다. 그는 두 손을 치켜들었고, 비둘기는 날아올라 저녁의 마지막 잔광 속으로 사라졌다. 우리가 바란 것보다 더 씽씽하게.

●

그런 목가적 상태는 영원히 지속되지 않는다. 한동안은 영원이었지만, 하나둘 무너지기 시작했다. 내가 들려줄 이야기는 없다. 관계란 두 사람이 함께 지어서 그 속에서 살기로 정한 이야기, 집처럼 아늑하게 깃드는 이야기이기 때문이다. 우리는 둘의 운명이 현관의 덩굴처럼 하나로 휘감길 예정이었다는 이야기를 지어낸다. 이 방향으로는 큰 창이 나 있고 저 방향으로는 창이 없다는 사실에 적응하고, 고개를 숙여야 지날 수 있는 문과 빡빡해서 안 열리는 창에 적응한다. 내가 생각하는 나라는 존재가 내가 생각하는 그와 그가 생각하는 나에 좌우된다는 사실에 적응한다. 그것은 꿈꾸는 자들이 뱉은 촉촉한 숨결로 지어진 구름 속 성이다. 그리고 내가 이제 그 집 밖으로 나와 다시 혼자가 되었다는 사실은 충격으로 다가온다. 내가 과연 다른 집에서 살 수 있을지, 이 작은 집보다 큰 집에서, 이 큰 집보다 작은 집에서 살 수 있을지 상상하기 어렵다. 이 집 계단의 굴곡을 자면서도 걸을 수 있을 만큼 몸으로 외운 터이니까, 맨땅에 손수 지어 올려서 내 집이라고 부른 터이니까. 집을 다시 짓는 것도 상상하기 어렵다. 하지만 불을 댕겨 이 집을 태운 사람은 나였다.

행복한 사랑은 하나의 이야기이고, 해체되는 사랑은 서로 경쟁하며 대립하는 둘 이상의 이야기이고, 해체된 사랑은 산산조각 나서 발치에 떨어진 거울과 같다. 거울 조각들은 저마다 다른 이야기를 비춰 보인다. 어떤 이야기는 근사했다고 말하고, 어떤 이야기는 끔찍했다고 말하고, 어떤 이야기는 만약 이랬더라면 하고 말하고, 어떤 이야기는 만약 그러지 말았더라면 하고 말한다. 이야기들은 도로 끼워 맞춰지지 않는다. 그것은 우리가 껍질처럼, 방패처럼, 눈가리개처럼, 가끔은 지도나 나침반처럼 지녔던 이야기들의 끝이다. 나와 가까운 사람들은 나를 비추는 거울이자 내가 역사를 기록하는 일기장이 된다. 내가 자신을 알고 기억하도록 돕는 도구가 된다. 나도 그들에게 마찬가지다. 그랬던 그들이 사라지면, 그들과의 사소한 일화, 입버릇, 농담을 쓸 일도, 즐길 일도, 이해할 일도 사라진다. 그것들은 이제 탁 덮인 책, 혹은 불타버린 책이다. 그 집에서 나온 나는 예전과는 달라진 나였고, 더 강해지고 더 확고해진 나였으며, 나 자신과 남자와 사랑과 사막과 야생을 더 많이 알게 된 나였지만.

이야기는 깨진다. 아니면 우리가 그것을 써서 없애거나, 뒤에 버려두고 떠난다. 시간이 흐르면, 이야기 혹은 기억은 힘을 잃는다. 시간이 흐르면, 우리는 다른 사람이 된다. 그리고 달콤하던 꿀이 먼지로 변했을 때, 우리는 자유로워진다. 어느 해, 오래전 늦봄에 내가 가던 길을 우회하여 그의 집에 들렀을 때, 그래서 캥거루쥐의 밤을 함께 보냈을 때, 그때 나의 원래 목적지였던 사막으로 돌아가서 여름을 났다. 실연은 사랑에 빠지는 것과 좀 비슷한 데가 있다. 온 세상이 갑자기 백열광 같은 빛으로 채워진다는 점에서 그렇다. 사랑했던 사람이 옆으로 물러선 뒤에야, 그때까지 눈앞의 그에게 가려졌던 시야 속 물체들이 모두 그처럼 환하게 보이는 것 같다. 사막의 작은 집으로 돌아가 보니 대벌레 한 마리가 창문을 보금자리로 삼아서 살고 있었다. 나는 녀석을 쿡 찔러서 지푸라기가 아님을 확인한 뒤 간간이 녀석에게 말을 걸었다. 그만큼 친구로 삼을 만한 모습이었다. 예전에 내가 글을 쓰려고 들어갔던 문의 처마에는 희고 큼직한 배에 멍청하게 웃는 얼굴 같은 무늬가 그려진 거미가 살았다. 쌍살벌도 처마에 둥지를 지었다. 멕시코메뚜기들이 작은 집 곳곳에서 까맣고 노랗고 새빨간 날개를 뻗으며 뛰어다녔다. 녀석들은 날 때는 나비처럼 알록달록했지만 착지하면 칙칙해졌다. 호박벌이 내려앉은 삼잎국화는 벌의 무게로 땅바닥까지 반쯤 허리를 숙였다. 이따금 빨갛거나 노란 천을 쓴 듯한 개미벌이 총총 걸어갔고, 몸을 앞으로 기울이고 걷는 잔날개바퀴가 먼지에 작은 길을 남기면서 지나갔다.

　도마뱀도 많았다. 도마뱀이 방충망을 기어오르면, 우리가 늘 블루벨리라고 불렀던 이 도마뱀들의 배에 그어진 파란 줄무늬를 볼 때마다 예전에 그랬듯이 여전히 기분이 좋았다. 도마뱀들은 자꾸 홈통 밑에 놓인 말 여물통에 빠져 죽었고, 난파선을 노래한 빅토리아 시대의 시 속 선원들처럼 불운하고 창백한 모습으로 둥둥 떠 있곤 했다. 저 멀리 하늘에서 여름날 뇌우의 드라마가 펼쳐지고 있었다. 넓은 하늘에 구름이 잔뜩 몰려와서 하늘이 얼마나 멀고 높은지 실감하게 했다. 드문드문 펼쳐져 있던 흰 적운들이 뭉쳐서 검푸른 먹구름이 되었다. 우리가 운이 좋다면, 먹구름은 비와 번개와 빛기둥과 비행운을 마치 격렬한 구원처럼 쏟아낼 것이다. 온 세상이 작은 동물들의 근경과 방대한 하늘의 원경으로만 이루어진 것 같았다. 내 몸의 규모의 세상은 두 영역 사이에 낀 중경과 함께 사라진 것 같았다. 이 또한 사막에서 누릴 수 있는 내핍한 사치들 중 하나다.

●

그해 가을, 도시로 돌아온 뒤 이야기를 하나 구상하기 시작했다. 이미 다른 책을 쓰는 중만 아니었어도 그 이야기를 적어두었겠지만, 지금 그 이야기는 실제 책이 오래 묻혀 있거나 방치되었을 때 낡아질 것처럼 헐어버렸다. 남은 조각이라도 떠올리려고 애쓰다 보면, 우리 마음속 어떤 비바람이 그런 것을 그렇게 침식시키는지 궁금해진다.

앨프리드 히치콕의 영화 「현기증」은 가끔 샌프란시스코에게 바치는 연서라고 불린다. 물론 영화의 직접적인 주제는 현기증을 겪는 전직 형사 주인공과 그가 뒤를 밟도록 고용된 여인 사이의 로맨스다. 여인의 이름은 매들린이라고 하고, 형사의 대학 친구 개빈 엘스터와 결혼한 상속녀라고 한다. 형사를 고용하여 여자의 뒤를 밟게 한 의뢰인이 바로 그 남편 엘스터다. 영화에서는 잘려 나간 독백 장면에서, 엘스터는 자신이 여자를 샌프란시스코로 데려왔을 때 여자가 어땠는지를 형사에게 들려준다. "매들린은 집으로 돌아온 아이 같았다네. 이 도시의 모든 것이 매들린을 흥분시켰지. 매들린은 이 도시의 모든 언덕을 오르려 했고, 모든 바닷가를 보려 했고, 모든 오래된 집을 보고 모든 오래된 거리를 걸으려 했어. 그러다가 뭔가 변하지 않은 것, 옛 모습을 간직한 것을 발견하면 얼마나 기뻐했던지! 얼마나 격렬한 소유욕이 담긴 기쁨이었던지! 그것들은 매들린의 소유였던 거야. 그런데 사실 매들린은 예전에 이 도시에 와본 적이 없단 말일세……. 매들린은 이 도시를 소유했어." 엘스터는 매들린과 샌프란시스코의 관계를 그렇게 묘사했다. "그러나 어느 날 매들린이 달라졌어……. 크나큰 한숨이 깃들었고, 눈에는 먹구름이 덮였지. 그날 무슨 일이 있었는지 나는 몰라. 매들린이 어디를 갔는지, 무엇을 보았는지, 무엇을 했는지 몰라. 아무튼 그날로 탐색은 끝났어. 매들린은 그동안 찾던 무언가를 그날 발견했던 거야. 그리고 집으로 왔지. 그 뒤로 이제 이 도시의 무

언가가 매들린을 소유하게 되었어." 매들린은 자신의 증조할머니
인 어느 라틴계 여성의 그림자에 사로잡혔다고 했다. 그 여성은 부
유한 샌프란시스코 남자의 정부였다가 버림받은 뒤 정신이 나갔
고 결국 의지가지없이 죽었다고 했다. 영화에서 매들린은 연회색
정장을 입는다. 머리카락은 흰색에 가까울 만큼 밝은 금발이다. 초
록색 재규어를 몰고, 냉정하고 신비로운 분위기를 풍긴다. 좀처럼
또렷하게 시야에 잡히지 않는 그 모습을 형사는 뒤쫓는다.

형사는 여자를 쫓아서 골든게이트 다리 발치로 갔다가 여자
가 바다에 몸을 던지는 모습을 목격하고, 역시 여자를 쫓아서 도
시 북서부 야생의 자연이 펼쳐진 랜즈엔드에 있는 리전오브아너
미술관으로 가고, 잡초가 무성한 돌로레스 선교원의 작은 묘지로
가고, 시내를 이리저리 쏘다닌다. 그러니 줄거리는 픽션이라도 영
화가 언급하는 장소들은 모두 실제 장소들이고, 영화에서는 비록
내가 태어나기 전의 모습으로 나오지만 모두 내가 익히 아는 장소
들이다. 형사는 여자와 함께 삼나무 숲으로 간다. 그곳에 있는 베
어진 나무의 단면은 오래된 시간의 지도다. 여자는 19세기부터 시
작된 나이테를 가리키면서 이렇게 말한다. "여기쯤에서 내가 태어
났고, 여기쯤에서 죽었어요." 그들은 또 다른 외진 선교원으로 가
고, 그곳에서 여자는 종탑을 오른 뒤 남자가 현기증 때문에 계단

을 미처 다 오르지 못한 틈에 공중으로 몸을 던져 죽는다. 이후 남자는 충격에서 회복하던 중 우연히 시내의 세련된 매그닌 백화점에서 일하는 야한 판매원 아가씨 주디를 만난다. 남자는 그녀가 매들린을 쏙 빼닮은 데 놀라서 그녀와 데이트하고, 그녀의 옷을 벗기기는커녕 옷을 사 입히고, 그녀에게 점점 더 매들린을 닮은 모습이 되도록 강요한다. 애정과 분별 사이에서 갈등하던 여자는 결국 그의 요구에 굴복한다. 그래서 마침내 주디가 남자가 처음 뒤쫓았던 여자와 똑같은 금발로 염색하고, 똑같은 회색 정장을 입고, 경솔하게도 그 여자가 소유했던 목걸이까지 걸었을 때, 그제야 남자는 주디가 곧 매들린이라는 사실, 혹은 매들린이라는 여자는 애초에 없었다는 사실, 자신이 사랑에 빠졌던 여자는 자기가 현기증 때문에 오르지 못했던 종탑에서 떼밀려 살해된 진짜 엘스터 부인의 대역이었다는 사실을 깨닫는다. 계략을 꾸민 사람은 엘스터였고, 판매원 주디는 그때 엘스터의 애인이었다. 하지만 주디는 이후 엘스터에게 버림받았고, 지금은 자신에게 다른 사람이 되라고, 죽은 사람이 되라고 강요하는 형사에게 다른 방식으로 또 버림받고 있다. 자초지종을 알아차린 형사는 주디를 끌고 엘스터 부인이 떼밀려 죽었던 종탑의 난간 없는 테라스로 다시 가고, 그곳에서 주디는 뒤에서 불쑥 나타난 수녀의 그림자에 놀라 뒷걸음질하다가 종탑에서 추락하여 다시 죽는다.

「현기증」은 복잡한 비극이다. 이 이야기는 가끔 셰익스피어에 비교되지만, 그보다는 『위대한 개츠비』가 더 비슷할지도 모른다. 형사의 욕망 중 일부는 여자의 귀족적인 모습, 좀처럼 붙잡기 어려운 차가운 색깔의 그 모습, 그가 쫓다가 죽음의 문턱까지 다다르는 그 모습, 요컨대 도달할 수 없는 것에 대한 욕망이기 때문이다. 도달할 수 없는 그것이 개츠비에게는 데이지의 부두 끝 초록색 불빛이었고, 개츠비의 작가에게는 되찾을 수 없는 과거, 흥청망청하는 미래, 그 유명한 신세계의 신선한 초록색 가슴이었다. 파리의 작가들이 쓴 소설 중에는 여인에 대한 사랑과 도시에 대한 사랑이 하나가 된 이야기들이 있다. 단 그것은 외로운 열정이다. 정처 없이 헤매고, 몰래 뒤쫓고, 자주 출몰하는 것이 사랑의 완성일 뿐 진정한 교감은 상상할 수 없기 때문이다. 어쩌면 「현기증」도 그런 이야기인지 모른다. 매들린이라는 여인은 샌프란시스코의 어느 시시한 시인이 "차가운 회색빛 사랑의 도시"라고 표현했던 도시 자체라는 점에서. 그러나 정작 남녀 주인공은 카메라가 어루만지고 탐색하는 장소들에 그다지 주목하지 않는 듯하다. 「현기증」은 남자의 시점에서 이야기될 때는 낭만의 안개가 짙게 낀 이야기이지만, 여자의 시점에서는 오히려 사라지도록 강요받는 이야기다. 종탑 꼭대기에서 사라지는 것을 말하는 게 아니다. 연이어 만난 두 연인이 둘 다 제 목적을 달성하고자 여자를 다른 사람으로 바꾸려 한다는 점에서 여자는 제 삶으로부터 사라지도록 강요받았다. 이런 비극은 현실에서도 흔하다.

게는 대부분 껍데기를 지니고 태어난다. 하지만 소라게의 비대칭적인 몸은 보통 부드럽고 연약하다. 소라게는 달팽이나 쇠고둥이나 총알고둥 같은 갑각류의 껍데기를 찾아서 그 속에서 산다. 새 집의 공간에 맞도록 제 몸을 휘어서 집어넣은 뒤, 안쪽 다리들로는 껍데기를 단단히 붙들고 밖으로 내민 큰 집게로는 먹이를 찾거나 바깥세상으로부터 제 몸을 보호한다. 한쪽에서는 움켜잡고 반대쪽에서는 매달리는 것, 그것이 소라게다. 그러다 결국 몸집이 껍데기보다 커지는 날이 온다. 그러면 소라게는 한 껍데기에서 다른 껍데기로 옮기느라 몸이 노출되는 위험한 탈피 과정을 밟아야 한다. 소라게는 탈피하기 전에 새 껍데기를 점검해보고 그것이 제 몸에 맞지 않으면 예전 껍데기로 돌아가기도 한다. 좋아 보이는 껍데기를 차지하려고 그 속에 있던 다른 게를 쫓아내기도 하고, 껍데기 속에 든 죽은 생물을 먹어 치워서 껍데기를 비우기도 한다. 소라게는 바다 바닥을 기어 다니면서 사체를 먹는 청소 동물이다. 수컷은 종종 암컷의 집게를 붙잡아서 이리저리 끌고 다니고 경쟁

자들과 싸워 물리치기도 하면서 암컷이 탈피할 때까지 기다린다. 암컷이 껍데기 밖으로 나왔을 때만 짝짓기 할 수 있기 때문이다. 작은 새끼들은 태어난 뒤 해류에 떠다니다가 어느 정도 자라면 바닥으로 가라앉는다. 그곳에서 얼른 껍데기를 구해서 몸을 보호해야 하고, 그렇게 성체의 삶을 시작한다. 많은 사랑 이야기는 소라게의 껍데기를 닮았다. 그러나 그보다는 앵무조개를 닮은 사랑도 있다. 여러 개의 방으로 이루어진 앵무조개 껍데기는 속에 든 몸과 함께 자라고, 작아져서 안 쓰게 된 방들은 속이 비어 물보다 가볍기 때문에 앵무조개가 바닷속을 떠다닐 수 있게 해준다.

●

나는 그 일 년 전쯤 큰 스크린으로 「현기증」을 다시 보았었는데, 이때 내 마음을 사로잡은 장면이 있었다. 영화 첫 장면에서 형사는 추락 사고로 거의 죽을 뻔한다. 현기증은 이 사건 때문에 생긴 것이었다. 두 번째 장면에서 형사는 오랜 친구인 미지의 집에 있다. 그녀는 저 아래 넓게 펼쳐진 도시를 감상할 수 있는 창문이 난 벽을 제외하고는 벽이란 벽마다 그림을 붙여둔 아파트에서 살고, 란제리를 그리는 일로 생계를 꾸리고, 남들은 다들 스코티라고 부르는 형사를 조니라고 부른다. 그가 빈둥거리는 동안 그녀는 그와 잡담을 나누면서 "캔틸레버식 다리의 원리"에 따라 "가슴을 올려주는 혁신적인" 브래지어를 그린다. 육체가 현기증 나는 풍경이 되고 가슴이 그 위에서 뛰어내릴 수 있는 골든게이트 다리가 되는 셈이다. 미지는 머리카락이 거의 매들린만큼 밝은 금발이지만, 큼직한 안경과 음전한 단발머리와 미지라는 별명이 그녀를 유혹적인 여성처럼 보이지 않도록 보장한다. 하지만 미지의 목소리는 바닐라 아이스크림 같고, 형사가 다친 허리 때문에 입은 코르셋을 불평하면서 남자들도 이런 걸 많이 입는지 궁금하다고 말하자 "꽤 많이 입을걸?" 하고 부드럽게 대답한다. 형사가 몸을 일으키면서 묻는다. "개인적인 경험으로 아는 거야?" 미지는 웃으면서 화제를 돌린다.

미지는 프랑스인들이 주이상스라고 부르는 것, 즉 에로틱한 즐거움이 가득한 인물이다. 하지만 사실 「현기증」의 원작인 프랑스 소설에는 등장하지 않는다. 미국인 각본가가 지어낸 인물이다. 이 영화에 대해서 글을 쓰는 사람들은 대부분 저 첫 장면에 나오듯이 형사와의 약혼을 깬 사람은 그녀라는 사실을 잊는 듯하다. 각본가들과 감독도 나중에는 잊은 듯하여, 뒤로 갈수록 그녀는 스코티에게 슬프고 소용없는 헌신을 바치는 관습적인 인물로 변한다. 언젠가 E. M. 포스터는 소설에는 둥근 인물과 납작한 인물이 있다고 말했다. 납작한 인물은 보통 조연이지만, 「현기증」에서는 오히려 종이 인형 같은 트리스탄과 이졸데가 전경을 미끄러져 다니고 이 둥근 인물이 딱 한 번 놀라운 모습으로 출현한다. 미지는 영화가 달려가는 비극적 방향과는 다른 방향으로 가보자고 청하는 인물이다. 영화가 샌프란시스코를 사랑하기는 해도 정말로 그 도시의 가능성을 흠뻑 음미하는 인물은 미지뿐이고, 주인공들이 쾌락과 충족을 좇느라 여념이 없는 데 비해 미지는 그것들을 누리면서 사는 것 같기 때문이다. 나는 스스로에게 미지의 이야기를(만약 글로 제대로 썼더라면 소설이었겠지만) 들려주기 시작했다.

나는 열아홉 살에 희곡을, 형편없는 희곡을 한 편 썼다. 한 여자가 사라진 짝을 찾아달라고 탐정을 고용하는 이야기였다. 모든 장면이 여자의 방 안에서 벌어졌다. 여자와 나눈 대화와 조사를 통해서, 탐정은 여러 근거로 보아 사라진 남자는 애초부터 존재하지 않았다고 믿게 된다. 여자가 정신이 나갔거나, 탐정을 유혹하려고 없는 이야기를 지어낸 것이다. 혹은 탐정 자신이 어떤 면에서 그 사라진 남자이고 그런 그가 정신이 나간 것이다. 나는 이 이야기에 "분실물 보관소"라는 제목을 붙였다. 이것은 갈망에 관한 이야기, 기만에 관한 이야기, 무언가를 잃었다는 이야기를 수단으로

두 개의 화살촉

사용해서 무언가를 찾거나 정의하려고 하는 일에 관한 이야기였다. 나는 인생의 여러 시기에 다른 이야기들도 머릿속에 굴려보았고 한 줄거리나 인물에 오래 공들이기도 했지만, 픽션은 내가 선호하는 일이 아니었다. 논픽션은 사진과 비슷하다. 둘 다 세상에 이미 존재하는 무언가로부터 형태와 패턴을 발견하는 일을 과제로 삼는다. 그 대상에 대한 윤리적 의무를 진다는 점도 같다. 반면 픽션은 회화와 마찬가지로 빈 화폭에서 시작한다. 하지만 나는 내 버전의 「현기증」을 「슬립」이라는 제목의 이야기로 바꿔내면서 픽션에도 고유의 진실성이 있다는 사실을 새삼 떠올렸다. 그 진실성은 보편적인 원칙들과 유의미한 세부들에 있고, 그것들을 중심으로 인물을 구축한다면 결국 그것들이 더해져서 이야기가 된다.(에세이에서는 생각이 곧 주인공이고, 그런 생각도 인물과 비슷한 방식으로 차츰 발달하다가 놀라운 대단원을 맞곤 한다.) 나는 「슬립」에서 '미지'는 '마거레타'라는 여성의 어린 시절 별명이라고 설정했다. 형사는 그녀가 어릴 때 사귀었으나 크면서 벗어난 남자라고 설정했다.

마거레타가 누비는 도시는 내가 잘 아는 도시, 샌프란시스코 비트족 시인들과 예술가들의 도시였다. 내 첫 책의 주제가 그들이었고, 그들의 이른바 기적의 해는 1957년이었는데, 바로 「현기증」이 제작된 해였고, 내가 태어나기 몇 년 전이었다. 히치콕의 영화는 눈먼 갈망으로 인한 일종의 프로이트식 곤경을 그렸다는 점에서 닫힌 세상의 초상이었다. 그러나 실제 그 시절 샌프란시스코는 여러 새로운 가능성으로 활짝 열린 세상이었다. 환각제, 신비주의적인 영적 전통, 실험 영화, 좀 더 거칠고 좀 더 자유롭고 소리 내어 읽도록 의도된 시들, 철거된 집들의 잔해를 재료로 쓴 콜라주/아상블라주 미술, 삶의 신비에 관여하고자 했고 가끔 정치에도 관여했던 운동들…… 이런 것들이 처음으로 왈칵 쏟아져 나온 시절이었다. 한마디로 사람들은 다른 문화와 다른 예술과 다른 시대를 함께 만드는 일이 가능할지도 모르는 공동체를 만들고 있었다. 마거레타는 그 다른 세상에서 영화로 들어온 것 같았다. 형사에게 도시의 역사를 알려주는 아거시 고서점 주인장을 아는 사람도 그녀였다. 이 도시, '부처Buddha'라는 이름의 술집과 '이백Li Po'이라는 이름의 술집이 있고 그 술집들이 있는 차이나타운의 가로등에는 산화된 청동 용들이 도사린 도시, 사우스오브마켓에는 19세기 창녀들의 이름을 딴 골목들이 있고 무른 지반과 지진 때문에 땅이 차츰 가라앉는지라 상인방의 높이가 눈썹쯤인 집들이 있는 도시, 수많은 언덕의 수많은 꼭대기에 서면 도시의 격자망으로부터 높이 솟게 되어 저 멀리 바다와 만과 해협 건너 언덕들까지 내다볼 수 있는 도시, 저녁이면 엎어지듯이 구르는 안개가 가로등 불빛을 지나쳐 동쪽으로 흐르는 도시, 그 시절 필모어 거리에는 재즈가 흘렀고 옛날 사진들에 숱하게 등장하는 클리프하우스 레스토랑과 실록스 암초 근처 랜즈엔드에는 유령의 집과 뮤제메카니크와 거울의 방을 갖춘 노후한 놀이공원이 있었던 도시. 샌프란시스코는 야생이 끼어든 도시이자 상상력으로 활짝 열린 도시였다. 그 정취는 영화에도 흐른다.

마거레타가 주변부가 아니라 중심에 있는 이야기를 들려주려면 당연히 새로운 플롯과 무게중심이 있어야 했다. 그러니 이 이야기에서 「현기증」은 차츰 배경으로 밀려나 희미해졌다. 마거레타는 이야기를 거꾸로 들려준다. 1960년대 어느 시점에 딸 하나를 둔 화가인 현재의 자신으로부터 시작하여 샌프란시스코반도가 아직 실리콘밸리가 아니었고 큰 과수원들과 작은 마을들이 있던 '기쁨의 계곡'이었을 때 그곳에서 훗날 형사가 될 소년과 이웃으로 자라던 유년기의 자신에게로 돌아간다. 슬립, 그녀의 고지식한 어머니는 딸에게 슬립은 내가 입은 모습을 남들은 볼 수 없지만 그래도 남들이 보는 내 겉모습을 바꿔놓는 옷이라고 말한다. 맨살에 닿는 레이스에 산울타리 풍경 같은 꽃과 잎이 그려져 있던 새틴 슬립들. 슬립, 그녀는 그 란제리를 그린다. 거들과 파운데이션과 가터벨트와 코르셋의 시대였던 시절에 그 란제리가 무슨 도개

교나 문이나 벽 같은 건축물인 양 그린다. 그리고 그녀가 처음 남자와 사랑을 나누는 장면에서, 그녀가 충격을 받는 것은 남자의 알몸이 아니라 자신의 알몸이다. 갖가지 끈과 솔기와 버클이 부드러운 살에 남긴 자국으로 가득한 몸, 옷들의 흔적이 유령처럼 남은 몸이다. 슬립, 그녀는 그 란제리를 그리던 중 우연히 매그닌 백화점의 점원이자 란제리 모델이기도 한 주디를 만난다. 주디는 그녀에게 제 이야기를 들려주면서 자신이 누구와 어떤 혼외 연애를 하고 있는지 털어놓지만, 그녀는 그 일에 끼어들지 않겠다는 결정, 어쩌면 잘못된 결정이었을지도 모르는 결정을 내린다. 슬립, 누군가 아가시 고서점에 판매를 위탁한 책들의 갈피에서 작은 스케치, 그림, 편지, 전보, 영수증, 엽서가 우수수 떨어진다. 책갈피로 꽂힌 그 물건들은 누군가의 자서전이고, 그녀는 그 물건들의 주인을 추적하여 원래 소유자였던 사람의 조카를 찾아낸다. 슬립, 그 조카는 과거에 화가였으나 2차 세계대전 중 일본계 미국인 수용소에 억류되어 있다가 차츰 그림에서 멀어진 남자로, 그의 그림 중에는 수용소와 시에라산맥 풍경을 그린 그림들도 있다. 현재 시인이자 《크로니클》 편집자로 일하는 그는 가능성들을 탐구하는 그녀의 모험에 동반자가 된다. 그녀는 화가이지만 시내 백화점의 의뢰로 란제리를 그리는 일을 하니, 둘 다 원래 직업으로부터 스르르 멀어져서 단어나 몸을 단장하는 일을 하게 된 사람들이다. 스르르 미끄러져 들어가고, 스르르 미끄러져 나오고, 스르르 변화하고.

"어떤 사람들에게는 하늘이 태양 하나뿐이거나 온통 어둡거나 하지만, 또 어떤 사람들은 별들이 가득한 밤을 살죠." 마거레타의 첫 대사는 대충 이랬다. 그녀는 또 연애 상대이던 어느 공원 관리인과 술집에서 대화하다가 이렇게 말한다. "자연으로 말하자면, 나는 불이나 물, 중력이나 증발이나 빛 같은 자연의 힘들을 사랑해요. 그런 힘은 도시에도 많죠. 아이스커피에서 크림이 리본처럼 퍼져 내리는 것, 담배 연기가 꼬불꼬불 감기면서 피어오르는 것, 이 술잔 속에서 각얼음이 녹는 것이 다 그런 일이죠. 어릴 때 뒷마당에서 그네를 타면서 옆집에 살았던 조니를 놀라게 했던 일이 떠올라요. 조니는 나보다 겨우 몇 살 위인 주제에 오빠니까 나를 감독할 수 있다고 생각했는데, 나는 그네가 제일 높이 솟았을 때 펄쩍 뛰어내려서 치마를 낙하산처럼 부풀리면서 착지했죠." 마거레타는 세상 모든 것에서 즐거움을 느끼는 듯했다. 손으로 만질 수 있는 실체의 세상에 어디나 배어 있는 관능적 감각을 즐기는 듯했다. 그런 태도는 만족은 영원히 미래의 일이라는 세간의 통념을 답습하는 듯한 주인공들의 태도와는 뚜렷하게 대비되었다. 그래서 나는 그녀에게 중력을 주었다. 아이들이 그녀를 타면서, 놀이기구를 돌리면서, '채찍을 끊어라' 놀이[아이들이 한 줄로 손에 손을 잡은 뒤 그 '채찍'의 '머리'인 아이가 제멋대로 방향을 틀면서 달리면 '꼬리'로 갈수록 센 힘을 받아 휘둘리다가 '채찍'에서 떨어져 나가는 것을 즐기는 놀이—옮긴이]를 하면서 지치지도 않고 즐기고 또 즐기는 감각 말이다. 예전에 어느 모터사이클 운전자로부터 모터사이클을 타는 사람들은 고속에서 방향을 틀 때 자기 몸을 미묘하게 활용하는 방법을 아주 많이 안다는 말, 그때 이루 말할 수 없는 즐거움을 느낀다는 말을 들었던 적이 있다. 중력은 움직임, 무게, 저항, 힘에 관한 일이다. 살갗에 직접 닿는 촉감을 제외하고는 가장 원초적인 경험, 육체성을 느낄 수 있는 경험이다. 그러니 중력은 어쩌면 우리가 자신의 필멸성에 힘껏 저항하는 데에서 맛보는 달콤한 느낌인지도 모른다. 지구가 나를 잡아당기는 힘과 그 힘에 대항하는 내 근육의 힘을 탐닉하는 것, 두 힘이 만들어내는 가속도를 느끼는 것, 버틸 수 있는 한 최대한 바짝 그 힘에 다가갔다가 뿌리치는 스릴. 마치 섹스가 여성에게는 생식과 소멸이라는 두 쌍둥이 가능성을 모두 뜻하는 것처럼.

「현기증」은 중력과 상승에 대한 공포를 말하는 영화다. 그러나 나는 마거레타에게는 중력과 상승이 둘 다 즐거움이 되도록 만들었다. 영화에서는 모든 것이 추락하지만, 마거레타는 늘 상승세

두 개의 화살촉

로 산다. 나는 그녀에게 주로 감각의 세상에 대해서 말하는 대사를 주었다. 지금 기억나는 부분도 그런 대사들이다. "이 도시의 격자망에 관해서라면, 나는 예전에 반도의 과수원에서 진작 기하학의 즐거움을 배웠답니다. 걸어가면서 과수원을 보면, 자두나무들이 그리는 대각선들이 갑자기 사라졌다가 잠시 뒤 직선들이 나타났죠. 차로 달리면서 보면, 많은 나무들 틈에서 길이 하나 나타났다가 휙 사라지고는 금세 그다음 길이 나타났죠. 가까운 나무가 먼 나무보다 훨씬 더 빨리 스쳐가는 모습을 보는 것도 좋았어요. 내가 꼭 원의 중심이 아니라 바깥 가장자리에 있는 것 같았죠. 세상의 중심이 늘 가까이 있기는 하지만 나는 꼭 빙글빙글 도는 레코드판 위의 파리처럼 세상의 가장자리에서 도는 것 같죠. 사실 내가 달리는 도로는 직선이었는데도 말이에요. 드로잉 수업에서 배우는 것 같은 시점 공부였죠. 수업에서 가르쳐주는 법칙은 물론 이런 건 아니지만." 나중에 어느 남자에 관해서는 이렇게 말했다. "그 남자 얼굴은 기억나지 않아요. 하지만 나를 만졌던 남자들은 모두 내게 한 가지 몸짓을 남겼고, 그 몸짓들은 모두 완벽하게 딱 끝난 것이 아니라 언제까지나 진행되고 있어요. 어떤 남자가 호수에서 나를 쫓아 헤엄쳐 와서 팔뚝으로 내 배를 쓸었던 것이 아직 느껴져요. 다른 남자가 내 손바닥에 거칠게 입 맞췄던 것도. 가끔 나는 신발 가게에서 손님들의 발을 찍어주는 엑스선 기계하고 비슷한 기계가 있어서 내 몸의 지워지지 않는 흔적들을 눈에 보이게 만들어줄지도 모른다고 상상해요. 멍하고는 전혀 다른 자국들, 내 몸을 뒤덮은 자국들. 나는 그 경험들을 입은 채로 세상을 돌아다녀요. 우리는 누구나 그러죠."

한때 내 머릿속에 완성된 상태로 들어 있었던 것 같은 책, 그러나 내가 제대로 마무리하지 못할 터면 시작도 하기 싫었기 때문에 결국 한 자도 적어두지 못했던 책에서 지금 더 기억나는 부분은 많지 않다. 줄거리, 인물, 대사는 대강의 윤곽만 남기고 대부분 사라졌다. 기억나는 것은 마거레타와 편집자가 이 도시와 술집들을 쏘다녔고, 예술가 파티에 갔고, 천직에 대해서 논쟁했고, 마지막으로 산을 올랐다는 것이다. 두 사람이 이야기의 절정에 해당하는 등반에 나선 것은 2차 세계대전 중 일본계 미국인들이 강제 수용되었던 시에라산맥 동부의 만자나르 수용소, 황량하지만 가장 높은 봉우리들의 멋진 경치를 볼 수 있는 그곳에서 그가 과거에 깡통에 담아 땅에 묻었던 시들을 이제 되찾고 싶어졌기 때문이다. 그러나 막상 그곳에 도착했을 무렵, 그는 자신의 천직은 과거에 묻혀 있지 않을 거라고 생각하게 된다. 두 사람은 빅파인 식당에서 우연히 다른 두 등산객을 만난다. 그들은 두 사람에게 멕시코와 캐나다 사이 대륙에서 최고봉이자 그곳에서 가까운 휘트니산을 오르자고 청한다. 두 사람은 마지막 순간에 만자나르에서 철수하여 초대를 받아들인다.

테이레시아스의 기구한 운명은 그가 황야에서 사랑을 나누는 두 뱀을 본 순간 시작되었다. 그는 작대기로 두 뱀을 쳐서 떨어뜨렸고, 그 행동 때문에 여자로 변했다. 칠 년 뒤 그는 또 짝짓기 하는 뱀들을 보았고, 이번에도 작대기로 쳐서 남자로 돌아왔다. 그는 남자와 여자가 둘 다 되어보았기 때문에, 신들은 어느 성이 사랑을 나눌 때 쾌락을 더 많이 느끼는가 하는 문제로 입씨름이 붙었을 때 그를 불러 해결해달라고 했다. 그가 여성이라고 선언하자, 짜증난 헤라가 그의 눈을 멀게 만들었다. 그 대신 제우스가 미래를 보는 능력을 주었고, 그래서 테이레시아스는 유명한 예언자가 되었다. 또 다른 이야기에서는 그가 아테나의 목욕을 목격한 죄로 눈이 멀었다고 한다. 여신은 사과의 뜻으로 자기 흉갑에서 뱀을 꺼내어 그의 귀를 깨끗이 핥게 했고, 그래서 그는 예언하는 새들의 말을 알아들을 줄 알게 되었다. 오이디푸스에게 그가 어떤 죄를 저질렀고 저지를지 알려준 예언자, 오이디푸스로 하여금 제 눈을 찔러 멀게 하고 방랑을 떠나게 만듦으로써 운명의 주기를 종결시킨 예언자가 바로 테이레시아스였고, 그래서 그가 주요하게 등장하는 이야기도 소포클레스의 『오이디푸스 왕』이다. 눈이 멀었지만 앞을 볼 줄 아는 이 예언자는 눈이 멀었건 안 멀었건 앞을 볼 줄 몰랐던 오이디푸스보다 훨씬 흥미로운 인물이다. 오이디푸스의 세상은 밀실공포증이 일어날 만큼 서서히 그를 죄어들고, 그래서 그만 그가 죽인 낯선 사람이 그의 아버지이고 그가 결혼한 왕비가 그의 어머니인 결과를 낳고 만다. 반면 테이레시아스의 이야기는 비극이 아니다. 인물을 꽁꽁 묶은 매듭이 오직 죽음과 추방으로만 풀리는 이야기가 아니다. 오히려 일종의 모험담이다. 동물들, 신들, 낯선 사람들, 변신까지 포함하는 넓은 진폭의 지형을 여행하는 듯한 모험담이다. '로맨스romance'라는 단어에는 한때 이런 탐구적 여정을 가리키는 뜻이 있었다고 사전에 나와 있다. "보통 영웅적이고 모험적인, 혹은 신비로운" 여행을 가리키는 뜻이었다고 한다. 이 오래된 뜻은 다른 뜻의 로맨스("3. 사랑 이야기") 또한 장소와 욕망을 헤치고 나아가는 여정임을 암시한다. 아리스토텔레스는 희극은 결혼으로 끝난다고 말했다. 하지만 결혼은 결코 끝이 아니므로, 그렇다면 한 가지 뜻 혹은 두 가지 뜻 모두의 로맨스야말로 그 후에 계속되는 일이고, 그렇지 못할 때는 그 희극 또한 비극으로 변해버린다. 마거레타는 (변형되지 않은 원작의 미지라고 해도) 「현기증」의 테이레시아스다.

나는 그들을 휘트니산으로 보냈다. 그곳에서 그들은 무엇을 보았을까? 그때까지만 해도 나는 그 산을 올라보지 못했다. 지금은 올라보았다. 사람들이 보통 가는 길로 가자면, 산의 동쪽 사면 높은 곳까지 차를 타고 올라가서 거기서부터 걷는다. 열심히 산을 오르는 당신의 등 뒤, 동쪽으로 경치가 점점 더 넓게 펼쳐진다. 3000미터쯤 오르면 시에라산맥과 화이트산맥 사이 넓은 계곡이 한눈에 쏙 들어오고, 그 너머 화이트산맥의 능선이 처음 눈에 들어온다. 그러고도 한 시간쯤 더 오르면 이제 그 능선 너머의 능선이 보이고, 사막 풍경은 점점 더 넓어지고 또 넓어져서, 분지 너머 능선 너머 분지 너머 네바다주가 까마득히 멀리까지 내다보인다. 당신은 아무리 넓은 영역을 보게 되더라도 늘 당신이 보는 것보다 훨씬 더 넓은 땅이 있다는 사실을 깨닫는다. 사람들은 늘 등정을 정복으로 묘사하지만, 실은 높이 오르면 오를수록 세상이 점점 더 커져서 우리는 그에 비례하여 자신이 점점 더 작아진다는 느낌을 받는다. 우리를 둘러싼 공간이 얼마나 넓은지, 우리가 헤맬 공간이 얼마나 많은지, 우리가 모르는 것이 얼마나 많은지 깨닫고 압도되지만 해방감도 든다. 당신이 하루 종일 산비탈만 보면서 지그재그로 난 산길을 열심히 오를 때, 솔숲을 걷다가 나중에는 나무들보다 높이 오를 때, 당신 등 뒤의 풍경은 북쪽으로 남쪽으로 동쪽으로 서서히 확장된다. 가끔은 새나 나무나 발치의 바위가 시선을 가까운 곳으로 잡아당기고, 당신이 눈앞의 가파른 비탈길만 바라보며 걸을 때도 있지만, 그러다가도 뒤로 빙글 돌거나 잠시 멈추면 세 방향으로 펼쳐진 광활함을 볼 수 있다. 당신이 전진할 때 당신의 등을 덮고 있던 무한한 공기의 망토를 볼 수 있다. 해발 3900미터쯤 오르면 마침내 도달하는 곳은 그다지 극적인 변화라고 할 수 없는 산 정상이 아니라 산등성이다. 휘트니산은 긴 산등성이 중 가장 높은 지점일 뿐이다. 능선에 발을 올리는 순간, 눈앞에서 갑자기 서쪽 세상이 펼쳐진다. 동쪽보다도 더 멀고 더 야생적인 광활한 영역이 놀라움으로, 선물처럼, 계시처럼 펼쳐진다. 세상이 갑자기 두 배가 된다. 우리가 누군가를 진정으로 볼 때도 이와 비슷한 일이 벌어진다. 정말 그렇다면, 이것은 「현기증」에서 모두가 계속 추락하는 이유와도 관계있을 것이다. 하지만 「슬립」의 중심에는 추락이 없었고 비극도 없었다. 그저 저 광활함 속으로 끝없이 나아갈 뿐이었다.

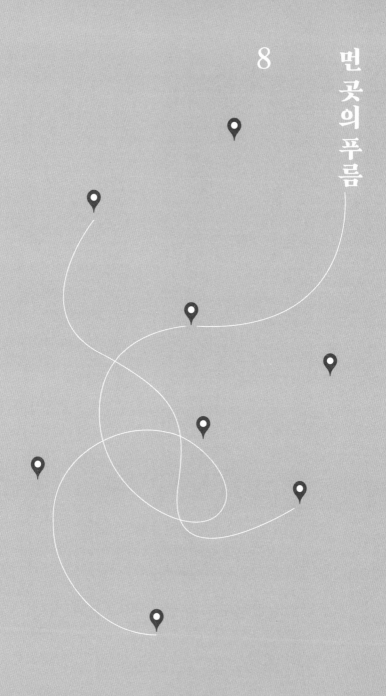

8

먼 곳의 푸름

화가 이브 클랭을 생각하면, 그보다 한두 세대 앞섰던 절대주의자들, 사라진 사람들이 떠오른다. 권투 선수이자 다다이스트 시인이었던 아르튀르 크라방이 떠오른다. 그는 1918년 막 결혼한 아내를 아르헨티나에서 만나기로 하고 먼저 멕시코를 떠났지만 다시 모습을 드러내지 않았다. 보헤미안이었던 에버렛 루스가 떠오른다. 그는 1934년 스물의 나이로 유타의 계곡에서 바위에 새긴 마지막 서명, '아무도 아닌'이라는 뜻의 "네모^{Nemo}"를 남긴 채 사라지지만 않았어도 화가나 작가가 되었을지도 모른다. 1937년 태평양에서 사라졌던 비행사 어밀리아 에어하트가 떠오른다. 1944년 지중해에서 역시 비행기째 실종되기 전에 여러 보석 같은 책들을 남겼던 비행사 앙투안 드 생텍쥐페리가 떠오른다. 이들은 모두 세상에 등장하고 싶은 욕망을 갖고 있었지만 또한 가급적 멀리 가고 싶은 욕망도 갖고 있었는데, 그 욕망은 세상에서 사라지고 싶다는 의지나 마찬가지였다. 이들의 야망에는 세상을 바람직한 모습으로 수선하고 싶다는 욕망이 깃들어 있었지만, 이들의 실종에는 세상이 이미 수선된 것처럼 살고 싶다는 욕망, 자신을 사라진 영웅으로 개조하고 싶다는 욕망이 깃들어 있었다. 하늘로, 바다로, 야생으로 사라지는 것을 넘어서 자아라는 개념 속으로, 전설 속으로, 절정의 가능성 속으로 사라진 영웅이 되고 싶다는 욕망이.

클랭은 누구보다 거창한 야망과 누구보다 신비주의적인 천성에 시달린 이였다. 그는 스무 살에 하늘을 자신의 예술 작품으로 선언하고 서명했으며, 하늘과 파란색뿐 아니라 그것들이 상징하는 비행, 공중 부양, 비물질성에 집착했다. 그는 또 성배의 전설을 좋아했다. 성배의 전설도 사라짐의 이야기라고 할 수 있는 것이, 성배를 찾아 나선 기사들 중 오직 순수한 기사만이 성배를 볼 수 있고 그런 기사는 영영 돌아오지 않는다고 했기 때문이다. 돌아와서 이야기를 들려준 기사들은 죄인들, 완벽하지 못한 사람들, 불완전하게 변화한 사람들이었다. 이브 클랭은 1928년 프랑스 남부에서 화가 부모에게 태어났다. 하지만 무일푼에 떠돌이였던 부모보다 그의 양육을 더 많이 담당했던 사람은 부르주아였던 이모 로즈였다. 그의 여러 모험에 비용을 댄 사람도 이모였다. 그가 아기였을 때, 이모와 어머니는 실패한 목표들의 수호성인인 카시아의 성녀 리타에게 그를 보살펴달라고 바쳤다. 클랭 자신도 전위적 예술가와 중세적 신비주의자라는 두 정체성을 잘 조화시켰던 이답게 어른이 된 뒤 이탈리아에 있는 성녀 리타의 성지로 네 번 순례 여행을 갔다. 어른이 된 뒤가 아니라 그냥 다 큰 뒤라고 말하는 편이 옳을지도 모르겠다. 그는 어떤 면에서 평생 아이 같았기 때문이다. 그는 제멋대로였고, 심술쟁이였고, 구속을 참지 못했지만,

또한 명랑했고, 너그러웠고, 장난스러웠고, 창의적이었다.

클랭의 인생에 큰 영향을 미친 두 요소는 그가 열아홉 살 되던 해 그에게 나타났다. 하나는 막스 하인델이 세운 신비주의 종파 장미십자회의 경전인 『우주생성론』이었다. 클랭은 그 책을 이십대 내내 읽고 또 읽었다. 열아홉 살부터 삼사 년간은 캘리포니아주 오션사이드의 장미십자회 본산에서 매주 우편으로 보내주는 교리 책자도 받아 보았다. 전쟁으로 혼란했던 데다가 스스로 여기저기 떠도느라 정신없던 부모는 그가 이른 나이에 학교를 그만두도록 내버려두었다. 그래서인지 그가 저 한 권의 책에 푹 빠졌던 데는 세상에 많이 노출되지 않아서 단 하나의 자료나 이야기에만 강하게 감명받기 쉬운 사람의 편협성 같은 것이 엿보인다. 장미십자회는 중세에 기반을 둔 기독교 신비주의 종파로, 세상을 유토피아적이고 연금술적인 언어로 묘사했다. 하인델은 형태와 물질은 순수한 영혼의 자유와 합일을 제약하는 장애물에 지나지 않는다고 보았다. 클랭은 후에 무정형성과 비물질성을 구현하는 예술을 할 것이었다. 장미십자회 교리를 공부하던 첫해에 클랭은 친구 클로드 파스칼과 아르망 페르난데스(훗날 아르망이라는 이름으로 유명 예술가가 된다.)와 함께했다. 세 청년은 명상, 단식, 채식을 하면서 금욕적인 삶을 꾸리려고 시도했다. 하지만 그런 와중에도 재즈를 들었고, 지터버그를 추었고(아기 같은 얼굴의 클랭이 어깨 위로 웬 아가씨를 훌쩍 들어 넘기는 사진이 있다.), 순결 서약도 가끔 어겼다. 어느 날, 세 사람은 자기들끼리 세상을 나눠 갖기로 했다. 한 기록에 따르면 그 때 아르망은 동물을 갖기로 했고, 파스칼은 식물의 세상을 갖기로 했고, 클랭은 하늘을 차지했다. 클랭은 상상 속에서 하늘 끝까지, 비평가 토머스 매커빌리의 표현을 빌리자면 "새도 비행기도 구름 도 없는 곳, 오직 순수하고 더 이상 줄일 수 없는 공간만 있는 곳까 지" 도달하여 그곳에 자신의 서명을 써넣었다. 클랭의 야망 역시 그 하늘처럼 무한했다.

또 다른 영향력은 유도였다. 유도도 같은 해부터 훈련하기 시작했다. 클랭은 유도에 재능이 있었고, 동양 무술은 신비주의 적 규율과 전사의 힘을 둘 다 제공한다는 점에서 그에게 잘 맞았 다. 유도를 배우면 하늘을 날아서 사뿐하게 착지할 수 있다는 점, 상대방도 그렇게 옮길 수 있다는 점도 그에게는 매력이었을지 모 른다. 이후 몇 년 간 클랭은 자신이 최고가 될 분야는 유도라고 믿 었고, 말을 타고 아시아를 가로질러 일본으로 가서 기술을 더 배 우기를 꿈꾸었다. 그가 석 달 동안 아일랜드에서 말을 돌보고 타 는 법을 배우기는 했어도, 일본으로 갈 때는 결국 (이모에게 받은 돈 으로) 배를 탔다. 역시 로즈 이모가 대준 돈으로 그는 일본에 열다섯 달을 체류했다. 그는 이전부터 작은 단색화를 그렸고 부모의 작품뿐 아니라 자신의 작품도 전시하곤 했지만, 이 시기에는 점점 더 유도에 집중했다. 그는 당시 유럽인 중에는 딴 사람이 거의 없었던 4단 검은 띠를 따고 싶었고, 유럽선수권대회에서 우승하고 싶었고, 프랑스유도협회를 장악하고 싶었다. 그는 열심히 훈련했고, 에너지를 더 북돋고자 그때까지만 해도 일본과 프랑스에서 합법이었던 암페타민을 먹었다. 그 약은 그가 남은 평생 살 모습의 일부가 되었던 듯하다. 늘 들썩거리고, 에너지 넘치고, 불면을 겪고, 다작하고, 엉뚱하고, 과대망상적이었던 모습. 그는 재능과 각고의 노력과 약간의 조작으로 4단 검은 띠를 따는 데 성공했고, 배로 프랑스로 돌아왔지만, 막상 프랑스에서는 그의 야망이 상상대로 결실을 맺지 못했다.(그리고 이것이 lost의 또 다른 뜻, 마지막 뜻이다. 자이언츠가 월드 시리즈에서 졌다고 말할 때처럼 시합에서 졌다는 뜻이다.) 그리하여 그의 예술가 경력이 시작되었다.

그런데 이 경력은 말하자면 정점에서 시작되었다. 클랭의 작품에는 기교적 재주는 거의 필요하지 않았고 예술적 개념 및 예술계에 대한 이해가 뛰어나기만 하면 되었는데, 그것이라면 그가 벌써 갖추고 있었다. 클랭은 장미십자회에서 색에 관한 교리를 배웠고, 색을 순수하고 영적인 영역이라고 보는 그 개념을 가져와서 단색화를 그리기 시작했다. 처음에는 캔버스를 파란색뿐 아니라 오렌지색으로도 칠했고 나중에는 금박, 짙은 분홍, 강렬한 파랑의 세 색으로 정착했지만, 파란색이야말로 그를 사로잡고 그를 규정한 색, 그가 남긴 회화 작품의 대다수를 차지할 색이었다. 푸른색은 영적인 것, 하늘, 물을 뜻하는 색이다. 비물질적인 것과 먼 것을 뜻하는 색이다. 설령 손으로 만질 수 있고 가까이 있더라도 늘 거리와 탈육체를 말하는 색이다. 1957년쯤 되면 클랭은 오직 파란색만 썼다. 순수한 울트라마린 물감에 합성수지를 섞어 썼는데, 합성수지는 여느 전색제와는 달리 그 깊고 생생하고 강렬한 색조를 희석시키지 않았다.

클랭은 이 제조법을 IKB, 즉 인터내셔널클랭블루라는 이름으로 특허까지 냈다.(그리고 그는 하나의 색으로만 수많은 작품을 그리는 편집광적 행위를 시인하고 칭송했다. 그는 또 하나의 음으로만 이루어진 교향곡을 작곡했다. 그 행위를 설명하면서 어느 피리 연주자의 우화를 들려주었는데, 그 연주자는 오랫동안 오직 한 음만을 불었지만 그 음은 정확한 음, 아름다운 음, 세상의 신비를 여는 음이었다고 했다.) 어느 비평가는 이렇게 말했다. "클랭은 이 파란색으로 마침내 자신이 생각하는 삶의 의미에 걸맞은 예술적 표현을 찾아냈다고 느꼈다. 그가 생각하는 삶이란 무한한 거리와 눈앞의 존재라는 양극 사이에 있는 독자적 영역이었다." 클랭은 자신의 파란색 작품들이 이른바 '청색 시대'의 시작을 알린다고 주장했다. 사실상 첫 전시회에 해당했던 전시회의 제목도 '청색 시대'였다. 1957년 밀라노에서 열린 전시회에는 열한 점의 파란 그림이 걸렸다. 모두 형체가 없는 그림이었고, 크기도 다 같았지만, 가격은 제각각이었다. 따라서 이 작품들은 개념이라는 최고천[고대 우주론에서 가장 높은 하늘의 영역으로, 순수한 불과 빛만 존재하는 곳으로 보았던 공간.—옮긴이]의 영역에서 작동하는 작품들이었고, 상업 예술계에서는 전복으로 작용하는 작품들이었다. 파리에서 같은 전시를 열었을 때, 클랭은 1001개의 파란 풍선을 저녁 하늘로 날려 보냈다.

파란 그림들은 만들고 팔 수 있는 물체인 동시에 무한한 영적 영역으로 들어가는 창이었다. 그런데 그 영역에 도달하는 데는 더 직접적인 방법도 있었다. 파리에서 연 두 번째 전시 '르 비드(허공)'를 준비할 때, 클랭은 작은 화랑을 빌려서 속에 있던 물건을 모조리 치우고 철두철미하게 깨끗이 청소했다. 그다음 성녀 리타의 제단에 처음 다녀온 뒤("이 허공 전시는 좀 위험한 것 같다.") 이틀에 걸쳐 화랑을 새하얗게 칠하면서 그동안 머릿속에서 내내 비물질적인 힘들을 소환했다. 그는 이렇게 설명했다. "이것은 화랑이라는 한계 내에 구축된, 손으로 만질 수 있는 회화적 상태다. 달리 말해

먼 곳의 푸름

어떤 분위기, 진정한 회화적 환경, 따라서 당연히 눈에 보이지 않는 환경을 창조한 것이다. 화랑이라는 공간에 만들어진 이 회화적 상태는 비록 눈에 보이지 않지만 그 존재감이 뚜렷해야 하고 독자적인 생명력을 갖추고 있어야 한다. 회화에 관한 모든 정의를 통틀어 최선의 정의로 여겨져온 것, 즉 '빛'을 말 그대로 내뿜어야 한다." 약 2000~3000명의 관람객이 전시장을 찾았고, 보통은 정부 고관들만 경호하는 프랑스공화국수비대가 입구를 지켰고, 인파 때문에 경찰과 소방차가 왔다. 대성공이었다. 그러나 관람객들이 텅 빈 화랑에서 정확히 무엇을 보았는가 하는 문제는 아직 답이 없는 문제로 남아 있다. 알베르 카뮈는 방명록에 "공허로 전력을 발휘하다.Avec le vide, les pleins pouvoirs"라는 글을 남겼다. 텅 빔과 가득 참을 가지고 한 말장난이었다. 전시장에서 나눠준 칵테일에 파란 색소가 들어 있었기 때문에 그것을 마신 사람들은 이후 며칠 동안 파란 오줌을 누었다.

클랭은 그 전시회에서 비물질적 그림을 두 점 팔았다. 나중에 비물질적인 것에 대한 접근성을 사고팔 때 따라야 할 거래 규칙도 마련했다. 「비물질적인 회화적 감수성의 영역」의 값은 금으로 치러야 한다고 했고, 그는 금을 받는 즉시 절반을 강이나 바다나 하여간 "누구도 도로 수거하지 못할 자연의 장소에" 내버림으로써 생명력을 되찾아주어야 한다고 했다. 사라짐과 놓아줌의 의식을 완성하기 위해서, 구매자는 자신의 이름과 거래 세부 사항이 기입된 영수증을 반드시 태워버려야 했다. 그래서 정확히 아무것도 없는 상태로 끝나야 한다고 했다. 「비물질적인 회화적 감수성의 영역」은 여러 점 팔렸다. 클랭의 작업은 개념미술, 미니멀리즘, 행위예술, 플럭서스 운동 등 앞으로 탄생할 여러 미술 운동들의 개념과 몸짓 중 많은 부분을 앞서 보여준 것이었다. 그가 1960년 발표한 「허공으로 도약하기」는 어떤 면에서 그의 모든 작업을 통틀어 정점에 해당했고, 많은 면에서 가장 전형적인 작업이었다. 초월의 몸짓이라는 숭고한 개념을 장난, 스턴트, 자기 홍보와 결합했다는 점에서 그랬다.

●

마르틴 발트제뮐러의 1513년 지도에는 중앙 대서양, 스페인, 불룩 튀어나온 아프리카 대륙 서부가 정체를 확실히 알아볼 수 있도록 그려져 있다. 하지만 남아메리카 대륙의 오른쪽 어깨 부분은 깨알 같은 이름들과 강 하구들이 그려진 해안선이 있을 뿐이고, 현재의 베네수엘라와 브라질에 해당하는 부분에는 훨씬 더 큰 글씨

먼 곳의 푸름

로 "테라 인코그니타", 즉 '미지의 땅'이라고 적혀 있다. 이 문구는 옛 지도에서는 흔했지만(심지어 내가 갖고 있는 1900년 지도에도 아마존 일부 영역에 "탐사되지 않았음"이라고 적혀 있다.) 요즘은 거의 찾아볼 수 없다. 단어들 사이에는 침묵이 있고, 잉크 주변에는 공백이 있고, 모든 지도의 정보 이면에는 지도로 그려지지 않았고 그려질 수 없어 누락된 정보가 있다. 요즘 특정 지역이나 나라를 심층적으로 보여주는 지도들, 가령 인종 분포나 교육 수준이나 주요 작물이나 외국인 인구를 알려주는 지도들은 어떤 장소이든 무한히 다양한 방식으로 지도화될 수 있다는 사실과 모든 지도는 대단히 선택적이라는 사실을 보여준다. 라스베이거스는 매달 새 도시 지도를 발행한다. 도시가 워낙 빠르게 성장하는 터라 배달원들이 지속적으로 거리 정보를 업데이트해야 하기 때문이다. 이 또한 지도는 대상에 완벽하게 상응할 수 없다는 사실, 설령 풀잎 한 장까지 정확하게 그린 지도라도 풀잎이 베이거나 짓밟히는 순간 정확하지 않게 된다는 사실을 상기시킨다. 그레이트솔트호는 어느 수준으로도 정확하게 지도화될 수 없다. 물 빠질 데가 없는 얕은 분지에 고인 호수라서 수위가 살짝만 변해도 호안선이 크게 달라지기 때문이다.

호르헤 루이스 보르헤스의 한 우화에는 어느 이름 모를 왕국의 지도 제작자들이 왕국의 영토를 거의 다 덮는 1:1 축척의 지도를 만들었다는 이야기가 나온다. 그러나 아무리 1:1 축척이라도 이차원 지도로는 그 장소에 켜켜이 쌓인 층을, 그 장소의 많은 버전을 다 표현할 수 없을 것이다. 한 장소에서 쓰이는 언어들을 보여주는 지도와 토질 유형을 보여주는 지도는 같은 지역을 화폭에 다르게 담는다. 꼭 프로이트 이론과 샤머니즘이 같은 정신 상태를 다르게 묘사하는 것과 같다. 어떤 재현도 완전할 수 없다. 보르헤스의 이야기 중 이보다 덜 알려진 지도 이야기가 하나 더 있다. 어느 시인이 왕의 방대하고 복잡한 궁전을 시로 완벽하게 묘사하는 데 성공하자, 왕이 시인을 도둑으로 몰면서 화냈다는 이야기다. 이 이야기의 다른 버전에서는 시가 궁전을 대체하게 되자 궁전은 사라졌다고 한다. 묘사적인 시는 완벽한 지도였고, 완벽한 지도는 곧 영토였다. 이 이야기를 떠올리면, 자연스레 또 다른 옛이야기가 떠오른다. 어느 화가가 중국 황제에게 포로로 잡혀서 그림을 그리게 되자 근사한 풍경화를 그리고는 그 속으로 들어가서 탈출했다는 이야기다. 이런 우화들은 우리에게 재현은 늘 부분적이라는 사실, 그렇지 않으면 재현이 아니라 유령 같은 복제물일 것이라는 사실을 알려준다. 하지만 지도에 그려진 미지의 땅은 우리에게 앎 또한 무지의 바다에 둘러싸인 섬임을 알려준다. 그 공간은 지도 제작자가 자신이 모른다는 사실을 알았음을 뜻한다. 그리고 무지를 인식

먼 곳의 푸름

하는 것은 무지가 아니다. 지식의 한계를 인식하는 것이다.

　　18세기 지도 제작자 장 바티스트 부르기뇽 당빌은 이렇게 선언했다. "거짓된 생각을 부수는 것은, 설령 한 발도 더 나아가지 않더라도, 그 자체 지식을 진전시키는 방법이다." 미지를 인정하는 것은 지식의 일부이다. 그리고 미지는 테라 인코그니타의 형태일 때는 눈에 보이지만 취사선택의 형태일 때는 눈에 보이지 않는다. 농경지와 주요 도시를 보여주는 지도는 지진단층과 대수층은 보여주지 않고, 그 역도 마찬가지다. 기원후 150년경, 말로스의 크라테스는 지구에 대륙이 네 개 있고 그중 셋은 미지의 땅이라는 가설에 입각하여 지구본을 그렸다. 비슷한 시기에 프톨레마이오스는 이후 1500년 동안 세계 지리의 준거 자료로 쓰일 세계지도를 그렸다. 한 지도 역사학자는 이렇게 말했다. "프톨레마이오스는 사람이 거주하는 세상이 곧 세계라는 고대 그리스의 표준 개념에서 벗어났다. 세상이 물에 둘러싸여 있다는 생각(호메로스도 제한된 의미로나마 이 개념을 받아들였다.), 세상을 감싸고 도는 '오케이노스(대해류)'가 비교적 가까이 있다는 생각을 버렸다. 대신 자신이 임의로 그은 경계선 너머에 미지의 땅이 존재할 가능성과 확률을 인정했다. 요컨대 그는 그 문제는 더 조사해볼 일이라고 여지를 남겼다." 크라테스와 프톨레마이오스 이전 지도들은 인류가 아는 세상이 전부이고 그것이 물에 둘러싸여 있는 것처럼 묘사했다. 항해학의 표현을 빌리자면 세상이 완전히 '일주되었다'고 보는 이런 시각에는 안온한 자기만족이 수반되었을 테고, 그런 자기만족은 오늘날 세계지도에서 '미지의 땅'을 좀처럼 인정하지 않는 우리의 잘난 체와 같을 것이다.

세바스티아노 카보트가 1544년 그린 아메리카 대륙 지도에는 남아메리카가 온전히 그려져 있고 중앙아메리카와 동해안도 잘 그려져 있다. 당시 유행에 따라 아름답게 그려진 지도다. 한 지방만큼 크고 피부가 검은 사람들이 남쪽 대륙을 가로질러 걸어가고 있고, 북쪽에서는 쿠바나 아이티보다 훨씬 더 큰 흰곰 한 쌍이 반대 방향인 서쪽으로 걸어가고 있고, 산맥을 왜소해 보이게 만들만큼 큰 풀 무더기들이 땅덩어리에 군데군데 흩어져 있다. 하지만 서해안은 다르다. 서해안은 캘리포니아가 시작하는 지점부터 서서히 흐려진다. 바하칼리포르니아 위로는 해안선이 아예 뚝 끊어진다. 그곳에서는 아직 세상이 만들어지지 않은 것처럼, 그곳은 육지도 바다도 아닌 것처럼, 창조자가 지구의 그 부분은 아직 마무리하지 못한 것처럼, 그곳에서는 물질과 확실성이 함께 희미해지는 것처럼. 그리고 아무런 표시 없는 그 공간에 '미지의 땅'이라는 글자가 펼쳐져 있다. 2년 뒤 자코모 가스탈디의 지도에서는 깨끗한 공백으로만 그려진 북아메리카 서부에 아시아 대륙이 퍼즐 조각처럼 꼭 끼워 맞춰져 있다. 그래서 북쪽으로 우회하지 않고도 티베트에서 네바다까지(물론 네바다라는 이름은 아직 붙여지지 않았고 표시도 없다.) 곧장 걸어갈 수 있을 것처럼 보인다. 애벌레나 구름 같아 보이는 희한한 털북숭이 형체들이 북아메리카 대륙에 점점이 흩어져 있고, 둥근 지구의 가장자리에서도 구름이 증발하고 있다. 이후의 지도들에서는 태평양이 제대로 그려져 있었지만, 가끔 자바라는 신비의 섬이 그 속에 떠 있었다. 훗날 실제로 그 이름을 갖게 될 섬보다 훨씬 더 큰 모습으로. 브라질, 아마존, 캘리포니아도 이처럼 상상의 장소에 붙었던 이름이 현실의 장소에 붙여진 경우다. 그 태평양에서 캘리포니아는 오랫동안 북아메리카 서해안 앞바다에 뜬 거대한 섬으로 그려졌다. 더구나 북서해안은 아예 그려지지 않았다. 그 지역은 세계를 지도화한 유럽인들에게 최후까지 미지의 땅으로 남은 공간 중 하나였다.

자신이 안다고 상상하는 것, 미지에 추측을 채워 넣는 것. 이 것은 자신이 모른다는 사실을 아는 것과는 전혀 다른 일이다. 옛 지도에는 두 마음 상태가 모두 묘사되어 있다. 샹그릴라와 미지의 땅이 있고, 미지의 북아메리카 북서해안과 상상으로 꾸며낸 캘리포니아 섬이 있다.(그래도 캘리포니아 서해안은 어느 정도 정확하게 그려

길 잃기 안내서

졌고 지명들도 적혀 있었다.) 우리는 기다리는 누군가가 나타나지 않으면 가끔 그 사람에게 이런저런 일이 벌어졌을지도 모른다고 이야기 나눈다. 그러다가 가끔은 우리가 상상한 탈주를, 납치를, 사고를 반쯤 믿어버린다. 걱정은 내가 지식이나 통제력을 갖지 못한 대상에 대해서 그런 것을 갖고 있는 척하는 한 방법이다. 그리고 내가 늘 놀라는 점은, 나도 마찬가지이지만, 사람들이 순수한 무지보다는 차라리 불쾌한 시나리오들을 선호한다는 사실이다. 어쩌면 우리는 지도에도 무지가 담겨 있다고 인정하느니 차라리 그 공간을 환상으로 채우는 편을 택하는지도 모르겠다.

고대 그리스 시절의 헤로도토스는 아프리카 사막에 아타란테스라는 부족이 산다고 말했다. 그 부족은 이름이 없고, 고기를 먹지 않고, 꿈을 꾸지 않는다고 했다. 리비아 동부에는(당시 아프리카 북서부를 리비아라고 불렀다.) "개의 머리를 가진 사람들, 머리가 없고 눈이 가슴에 달린 사람들(이 사실은 내가 보증할 수 없고 리비아 사람들의 말을 옮긴 것뿐이다.), 야생의 남녀들, 그 밖에도 수많은 희한한 사람들이 있으며 이것은 결코 지어낸 이야기가 아니라고" 말했다. 몇백 년 뒤인 기원후 3세기, 솔리누스는 아시아에는 말발굽이 달려 있고 귀가 길게 늘어져서 옷 대신 몸을 덮은 사람들이 있다고 했고, 독일에는 빛나는 새들이 있다고 했고, 아프리카에는 자신의

먼 곳의 부름

그림자로써 개들로부터 짖는 소리를 훔쳐낸 하이에나들이 있다고 했다. 1570년에 와서도 아브라함 오르텔리우스는 세계지도에 "테라 아우스트랄리스(남쪽의 땅)"라는 가상의 대륙을 그려 넣었고, 그 대륙에 "섬들의 강"이니 "앵무새들의 땅"이니 하는 말짱 지어낸 지명들까지 적어 넣었다. 테라 아우스트랄리스가 지도에서 완전히 쫓겨난 것은 제임스 쿡 선장이 1772년부터 1775년까지 두 번째 항해를 마친 뒤였다. 전설의 북서항로가 끝장난 것도 그의 마지막 항해 덕분이었다.(그러나 오늘날 지구온난화 탓에 북서항로는 앞으로 현실이 될지도 모른다.)

19세기에도 사람들은 상상이나 욕망에 따라 지어낸 장소들을 계속 찾아다녔다. 옛 지도에서 종종 뉴멕시코 위에 등장했던 전설의 시볼라가 그저 캔자스일 뿐이라는 사실은 진작 밝혀져 있었다. 콜럼버스의 예상과는 달리 중앙아메리카에는 지상낙원이 없다는 사실도 그가 마주친 땅이 기대와는 달리 아시아가 아니었음이 확인된 뒤로 진작 알려져 있었다. 그런데도 가령 1840년대까지도 존 C. 프리몬트는 그레이트솔트호에서 태평양까지 이어져 있다는 상상의 부에나벤투라강을 찾아내겠다고 나섰다. 사람들은 대륙을 가로지르는 물길을, 혹은 오래된 환상이었던 북서항로처럼 대륙 위를 넘는 물길을 집요하게 갈구하다가 마지못해 포기했다. 유명한 도너 일행이 죽은 이유도 오랫동안 그저 아메리카 대사막이라고 불렸을 뿐 지도에 자세히 나오지 않았던 유타주 서부 소금밭을 가로지르는 지름길이 있다는 잘못된 설명을 믿어서였다. 네바다 남중부는 그 후에도 오랫동안 지도화되지 않고 탐사되지 않은 지역이었다. 미 본토의 48개 주 가운데 측량이 가장 늦게 이루어진 지역 중 하나였다. 사실 1900년 무렵이면 맨스, 몽고메리, 마이더스, 벨빌, 레벌리, 캔들라리아 등등 지금은 사라지고 없는 광산촌들이 주 전체에 가득했건만 이상하게도 20세기 초까지 지도에 공백으로 남은 지역이었다. 이후 그곳에서 웨일스만 한 면적의 부지가 넬리스공군기지가 되었고, 그 속에 네바다핵시험장이 생겼다. 그래서 수십 년 동안 1000개의 핵폭탄이 작은 소이탄 태양처럼 폭발했다. 그런데도 민간의 지도에는 그 일대가 통째 공백으로 그려져 있곤 했다. 마치 그곳이 다시 미지의 땅이 된 것처럼.

캘리포니아를 섬으로 그린 지도가 사라진 것은 아마 쿡 선장의 항해들 이후였을 것이다. 코르테스해가 해협이 아니라 바다라는 가설, 즉 멕시코의 바하칼리포르니아가 미국의 알타칼리포르니아가 되는 지점에서 끝나지 않고 죽 이어져서 태평양과 만난다는 가설은 그 전에 진작 폐기되었는데도 말이다. 내가 사는 대륙의 한구석이 옛 지도에서 섬과 공백으로 그려진 모습을 보면 기분

먼 곳의 푸름

이 이상하다. 니콜라 상송의 1650년 지도에서 캘리포니아는 육지도 아니고 바다도 아닌 것처럼 보이는 애매한 해안선으로부터 좀 떨어져 있는 섬이다. 헨리 사일의 1652년 지도는 북서해안의 좀 더 넓은 면적에 음영을 칠해 넣었지만, 여전히 해안선을 또렷하게 그리지는 않았다. 광활한 공백에 "테라 보레알리스 인코그니타(북쪽의 미지의 땅)"라는 글씨가 굵게 적혀 있을 뿐이다. 1777년 페드로 폰트가 그린 샌프란시스코만 일대 지도에서도 골든게이트 해협(후에 프리몬트가 이렇게 명명할 것이다.)보다 북쪽의 내륙은 공백이다. 그러니 그 지도에서 내 유년기의 땅은 미지의 땅이다.

커다란 두 강이 있는 이라크는 지구의 어느 곳보다도 구약성서에서 네 강이 흘러나오는 곳이라고 말한 에덴에 가장 가까운 장소다. 그곳에서 전쟁 위기가 한창 고조되던 중, 주전론자 럼즈펠드는 바그다드의 민간인 공습에 찬성하면서 말했다. "세상에는 알려진 주지의 것이 있습니다. 우리가 안다는 사실을 우리가 아는 무언가를 말합니다. 알려진 미지의 것도 있습니다. 세상에는 우리가 모르는 일도 있다는 사실을 우리가 안다는 뜻이지요. 하지만 세상에는 알려지지 않은 미지의 것도 있습니다. 우리가 모른다는 사실을 우리가 모르는 무언가를 뜻합니다." 세 번째 범주의 앎이 이후 전쟁의 발작과 재앙에서 결정적인 역할을 할 터였다. 그러나 철학자

슬라보이 지제크는 럼즈펠드가 네 번째를 빠뜨렸다고 지적했다. 그것은 "'알려지지 않은 주지의 것', 즉 우리가 안다는 사실을 우리가 모르는 무언가다. 프로이트가 말한 무의식이 정확히 이런 것이었고, 라캉이 말한 '스스로를 모르는 지식'이 정확히 이런 것이었다." 지제크는 이어서 덧붙였다. "진정한 위험은 우리가 알면서도 모르는 척하는 그런 부정된 신념, 추정, 역겨운 관행에 있다." 지도에 공백으로 그려진 미지의 땅은 우리의 앎 또한 무지의 바다에 둘러싸인 섬임을 말해준다. 그러나 우리가 있는 곳이 뭍이냐 물이냐 하는 것은 그와는 또 다른 이야기다.

●

1957년, 이브 클랭은 지구본을 자신만의 그 짙고 강렬한 파란색으로 칠했다. 그 몸짓으로 지구는 나라들의 구분도 땅과 바다의 구분도 없는 세상이 되었다. 지구 자체가 하늘이 된 듯했고, 땅을 내려다보는 것이 곧 하늘을 올려다보는 것이 된 듯했다. 1961년, 클랭은 자신의 트레이드마크인 파란색으로 입체지도를 칠하여 지형은 남되 다른 특징들은 사라지도록 만들었다. 주로 프랑스의 일부를 보여주는 지도들이었지만, 개중 하나는 유럽과 북아프리카를 함께 보여주는 지도였다. 똑같은 색으로 색칠되어 한 덩어리가 된 땅에서는 모든 구분이 사라졌다. 당시 전쟁 중이던 알제리와 프랑스의 구분도 사라졌다. 미술사학자 낸 로즌솔은 "클랭은 색이 전쟁을 종식시킬 수 있는 명시적이고 공공연한 정치적 도구인 것처럼 사용했다."라고 말했다. 클랭은 이전에도 늘 구별하고 나누는 행위에 반대했고, 회화에 쓰이는 선조차 비난했으며, 그 대신 모든 것을 통합하는 색의 힘을 칭송했다. 그리고 그의 작품은 배와 용이 그려진 옛 지도들이 아무리 아름답더라도 결국 그것들은 제국과 자본의 도구였다는 사실을 상기시킨다. 내 친구 하나가 했던 말을 빌리자면, 과학은 자본주의가 세상을 아는 방식이다. 그리고 지도에 표시된 구분과 세부는 무엇보다도 먼저 상인과 군사 원정을 위한 것이었다. '미지의 땅'으로 표시된 곳은 아직 정복되지 않은 곳이라는 뜻이었다. 클랭은 온 세상을 파랗게 칠함으로써 세상을 더 이상 나눌 수 없고 정복할 수 없는 미지의 땅으로 만들었다. 그것은 격렬한 신비주의적 행위였다.

예술가로서의 경력 내내 클랭은 재현 자체를 초월하거나 소멸시키려고 애썼다. 늘 뭔가 부재하는 것에 대한 이야기일 수밖에 없는 재현 대신, 직접적인 것과 존재하는 것을 말하는 예술을 하려고 했다. 설령 그것이 비물질적인 것의 존재, 허공의 존재일 뿐이라도. 그는 다수를 지우고 그 대신 하나를 추구했다. 이미지 대신 순수한 색을, 음악 대신 하나의 음을, 물질 대신 비물질을 추구했다. 그의 대표작들은 모두 제재가 없는 그림이다. 인체가 등장하는 작품이라도 재현이 아니라 접촉의 흔적만을(남자의 몸을 덮었던 석고만을, 여자의 몸을 덮었던 페인트만을) 보여준다. 물질적인 것이라도 최소한 재현적이지는 않았다. 그는 점점 더 직접적으로 해체와 사라짐과 비물질성을 추구하면서 '르 비드' 전시회를 열었고, 불꽃이 그 자체 예술 작품이 되도록 하거나 불꽃으로 캔버스를 그을리고 뚫어서 불의 흔적을 남겼고, 금을 강에 던졌고, 「허공으로 도약하기」를 선보였다. 그가 신비주의자였던 것은 합리적 정신을, 예상을, 어쩌면 산업 시대까지도 해체하고 싶어 했기 때문이다. 그래서 그는 합리성의 지도를 지우고 싶어 했고, 첫 파리 전시회의 주제였던 순수한 의식의 허공으로 들어가고 싶어 했다.

클랭이 1960년 선보였던 「허공으로 도약하기」에는 약간의 논란이 따른다. 그 일에서 지금까지 남은 것은 공식 사진뿐이다. 사진에는 파리의 어느 조용한 거리가 찍혀 있다. 돌벽, 오래된 보도, 벽 위로 우거진 나뭇잎, 그리고 왼쪽의 벽 혹은 벽으로 둘러싸인 건물의 망사르드 지붕에서 공중으로 도약하는 클랭이 찍혀 있다. 그는 추락하는 것이 아니라 위로 도약하고 있다. 몸통은 활처럼 굽었고, 팔은 앞으로 쭉 뻗었고, 머리카락 몇 올이 이마에서 위로 펄럭이고 있다. 그는 거리로부터 최소한 3~4미터는 떠 있다. 착지는 생각지도 않는 것처럼, 영영 착지하지 않을 것처럼, 그를 영원히 공중에 떠 있게 해줄 무게 없는 공간이나 시간 없는 사진의 영역으로 들어갈 것처럼 도약하고 있다. 흑백사진의 흰 하늘과 검은 양복(클랭은 늘 티끌 한 점 없게 갖춰 입었다.)과 위로 굽은 등의 곡선 때문에 이 행위가 한낱 중력의 위기가 아니라 어떤 형식적이고 의식적인 행위라는 느낌을 준다. 배경에서 기차가 달려가고, 오른쪽에서 어떤 사람이 자전거를 타고 지나가지만, 그 밖에는 텅 빈 거리다. 브뤼헐의 그림 중 이카루스가 바다로 추락하는데 옆에서 농부는 아무것도 모르고 밭을 가는 장면처럼, 클랭이 하늘을 나는데 아무도 그 사실을 모르거나 신경 쓰지 않는 것처럼 보인다. 적어도 사진은 그렇게 말한다.(물론 사진이 남아 있다는 것은 최소한 사진사는 그 자리에 있었다는 증거다.)

클랭은 「디망슈(일요일)」라는 제목의 네 쪽짜리 일회성 신문을 펴냈다. 1면에는 그가 도약하는 이 사진이 대문짝만 하게 실려 있었다. 다양한 기사 형태 글들은 그 작업을 묘사한 글이거나 그 작업에 관한 선언이었다. 사진 제목은 "우주로 간 남자!"였다. 인간을 지구 궤도에 보내려고 애쓰던 당시의 우주 경쟁을 패러디한 말이었다. 사진에 딸린 설명은 번역하자면 이랬다. "유도 4단 선수이기도 한 모노크롬은[이브 르 모노크롬은 클랭의 가명이었다.] 역동적인 공중 부양을 수시로 연습한다!(아래에 그물이 있든 없든, 목숨까지 걸고.) 그는 곧 우주로 나가서 그가 가장 좋아하는 작품에 합류할 수 있도록 몸을 만들어두려고 한다. 그 작품이란 1957년 그의 전시장을 빠져나가서 생제르맹데프레 하늘 위로 날아간 뒤 영영 돌아오지 않은 1001개의 파란 풍선으로 이루어진 항공학적 조각이다. 조각상을 받침대에서 해방시키는 것은 그가 오래 몰두해온 일이었다." 이 글은 예술 행위와 당대의 시사, 유머러스한 장난, 신비주의를 영악하게 잘 연결했다는 점에서 전형적인 클랭이다. 글은 이렇게 이어진다. "오늘날 우주를 색칠하려는 사람은 몸소 우주로 나가서 색칠해야 한다. 다만 어떤 속임수도 쓰지 않고 가야 한다. 비행기나 낙하산이나 로켓을 쓰는 것도 안 된다. 스스로의 힘으로, 자립적이고 개인적인 힘으로 가야 한다. 한마디로 공중 부양을 할 줄 알아야 한다." 그가 더 젊었을 때 몰두했던 장미십자회와 유도 연습이 이로써 완성된 셈이었다. 신문 제호란에는 굵은 글씨로 "청색 혁명은 계속된다."라고 적혀 있었다.

클랭은 거의 평생 비행에 집착했다. 아내였던 로트라우트는 이렇게 말했다. "그는 자신이 날 수 있다고 믿었어요. 옛 승려들은

먼 곳의 푸름

다들 공중 부양을 할 줄 알았고 자신도 언젠가 그런 경지에 도달할 거라고 말했어요. 집착이었죠. 꼭 아이처럼, 정말로 그럴 수 있다고 믿었어요." 비행은 그가 자신의 소유로 삼았던 하늘로 말 그대로 들어가는 것을 뜻했고, 또한 사라지는 것을 뜻했다. 막역했던 한 친구에 따르면 그는 공중 부양 못지않게 사라짐에도 집착했다고 한다. 비행은 또한 허공으로 들어가는 것을 뜻했다. 클랭의 허공으로의 도약은 불교에서 말하는 각성처럼 읽히기도 한다. 서양인은 결핍으로 여기겠지만 실은 그렇지 않은 텅 빈 공의 상태를 받아들이는 일, 유한한 것과 물질적인 것을 놓아주고 그 대신 무한함과 초월과 자유와 각성을 받아들이는 일. 클랭은 이렇게 적었다. "나와 함께 허공으로 가자! / 그대, 나처럼 꿈꾸는 자여 / 그 멋진 공허를 / 그 절대적인 사랑을······"

사진은 증거다. 하지만 클랭의 도약을 찍은 사진은 막 날기 시작한 남자만이 아닌, 그보다 좀 더 복잡한 무언가를 기록한 증거다. 그리고 그 무언가에 대한 이야기는 사람마다 크게 다르다. 그 사진은 예술 작품의 흔적 혹은 기념에 불과했고, 실제 예술 작품은 도약 자체였다. 1960년 10월 19일 촬영된 사진은 이후 중요한 시대적 흐름이 될 새로운 종류의 사진을 거의 처음 선보인 사례였다. 새로운 종류의 사진이란 너무 멀거나 일시적이거나 개인적이라서 달리 보여줄 방법이 없는 예술 작품의 기록으로서의 사진, 전시될 수 없는 데다가 무슨 조치를 취하지 않으면 영원히 사라질 터라서 사진이라는 대역이 필요한 예술 작품의 기록으로서의 사진이었다. 예술가들은 육체적 행위, 덧없는 몸짓, 먼 풍경을 조작한 작업 등을 사진으로 기록해서 보여주기 시작했다. 이때 사진은 그 자체가 예술 작품이나 미적 경험이라기보다는 보이지 않는 것, 과거의 것, 다른 장소에 있는 것을 환기시키는 기념물이자 상상을 일깨우는 도구였다.

그 사진은 몽타주였다. 유도 선수 클랭은 실제로 도약했지만, 밑에 열 명의 유도 선수가 붙잡고 있는 방수포가 있었다. 사진은 위에 있는 클랭의 모습과 아래에 방수포도 동료들도 없는 거리의 모습을 잘라 붙인 것이었다. 하지만 매커빌리의 이야기는 다르다. 매커빌리가 클랭과 친했던 사람들에게 들은 말에 따르면, 그 중에는 여러 차례의 도약을 직접 목격한 이들도 있었다는데, 클랭은 그해 1월에 정말 허공으로 도약했다고 한다. 하지만 주요한 증인들은 없었고 증거도 없었다. 클랭이 로트라우트를 사귀기 전에 동거했던 베르나데트 알랭은 최초의 도약을 보았고, 이렇게 회상했다. "낙법을 아는 유도 선수에게는 별 대단한 일도 아니었어요. [……] 그이만큼 훈련한 사람이라면 누구나 자세를 얼른 되돌려서 낙하할 줄 안다고 했어요. 그에게 그 일은 도전 혹은 반항의 행위였죠. 자신이 허공으로 도약할 수 있다는 사실, 창문에서 뛰어내리는 게 아니라 하늘로 날아오를 수 있다는 사실을 증명하려는 거였죠. [……] 그의 몸 밑에는 보도 말고는 아무것도 없었어요. 아무것도!" 도약 장소는 아송시옹 거리에 있는 화랑 주인 콜레트 알랑디의 집이었다. 가톨릭 국가인 프랑스에서 '아송시옹Assomption'은 성모의 육신이 하늘로 승천한 일을 가리키는 뜻일 수밖에 없다. 특히 파리 16구의 그 조용한 거리가 아농시아시옹Annonciation, 수태고지 거리에서 겨우 몇 블록 떨어진 곳에 있으니 더더욱 그 뜻일 수밖에 없다.(그런데 오래된 파리 지도를 들여다보다가 이제야 깨달은 것이, 나는 바로 그 아농시아시옹 거리에서 열일곱 살 때 몇 달 동안 하녀 방을 빌려서 살았었다. 그러니 생각하면 참 재미있다. 나는 그곳이 클랭의 도약 장소라는 사실을 모르는 채 수없이 그곳을 지나다녔을 것이다. 우리의 삶은 이처럼 함께 공유하는 지형 위에 각자 다른 지도를 그려나간다.)

　1월의 도약 후, 클랭은 비행사 친구를 만나러 갔다. 친구는 얼마 후 비행기를 몰다가 히말라야산맥에서 정말 영원히 허공으로 사라질 운명이었다. 클랭이 친구를 만나는 것도 그때가 마지막이었다. 도약이 남긴 한 가지 흔적은 클랭이 "발목을 접질려서" 한동안 절뚝거리고 다녔다는 점이다. 그러나 그는 자신의 도약을 믿어주는 사람이 거의 없음을 깨달았고, 그래서 그해 10월에 다른 장소에서 다시 한 번 도약을 선보였다. 이번에는 방수포를 깔고, 카메라 앞에서 두 번 도약했다. 로트라우트가 밑에 아무것도 두지 않고 도약하는 일은 두 번 다시 하지 말라고 설득했기 때문이다. 공식 사진에서 그는 침착하게 위로 움직이는 모습이다. 하지만 또 다른 사진에서는 얼굴을 아래로 향하고 약간 허우적거리는 모습인데, 추락하는 사람이 아니라 뭐랄까, 추락하는 고양이 같다. 아무튼 대중에게 공개된 사진에서는 그가 영원히 위로 솟고 있다. 카메라가 포착한 그 순간만큼은 그가 정말 날고 있다.

이브 클랭에 대해서 무슨 이야기를 더 해야 할까? 세 번 도약했던 해의 이듬해, 그는 미국으로 갔다. 뉴욕에서는 싸늘한 대접을 받았고, 예술계가 막 활짝 피어나고 있던 로스앤젤레스에서는 따뜻한 대접을 받았다. 그는 데스밸리에 몹시 가보고 싶어 했고, 그래서 어느 젊은 화가이자 큐레이터가 그를 차에 태워서 사막으로 데려다주었다. 데스밸리까지 다 간 것은 아니었지만 아무튼 사막 깊숙한 곳까지 갔다. 이 머나먼 서부로의 여행, 그가 과거에 받아 본 장미십자회 교리 책자가 발송된 장소였던 곳으로의 여행은 그가 유도를 배우려고 머나먼 동양으로 여행했을 때 시작되었던 여정의 마무리처럼 보인다. 이후 클랭의 마음은 차츰 죽음으로

쏠렸다. 죽음은 그가 늘 비행과 사라짐과 연관 지어 생각한 문제였다. 파리로 돌아온 그는 파랗게 칠한 지형도를 제작하기 시작했고, 임신한 로트라우트와 결혼했고, 그동안 암페타민으로 혹사시켜온 심장에 문제를 겪기 시작했다. 1962년 6월, 클랭은 서른넷의 나이로 죽었다. 이름이 역시 이브 클랭인 아들이 태어나기 몇 달 전이었다. 그는 비극적으로 젊었다. 그래도 그의 인생은 하늘을 가로지르는 궤적을 다 밟은 유성처럼, 별똥별처럼, 완성된 예술 작품처럼 보인다.

영화는 빛뿐 아니라 어둠으로도 만들어진다. 우리가 수많은 이미지들을 모아서 하나의 활동사진을 만들어낼 수 있는 것은 환하게 정지된 이미지들 사이사이에 몹시 짧은 어둠들이 끼어 있기 때문이다. 그 어둠들이 없다면, 보이는 것은 흐릿하게 번진 영상뿐일 것이다. 그렇다면 장편 영화 한 편에는 우리가 못 보고 지나가는 순수한 어둠이 삼십 분에서 한 시간 정도 포함되어 있다는 뜻이다. 그 어둠들을 다 합할 수 있다면, 극장에서 관객들이 그 깊은 상상의 밤을 다 함께 응시하는 광경이 만들어질 것이다. 그것은 영화의 테라 인코그니타, 모든 지도에 있는 검은 대륙이다. 이와 비슷하게, 달리는 사람의 발걸음은 한 걸음 한 걸음이 도약이라서 그는 순간적으로나마 땅에서 완전히 떠 있게 된다. 그 짧은 순간, 그

길 잃기 안내서

림자는 주자의 발에서 물이 흘러나오듯이 흘러나온 것이 아니라 별도의 복사본처럼 떨어져서 땅을 맴돈다. 새의 그림자가 지표면을 기어가면서 그것을 만들어낸 새가 지표면에 더 가까워지거나 더 멀어지면 그에 따라 더 커지거나 더 작아지는 것처럼. 장거리 달리기를 하는 내 친구들의 경우에는 그 짧디짧은 공중 부양의 순간들을 다 더하면 상당한 시간이 된다. 그들은 오로지 자신의 힘으로 몇 분 동안 공중에 떠 있는 셈이다. 어쩌면 몇십 분일 수도 있고, 수백 킬로미터를 달리는 사람에게는 그보다 더 길 수도 있다. 우리는 난다. 우리는 어둠 속에서 꿈꾼다. 우리는 크기를 잴 수도 없을 만큼 작은 조각으로 조금씩 천국을 삼킨다.

먼 곳의 푸름

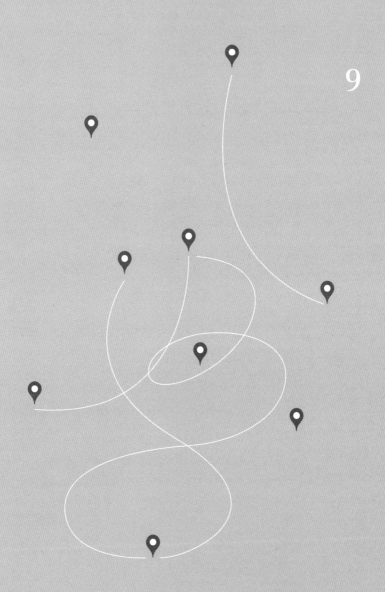

나는 거북을 두 손으로 나르고 있었다. 복사 아이의 성경이나 수 맥 막대기처럼 받든 손을 앞으로 내밀고 방 가장자리를 걷고 있었다. 거북의 불그죽죽한 등껍질은 딱지가 하나하나 또렷하게 구분되어 보였다. 내가 나르는 동안 거북에서 물이 흘러나왔다. 그만한 크기의 거북이 저장할 수 있는 양보다 더 많은 양이 나오는 것 같았다. 거북은 내 손에 담긴 분수였고 금 간 바위였다. 꿈에서 깬 순간, 내가 걷던 방이 내 어린 시절 침실이었음을 알았다.

나는 열네 살에 그 집을 떠났지만 이후에도 가끔 그 속을 돌아다녔다. 사반세기가 흐른 뒤에도 그 집을 벗어나지 못했다. 꿈속에서 말이다. 집은 그 시절 교외의 전형적인 주택 형태였던 L자 단층집이었다. 아이들이 그림에서 자주 그리는 주택은 위층 창문들이 눈이 되고 대문이 입이 되어 사람 얼굴처럼 보인다. 견고함과 중심이 있는 그런 주택은 좋은 집이 되어준다. 머리가 곧 집이니까. 반면 이 집은 공용의 방들 사이에 문이 뚫려서 마치 길게 연장된 복도처럼 열려 있고 침실들은 그 막다른 끝에 맹장처럼 붙은 구조라서 딱히 중심이랄 게 없었지만, 아무튼 내 정신은 이 집에 갇혔다. 전 주인이 집 주변에 심어둔 나무들은 이상하고 이국적이었다. 병솔나무와 인공적인 딸기나무가 있었고, 그 시절 남자아이들이 입던 코듀로이 바지와 똑같은 하늘색의 가문비나무가 있었고,

다육식물들이 있었다. 그 밖에도 이름 없고, 정체를 알 수 없고, 먹을 수 없고, 빤들거리는 잎이나 뾰족한 잎을 가진 식물들이 있었다. 좁은 뒤곁밭에서 늘 그늘에 있던 식물 하나는 일 년에 한 번 거대한 백합 같은 꽃을 딱 한 송이 피웠는데, 꼭 무슨 얇은 동물 피부로 만든 것처럼 까맣고 쭈글쭈글한 가죽 같은 꽃이었다. 거리에 면한 두 아이용 침실의 창 앞에는 흉하게 자란 향나무가 각각 한 그루 서 있었다. 밤이면 그 나뭇가지가 지나가는 차들의 전조등 불빛을 받아 벽에 드리운 그림자가 익룡처럼 빙그르르 돌았다. 차양, 처마, 파티오 지붕이 실내로 해가 직접 들지 못하도록 막았다. 실내는 포마이카, 타일, 리놀륨으로 꾸며져 있었고 바닥에는 진한 초록색이라 위에서 보면 꼭 숲을 찍은 항공사진 같았던 카펫이 한 뼘도 빼놓지 않고 다 깔려 있었다. 그 집의 모든 것이 냉랭하고 이질적인 재료로 만들어진 듯했고, 그중에서도 제일 이상한 것은 수영장이었다.

수영장은 난방이 되지 않아서 일 년 중 대부분의 기간에 깡마른 꼬마들이 풍덩 뛰어들기에는 너무 추웠다. 그래도 늘 먼지와 쓰레기를 쓸어내거나 걷어내야 했고, 그 일에 쓰이는 도구들은 환상적으로 길어서 꼭 구름 속에 머리가 있는 거인이 쓰는 식사용 도구 같았다. 수영장은 흔히 볼 수 있는 옅은 청록색으로 칠해져 있었고, 맨발을 쓸리게 하는 분홍색 시멘트 테두리가 둘러져 있었고, 물에서 독한 염소 냄새가 났다. 모든 물 덩어리에는 어쩐지 두렵고 신비로운 데가 있다. 탁한 물은 눈에 보이지 않는 깊은 곳에 눈에 보이지 않는 것을 품고 있다고 암시하고, 맑은 물은 먼 바닥까지 보여주어서 그 속으로 떨어질 것처럼 느끼게 만든다. 물론 실제로는 공기도 아니고 땅도 아닌 이상한 공간에서 물이 우리 몸을 떠받쳐주겠지만. "물 덩어리body of water"라는 표현은 아주 그만이다. 여기 이 물, 길이가 9미터이고 제일 먼 쪽에서 키가 2.4미터인 물은 정말 무슨 신비로운 덩어리 같았고, 투명한 포로의 몸 같았으며, 그 몸속으로 우리는 몸을 던질 수 있었다. 바람이 아주 살랑만 불어도 물 표면이 일렁거렸고, 햇빛이 그 일렁임을 어룽어룽한 무늬로 바꾸어 수영장 바닥을 달려가게 했는데, 그 모습은 꼭 물고기 없는 바다에 던져진 끝없는 그물 같았다. 나중에 나는 꿈에서 그 집뿐 아니라 그 수영장도 보고 또 보았다. 아직 그 집을 빠져나오는 길을 찾지 못한 것 같았고, 아직 그 속에서 길을 잃은 것 같았다. 하지만 수영장은 미로의 일부라기보다는 그 집의 성스러운 우물이었다.

그 집에서는 끔찍한 일들이 벌어졌다. 그러나 딱히 특이하거나 흥미로운 일들은 아니었다. 심리치료사가 그런 이야기를 한 시

단층집

간 들어주는 대가로 큰돈을 받는 데는 다 이유가 있다고만 말해두면 충분할 것이다. 아니면 한 가지쯤은 더 말할 수 있을 것이다. 마음의 자본주의에 대해, 삶의 중요한 것들도 장악하고 비축할 수 있다는 믿음에 대해, 신뢰의 시장도 독점할 수 있고 행복도 적대적 인수로 독차지할 수 있다는 믿음에 대해. 이런 관점은 희소 경제학에 바탕을 두고 있다. 무언가가 모두에게 돌아갈 만큼 충분하지는 않다는 생각, 혹은 생각이라기보다는 느낌이다. 그런 비실체적인 요소들도 양이 한정되어 있기 때문에 앞다투어 차지해야 한다는 믿음, 남에게 나눠줄 때 오히려 양이 더 는다고 여기지 않는 믿음이다. 이야기는 아리아드네의 실 같은 선물이 될 수 있고, 미로가 될 수도 있고, 미로 속의 게걸스러운 야수 미노타우로스가 될 수도 있다. 우리는 이야기를 길잡이 삼아 방향을 찾지만, 가끔은 이야기를 버려야만 탈출할 수 있다.

몇 년 전, 어머니가 그 집을 새로 단장한 꿈을 꾸었다. 좌우간 꿈에서는 그렇게 했다는 설정이었는데, 무척 볼품없는 단장이었다. 수영장 가장자리는 깨진 유리 조각들로 장식되어 있었고, 욕실에는 관처럼 생긴 욕조 두 개가 바닥에 쑥 들어가게 설치되어 있었고, 내 작은 침실은 밝게 페인트칠을 다시 했는데 한쪽 벽에 춤추는 해골들이 그려진 띠가 둘러져 있었다. 나는 가끔 아버지도 꿈에서 만났다. 아버지가 돌아가신 지 한참 지났을 때, 내가 사막의 은둔자로부터 총 쏘는 법을 배운 지 얼마 되지 않았을 때, 꿈에서 내가 아버지에게 무장을 했으니 다가오지 말라고 말하던 시기가 있었다. 그렇게 몇 번 내가 이긴 뒤, 아버지는 무해한 존재가 되었다. 그 세월 동안 내가 조금씩이나마 진전하고 있는 게 분명했다. 나는 제일 큰 침실을 접수하여 내가 쓰겠다고 결정했고, 그다음에는 가족을 내 방에서 몰아냈고, 그러다 그 거북 꿈을 꾸었다.

꿈에서는 아무것도 사라지지 않는다. 어린 시절의 집, 죽은 사람, 잃어버린 장난감 따위가 깨어 있는 정신은 달성할 수 없는 수준으로 생생하게 등장한다. 꿈에서 사라지는 것은 오직 하나, 나다. 꿈속의 나는 너무 잘 아는 장소조차 사실 정확히 그 장소는 아닌 곳, 불가능으로 통하도록 열린 곳에서 길을 잃고 헤맨다. 하지만 물 흘리는 거북을 나르다가 깬 날, 나는 이제 내가 그 집에 갇혀 있지 않음을 깨달았다. 꿈의 무게는 꿈의 크기와 비례하지 않는다. 어떤 꿈은 안개로, 어떤 꿈은 레이스로, 어떤 꿈은 납으로 만들어진다. 어떤 꿈은 일상적인 정신의 부스러기에서 만들어지는 것이 아니라 외부로부터 벼락처럼 들어온 자극에서 만들어지는 듯하다.

나는 거북이 어디서 왔는지 궁금했다. 두 살 때 동물원에서 갈라파고스거북의 등에 탔던 일이 떠올랐고, 작은 오빠가 애완동물로 상자거북을 길렀던 일이 떠올랐고, 동물 학대의 기준이 지금보다 낮았던 시절에 부활절을 맞아 작은 붉은귀거북을 색칠했던 일이 떠올랐고, 주니족은 거북을 돌아온 망자의 영령으로 여긴다는 사실을 어디서 읽었던 것이 떠올랐다. 내가 종류를 불문하고 모든 거북 이미지에 마음이 끌린다는 사실을 새삼 확인했다. 몇 달이 흘렀을까, 그제야 거의 십 년 전에 사막거북을 만났던 일이 떠올랐다. 모하비 사막에서 다른 여자들과 함께 야영하던 때였다. 데스밸리 근처의 작은 도로 한가운데에 다 자란 거북이 있는 것을 보고 트럭을 세웠다. 우리는 차에서 내려 거북을 보았고, 나는 내가 알던 사실을 줄줄 읊었다. 거북을 만지면 안 된다는 것, 왜냐하면 거북은 환경이 변하면 스트레스를 받고, 질병과 감염에 취약하고, 특히 호흡기 질환에 취약하고, 우리가 만져서 오염시킬 수도 있기 때문에. 거북은 위기를 만나면 가끔 몸에 저장했던 물을 모두 비운다. 나뭇잎에서 천천히 얻어냈던 물, 소나기 후 고인 웅덩이에서 조금씩 마셨던 물, 몸무게의 최대 40퍼센트까지 차지하는 물을. 거북에게는 물을 잃는 것 자체가 위기다.

하지만 거북은 또 서식지인 모하비 사막과 콜로라도 서부 사막 지대 어디에서나 자동차를 비롯한 오프로드 차량에 치이기 쉽

길 잃기 안내서

다. 우리는 거북을 가만히 보았다. 우리가 보는 동안 거북은 멈춰 있었다. 우리는 또 멀리서 다가오는 차 몇 대를 보았다. 결국 나는 깨끗한 행주를 꺼냈다. 내 손이 직접 닿지 않도록 행주로 거북 등 딱지를 잡은 뒤 들어올렸다. 거북이 머리와 팔다리를 등딱지 속에 쑥 집어넣었다. 나는 딱지 하나하나마다 동심원이 새겨져 있어서 꼭 만다라를 모자이크 한 것 같은 무거운 흙먼지색 돔을 날랐다. 거북을 든 손을 앞으로 뻗은 채 15미터쯤 걸어서 드문드문 관목이 자라는 사막 땅으로 갔고, 그곳에서 원래 거북이 가던 방향으로 녀석을 내려놓았다. 땅에 내린 거북은 아까처럼 희한하게 기우뚱거리는 몸짓으로, 한 발 뗄 때마다 등딱지가 살짝 휘청이는 몸짓으로 다시 걸어갔다. 불가에 전하는 이런 이야기가 있다. 여자를 멀리하기로 맹세한 두 승려가 있었다. 둘은 어느 날 급류가 흐르는 강을 만났다. 그런데 거기 있던 웬 여자가 그들에게 강을 건너도록 도와달라고 애원했고(옛이야기에는 왜 이렇게 튼튼한 여자가 없는지) 그래서 한 승려가 여자를 업고 강을 건넜다. 두 승려가 강 건너편에서 다시 한참 걷던 중, 다른 승려가 불쑥 짝에게 맹세를 깬 것을 나무랐다. 그러자 그 짝은 대답했다. "자네는 왜 아직 여자를 업고 있나? 나는 강을 건너자마자 내려놓았는데." 나는 사막에서 거북을 만난 후 몇 년이 흐르는 동안에도 계속 녀석을 들고 있었던 것이다.

하지만 그동안 거북은 내게 일종의 나침반, 허가증, 부적이었다.

사막거북은 인간이 그 서식지를 침해하는 바람에 멸종 위기에 처해 있다. 미국 어류및야생동물관리국은 1990년에 사막거북에게 공식적으로 '절멸 우려종' 지위를 주었다. 개체수 감소 이유는 여러 가지다. 토착종이 아닌 식물들이 사막거북의 식단에 지장을 주었다. 풀 뜯는 가축, 개, 차량, 개발, 군사기지도 저마다 영향을 미친다. 사람들이 애완동물로 기르려고 마구 포획하는 것도 문제다. 또 사막에 투기하는 쓰레기가 늘면서 까마귀가 엄청나게 늘었는데, 까마귀는 등딱지가 충분히 딱딱해지지 않아서 제 몸을 보호하지 못하는 생후 약 오 년 내의 어린 거북을 잡아먹는다.(은둔자가 한번은 등딱지를 심하게 쪼여서 상처가 난 새끼 거북을 발견했다. 그는 거북을 집으로 데려왔고, 아는 동물원 수의사를 불러서 부엌 싱크대 수술로 살려보려고 했다. 그때 나는 그곳에 없었기에 그가 이후 며칠간 전화로 "거북 양"의 경과를 보고해주었는데, 그러던 어느 날 "거북 양이 버텨내지 못했어."라고 말했다.) 사막거북은 먹이나 물이 없어도 일 년 넘게 버틸 수 있다. 서식지 최북단 추운 지역에서는 일 년에 몇 달씩 동면한다. 한여름 제일 더울 때는 서늘한 굴속에서 머물고, 평소에도 굴에서 1~2킬로미터 이상 벗어나는 경우가 드물다. 느리게 걷고, 느리게 살아서, 아주 오래, 최대 100년까지 산다. 사막거북은 지구에

6000만 년쯤 살아왔다. 이들을 구하려는 계획은 앞으로 500년 뒤에 이 종이 생존할 확률이 50퍼센트가 되도록 설계되었다. 정부는 확률을 반반으로 맞추는 데 필요한 것 이상으로 자원을 할당하거나 인간의 활동을 제약할 마음은 없다.

1919년, 어느 젊은 민족지학자가 사막거북 서식지의 핵심에 해당하는 땅에서 살아가던 체메후에비족의 대장장이와 사랑에 빠졌다. 그때 벌써 마흔여덟 살이었던 대장장이 조지 레어드는 차츰 잊히거나 사라지거나 희석되고 있던 부족의 전승 지식을 어릴 때 많이 배운 사람이었다. 그가 열여섯 살이었던 해, 아마도 1888년쯤, 그는 말기 매독으로 고통스러워하는 어느 남자를 간호하게 되었다. 죽어가는 남자는 그에게 자기네 언어의 순수한 형태를 가르쳐주었고, "긴 불면의 밤마다 불멸의 존재들, 즉 인류 이전에 인간이었던 동물들 이야기를 멋지고 우아하게 들려주었다." 체메후에비 남자 조지 레어드와 민족지학자 캐러베스 레어드는 이후 스물한 해 동안 한 몸처럼 살았고, 그녀는 그에게 체메후에비족 언어와 그가 아는 노래들과 이야기들을 배웠다. 그리고 그가 죽은 지 한참 뒤, 이제 그녀가 노인이 되었을 때 그동안의 기록과 기억을 모아 민족지학 책으로 펴냈다. 그 속에서 그녀는 거북에 대해 이렇게 썼다. "이 파충류는 식량으로 적합했지만, 동시에 특별히 신성한 아우라를 갖고 있었다. 이 부족에게 거북은 예나 지금이나 영혼의 상징이다. '체메후에비의 심장은 거북의 심장처럼 단단하다.'는 말이 있다. '단단한 심장'은 역경을 견디고 살아남는 의지와 능력을 뜻한다." 하지만 거북은 인간을 견디고 살아남지 못했다.

세상 만물은 원래 사라지는 것이 섭리이지, 살아남는 것이 섭리가 아니다. 생각해보라. 꿈을 묘사할 언어가 생겨난 이래 지금까지 인류는 셀 수 없이 많은 꿈을 꾸어왔겠지만, 그중 시간의 퇴비에 묻히지 않고 구조된 꿈은 얼마나 적은가. 얼마나 적은 이름이, 얼마나 적은 희망이, 심지어 얼마나 적은 언어가 구조되었는가. 우리는 브리튼과 아일랜드 섬에서 입석을 세웠던 사람들이 어떤 언어를 썼는지, 그 돌들이 무슨 뜻인지 모른다. 로스앤젤레스의 가브리엘라노스 부족이나 마린카운티의 미우크 부족이 썼던 언어를 잘 모른다. 페루의 나스카 사막에 거대 지상화를 그렸던 사람들이 그 그림을 어떻게 그렸고 왜 그렸는지 모른다. 심지어 셰익스피어나 이백에 대해서도 많이 알지 못한다. 우리는 예외를 법칙으로 믿는 것 같다. 일반적으로 잃는 것이 당연하다고 여기지 않고, 우리가 갖고 있는 것이 당연하다고 여긴다. 그야 우리가 숲속의 헨젤과 그레텔처럼 뒤에 흘리며 살았던 물건을 하나하나 쫓아간다면 마땅히 돌아가는 길을 찾을 수 있어야 할 것이다. 그 물건

길 잃기 안내서

들은 우리를 과거로 감아 당기면서 상실을 하나하나 복구해줄 것이다. 잃어버린 안경에서 출발해서 잃어버린 장난감을 거쳐 잃어버린 유치까지 돌아가는 길이 되어줄 것이다. 그러나 실제 대개의 물건들은 되찾을 수 없는 과거의 비밀스런 별자리를 이룰 뿐이다. 꿈꾸는 사람 외에는 아무것도 사라지지 않는 꿈속에서나 우리에게 돌아올 뿐이다. 그래도 그것들은 어딘가에는 존재해야 한다. 주머니칼과 플라스틱 목마는 완벽하게 퇴비로 바뀌지는 않는다. 하지만 한없이 표류하다가 세상 여기저기에 흩어지는 물건들의 거대한 흐름 속에서 그것들이 어디로 갔을지, 누가 알겠는가?

한번은 로켓을 하나 발견했다. 그 로켓은 한쪽 면에 초승달과 별이 라인석으로 새겨져 있었고, 반대쪽 면에는 너무 가늘어서 읽을 수 없는 이니셜이 새겨져 있었고, 속에는 오래된 사진이 두 장 들어 있었다. 틀림없이 누군가 애타게 그 물건을 찾고 있었겠지만, 자기 것이라고 말하며 나서는 사람은 없었다. 그래서 그 로켓은 아직 내가 갖고 있다. 또 한번은 세상에 마지막으로 남은 드넓은 야생의 자연 중 한 곳, 포르투갈만 한 넓이에 길 하나 없는 곳에서 강을 따라 여행하던 중, 여행 초반에 양말 한 짝을 잃었고 나중에는 선글라스를 잃었다. 이제 나는 그런 잡동사니가 전혀 없는 그 대자연에 내 물건들이 널린 모습을 상상해본다. 물건들은 여태 거기 있을지도 모르고, 누군가가 그것들을 발견해서 내가 로켓 주인을 궁금해했던 것처럼 그 주인을 궁금해했을지도 모른다. 그 여행에서 나는 고무보트에 몸을 걸친 채 몇 시간 동안 줄기차게 강바닥을 내려다보았다. 그 이름을 아는 사람이 거의 아무도 없고 역시 별로 알려지지 않은 다른 강으로 흘러들어가는 강을, 강바닥의 수많은 돌을, 수백, 수천, 수만 개는 될 돌들이 세상에서 가장 맑은 물속에서 회색으로 분홍색으로 검은색으로 금색으로 스쳐가는 모습을 바라보았다. 내가 강에서 곧바로 떠 마셨던 물 위를 몇 킬로미터씩 며칠씩 흘러가면서 바라보았다. 물건들은 모든 것을 목격하지만 아무 말도 하지 않는다. 동물들은 그보다는 좀 더 많이 말한다. 그리고 동물들도 사라지고 있다.

무언가가 으레 우리의 앎에서 사라진다는 사실, 왜냐하면 우리가 자신이 어디 있는지 모르거나 그것들이 어디 있는지 모른다는 점에서 그렇다는 사실은 어쩔 수 없다고 쳐도, 무언가가 지구에서 사라진다는 사실은 그와는 또 다른 이야기다. 요즘은 이상한 교차로가 하나 있다. 실존하는 것과 알려진 것이 엇갈리는 교차로다. 생물학자들은 세상에 우리가 아는 종이 약 170만 종 있다고 계산하지만, 지구에 실제 존재하는 종은 1000만에서 1억 종 사이일 것으로 본다. 우리가 발견하고 분류하는 종은 엄청난 속도로 늘고 있지만, 알려진 종이든 알려지지 않은 종이든 종들이 사라지는 속도도 마찬가지로 엄청나다. 예전보다 더 많이 알려지지만, 우리가 알 것은 예전보다 더 적다. 우리는 아는 것도 모르는 것도 둘 다 잃는 중이다. 과학이 지금까지 전혀 몰랐던 종들이 사라지고 있다는 것은 분명한 사실이다. 이 점을 생각하다 보면, 꼭 우리 머릿속 공간은 확장되는데 그 바깥의 장소들은 축소되는 것 같다. 우리가 말 그대로 그들을 먹어 치우는 것 같다.

꿈에서 나는 독수리가 되어보았고, 초록색 핀치가 되어보았다. 머리가 셋 달린 코요테를 만나보았다. 늑대도, 여우도, 스라소니도, 개도, 노래하는 새도, 물고기도, 뱀도, 소도, 물범도, 많은 말과 고양이도 만나보았고 그중 몇몇은 말을 할 줄 알았다. 꿈에서는 또 어떤 여자가 제왕절개로 다 자란 사슴을 낳았다. 사슴은 갓 태어나 축축한 몸을 일으켜서 곧장 나무가 우거진 어두운 길로 달아났다. 꿈에서는 새끼 가젤이 여자의 젖을 먹었고, 불곰이 여자와 결혼했다. "어떤 면에서는 모든 동물이 짐 나르는 동물이다. 우리가 하는 생각의 일부를 짊어진다는 점에서." 소로는 이렇게 말했다. 동물은 상상력의 오래된 언어다. 동물이 사라짐으로써 생기는 비극이 만 가지는 되겠지만, 그중 하나가 이 언어가 침묵한다는 점이다. 언젠가 어떤 남자가 내게 내 글은 상실을 이야기할 때가 많다고, 내가 세상을 생각하는 방식이 그런 것 같다고 말해주었다. 나는 그의 의견을 이후 오래 곱씹었다. 이런 의미의 상실에서는 두 가지 흐름이 뒤섞인다. 하나는 내가 역사가로서 모든 것에 매달리고 싶고, 모든 것을 적어두고 싶고, 모든 것을 스르르 사라지지 못하도록 막고 싶은 갈망이다. 그리고 거의 잊혔던 무언가를, 영영 손 닿지 않는 곳으로 사라질 뻔했던 무언가를 자료와 인터뷰에서 도로 끄집어냈을 때 역사가가 느끼는 기쁨이다. 그러나 또 다른 흐름은 우리 시대에 너무 많은 것이 그것을 대체할 것도 없는 상황에서 속속 사라지는 현실을 내가 남들과 똑같이 겪는다는 점이다. 어느 순간이든 지상의 어느 곳에서는 태양이 지고 있고, 또 한 번의 하루가 대체로 기록되지 않은 채 스르르 사라지고 있고, 사람들은 깨어나서는 거의 기억도 못 할 꿈속으로 스르르 빠져들고 있다. 그런 상실이 지속 가능하고 자연스러운 것이 되려면 반드시 풍부함이 면면히 지속되고 있어야만 한다. 태양은 앞으로도 뜨겠지만, 꿈도 언젠가는 바닥을 드러낼 수 있는 법이다.

황금시대, 꿈의 시대, 그것은 현재이고, 그 속의 너무 많은 것이 지금 새어나가고 있다. 새 천 년을 카운트다운 했던 타임스스퀘어의 시계, 즉 빠르게 줄어가는 초, 분, 시간, 일을 보여주었던 디지털 화면은 멸종 위기에 처한 종수를 보여주는 데 쓸 수도 있을 것이다. 매일 최소 서른 종이, 매년 1만 종 이상이 사라지고 있다. 무언가가 철저히 바뀌지 않는 한, 혹은 모든 것이 철저히 바뀌지 않는 한 앞으로 100년 안에 전체 종수의 절반이 사라질 것이다. 상상해보자. 현재는 이미 노아의 방주이고, 탐욕과 개발과 독성 물질은 동식물을 배 밖으로 내몰아 과거라는 바닷속에 빠뜨리는 삼인조 해적이다. 지난 세기에 미국 중서부 하늘을 몇 시간이고 며칠이고 까맣게 뒤덮었던 나그네비둘기 떼는 이제 없다. 샘슨진주홍합은 1930년 무렵 중서부 강에서 모두 사라졌다. 샌타바버라노래참새는 1959년 이래 사라졌다. 테코파송사리는 1972년 이래 사라졌다. 소노라가지뿔영양은 20세기 말 미국 전체에 142마리가 있다고 추산되었지만 2002년에는 그 절반 미만으로 줄었다. 하와이에서는 달팽이 72종이 사라졌다. 오대호의 블루파이크는 인간이 최초로 달 위를 걸을 무렵 멸종했다. 알래스카의 안경가마우지는 골드러시 무렵 사라졌다.

그 골드러시가 캘리포니아에 한창이었을 때, 많은 수의 북부 사람들이 처음으로 사막거북 서식지 핵심부를 통과했다. 1849년, 오늘날 '데스밸리 포티나이너스'라고 불리는 한 무리의 사람들은 한시바삐 시에라네바다산맥의 금광 지대로 가려고 서둘렀다. 하지만 그들은 그레이트베이슨 분지에 너무 늦게 도착한 터라 눈 덮인 시에라 산길을 넘기는 어려웠기 때문에, 어느 모르몬교도 안내인을 고용하여 캘리포니아 남부로 우회하는 이른바 스페인 길로 가기로 했다. 그들은 스스로를 샌드워킹(모랫길을 걷는) 일행이라고 불렀다. 이것은 샌와킨 일행이라는 말이 변질된 것이었는데, 그들 중 누구도 그 남부 광맥의 강과 계곡에 제 스페인식 이름을 빌려준 가톨릭 성인을 몰랐기 때문이다. 그때 O. K. 스미스라는 스무 살 뉴요커가 나타나서 그들에게 캘리포니아 중부로 가는 더 빠른 길이 있다고 솔깃한 소리를 늘어놓았고, 대부분의 마차들은 그 지름길이라는 쪽으로 방향을 틀었다. 원래의 안내인은 지름길을 택하지 않은 소수만 데리고 계속 스페인 길로 갔다. 방향을 돌린 사람들을 부추겼던 근거는 정부에 고용된 탐사자였던 존 C. 프리몬트("패스파인더(길 찾는 사람)"라고 불린 인물이었다.)가 그린 지도였다. 그 지도에 실제로는 존재하지 않는 긴 산맥이 동서로 뻗어 있다고 나와 있었던 것이다.(1846년 도너 일행의 고립도 잘못된 지도 탓이 컸다.) 지도에는 "이 산은 아직 탐사되지 않았고, 북쪽 고지대에서 건너다보았을 뿐이다."라고 적혀 있었고, 그 밑에 더 큰 글씨로 "미답 지역"이라고 표시되어 있었다. 샌드워커스는 그 가상의 산맥의 산기슭을 따라 이동할 수 있으리라고 생각했다. 하지만 그곳이 마차가 통과할 수 없는 지형임을 알게 되자 많은 사람이 되돌아갔고

길 잃기 안내서

나머지는 더 작은 무리들로 쪼개졌는데, 이 무리들은 결국 데스밸리에 갇혀서 오도 가도 못하게 되었다. 서반구에서 해발 높이가 제일 낮은 땅에서, 높은 두 산맥 사이에서 메마른 입처럼 건조하게 푹 꺼진 호수 바닥에서.

"우리는 그 일대에 머무른 지가 제법 오래되었기 때문에, 높은 산일수록 물이 많고 계곡에는 물이 적거나 아예 없다는 사실을 알았다. 따라서 고도가 낮은 남쪽으로 가면 산을 넘기가 더 쉽기는 하겠지만 물도 풀도 없을 터였고, 그러면 우리는 틀림없이 죽을 터였다." 그로부터 오십 년 뒤 윌리엄 맨리는 이렇게 적었다. "어떤 의미에서 우리는 길을 잃었다. 낮이든 밤이든 늘 맑았기에 해가 뜨고 지는 모습에서 방향을 알 수 있는 것은 좋았지만, 그 광활한 땅에서 생명의 신호라고는 한 달 이상 전혀 보지 못했다. 훌륭한 사냥꾼이라도 조끼 가득 담긴 화약과 산탄을 고스란히 남긴 채 굶어 죽을 것이었는데, 크든 작든 사냥할 짐승이 없었기 때문이다." 맨리는 사냥과 야외 활동에 능숙한 사람이었다. 그가 1849년에서 1850년으로 넘어가는 겨울에 통과했던 지역에 야생동물이 왜 그렇게 안 보였는지는 쉽게 설명하기 힘든 문제다. 그 개척자들에게 모하비 사막은 텅 빈 곳이었다. 물도 동물도 이름도 지도도 없는 곳, 장소에 생명과 의미를 부여하는 모든 것이 없는 곳이었

단층집

다. 개척자들은 원주민을 두려워했다. 하지만 열한 명으로 이루어진 한 무리에서 용케 살아남은 두 생존자는 파이우트족에게 구조된 덕분에 목숨을 건졌다. 나머지 아홉 명의 유골은 그로부터 십년 뒤에 둥글고 나지막하게 쌓은 돌무더기 속에서 발견되었다. 다른 무리들은 우연히 만난 원주민들에게 소중한 물웅덩이, 샘, 개울의 위치를 들었다. 콜럼버스가 인도제국으로 착각했던 카리브해에 도착한 지 400년이 흐른 뒤였지만, 좀 더 외진 서부에서는 아직 원주민들의 삶에 직접적인 교란이 별로 없었고 원주민들은 위기가 아니었던 상황에 아직은 저항하지 않고 있었다.

한 굶주린 개척자는 이웃에게 10달러를 주고 비스킷 하나를 사려다가 거절당했다. 또 다른 사람은 짐을 줄이고자 2500달러를 땅에 묻었다. 금화의 절반을 주겠다고 해도 함께 날라줄 사람을 찾지 못했기 때문이다. 결국 그는 묻었던 지점을 영영 다시 찾지 못했다. 어떤 사람들은 노다지를 암시하는 광석을 발견했지만, 그곳에서 살아남을 식량과 물이 없으니 소용없었다. 데스밸리 포티나이너스 중 한 명이 조준기gunsight로 은광석을 보았다는 주장에 따라 로스트건사이트 광상이라고 불리게 된 곳은 유명해졌고, 로스트골러 광상도 마찬가지였다. 후자는 존 골러의 동행이 금덩어리 몇 개를 주운 지점이었는데, 골러는 금을 보고 이렇게 딱딱

거렸다고 한다. "내가 원하는 건 물이야. 금 따위 쓸모없어." 이 절
박한 사람들이 가지고 나온 광석 조각을 근거로 상상된 광상들은
전설이 되었고, 사람들이 나중에 돌아가서 정확한 위치를 찾으려
고 애썼지만 모두 허사였다. 그들의 여행은 이상한 여행이었다. 그
들이 통과한 땅은 광물자원을 발견하겠다던 희망이 곁다리로 밀
려난 곳, 부가 아무 의미가 없고 물이 전부인 곳, 나눔과 생존에 관
한 중요한 결정들에 맞닥뜨리는 곳, 모두가 죽음에 직면했고 몇몇
은 그것을 맞이한 곳이었다. 사막이 종종 그렇듯이, 그것은 필수적
인 것과 내면적인 것으로 우회하는 여행이었다. 그들은 그 속에서
길을 잃었다.

　체메후에비족은 이 넓은 건조 지대를 돌아다닐 때 노래로
방향을 찾았다. 그런 노래는 여러 지명을 지리적 순서에 따라 나열
했다. 게다가 그 지명이 모두 묘사적이고 환기적인 이름이라서, 가
보지 않은 사람이라도 노래를 알면 그곳을 알아볼 수 있었다. 캐
러베스 레어드는 이렇게 적었다. "요즘은 노래를 부를 때 지점에
서 지점 사이를 훌쩍훌쩍 건너뛸 때가 많다. 이제 전체 경로를 기
억하는 사람이 없기 때문이다." 역시 그녀에 따르면, "노래가 어떻
게 되지?"라는 질문은 "길이 어디 어디로 지나가지?"라는 뜻이었
다. 남자들은 아버지나 할아버지로부터 노래를 물려받았고, 그 노

래가 그들에게 그 속에 묘사된 땅에서 사냥할 권리를 주었다. 맨리의 경험과는 달리, 그곳은 언제 어디를 찾아보면 되는지 아는 사람에게는 사냥감이 풍부했던 것 같다. 솔트송(소금 노래)이라는 노래는 그 지역에 서식하는 여러 새들로 구성된 새 떼가 길을 밟아 가는 것처럼 노래한다. "새 떼는 밤새 길을 간다. 자정 무렵 라스베이거스에 도착하고, 새벽에 파커에 도착하고, 해 뜰 녘에 원래 출발했던 장소로 돌아온다. 노래가 불리는 밤이 짧다면, 솔트송은 (다른 세슙 노래들도 마찬가지다.) 밤의 길이를 넘지 않도록 줄여서 부를 수 있다." 노래 속 새들은 아침이 다가올수록 하나둘 무리를 떠나고, 언어와 장소가 이토록 가지런히 정돈된 세상에서 각자 제자리로 돌아간다. 노래는 밤의 길이이자 세상의 지도였고, 라스베이거스 주변의 메마른 땅은 신화들이 깃든 이야기의 땅이 되었다. 그 남쪽 모하비족에게도 하룻밤 혹은 여러 날 밤 길이에 맞추어 부를 수 있는 터틀송(거북 노래)이 있었다.

맨리와 한 동행인이 데스밸리에 발이 묶인 두 가족을 구하고자 걸어서 그곳을 빠져나오면서 지켰던 침묵은 저 노래들과 기묘한 대조를 이룬다. 작은 물통만 지녔던 두 사람은 곧 물이 떨어졌다. 그래서 그들은 "몇 시간이고 말 한마디 없이 걸었다. 입을 가급적 다물고 있으면서 증발을 막는 편이 갈증에 훨씬 나았기 때문이다." 입이 어찌나 바싹 말랐던지 가지고 간 육포를 먹을 수도 없었다. 마침내 "유리창"처럼 얇은 얼음 조각을 발견했을 때, 두 사람은 허겁지겁 갈증을 풀고서야 비로소 배고파 죽을 지경임을 느꼈다. 맨리와 동행이 도움을 줄 사람들을 발견한 뒤 식량을 챙기고 데스밸리를 빠져나오는 길을 들어서 도로 돌아가기까지는 이십삼 일이 걸렸다. 함께 여행하던 사람들은 그즈음 두 청년의 능력과 이타심에 대한 희망을 이미 버린 터라, 청년들이 돌아왔을 때 기뻐하기도 했지만 그 못지않게 놀랐다. 그들이 다 함께 정착촌에 도착한 것은 지름길로 나선 지 넉 달 뒤였다. 그들은 이후 지도에 그려진 세상과 익숙한 생활 방식으로 돌아갔다. "끔찍했던 여행의 모든 순간이 영원히 지울 수 없도록 기억에 새겨져 있다. 나는 1893년 4월 6일 현재 일흔세 살이지만 여전히 모든 야영지의 위치를 짚을 수 있고, 만약 몸만 튼튼하다면 데스밸리에서 로스앤젤레스까지 지긋지긋한 길을 조금도 틀리지 않고 똑같이 걸을 수도 있을 것이다." 맨리는 회고록『1849년의 데스밸리』에서 이렇게 말했다. 자신들이 갇혔던 장소를 데스밸리라고 이름 붙인 것이 그의 일행들이었다.

　　나는 그보다 약간 더 북쪽에 있는 또 다른 이야기의 땅을 안다. 그곳은 내가 처음 안 사막이자 내게 글 쓰는 법을 알려준 장소였다. 이십 대 후반, 나는 이전 몇 년 동안 핵폭탄 1000개가 터진 장소였던 네바다핵시험장으로 갔다. 수천 명의 사람들과 함께 핵시험 반대 시위를 벌이고자 갔다. 우리는 서쇼쇼니족, 무종교자, 모르몬교도, 프란체스코회 수도사, 불교도, 무정부주의자, 퀘이커교도가 마구 섞인 집단이었다. 그 장소는 하나의 단선적인 이야기가 아니라 마치 수도로 수렴하는 도로들 같은 여러 이야기로 묘사되어야 했다. 데스밸리 포티나이너스 이래 수십 년 동안 많은 역사가 그곳에 도착했고, 옛 역사 중 일부는 이후에도 잊히지 않았기 때문이다. 나는 그곳에서 만난 사람들 덕분에 서부를 더 넓은 의미의 집으로 여기게 되었고, 그곳에서 멀지 않은 지점에서 주웠던 거북은 나를 옛 집에서 벗어나게 해줄 것이었다. 그 거북은 북아메리카 대륙의 옛 이름이었던 거북섬 자체였을지도 모른다. 대륙 전체가 집이 될 수도 있다는 뜻인지도 모른다. 내가 사반세기 전에 진작 떠났던 집으로부터 정말로 벗어나도록 해준 것은 이런 의미의 장소 감각일 것이다.

내가 지금 사는 곳에서 북서쪽으로 예닐곱 블록 가면 1870년대에 최후의 갈색뱀눈나비가 수집되었던 언덕이 있다. 딱 이 지역에서만 살았던 그 종은 그 시기에 멸종해가고 있었다. 골드러시 시절 사람들 중에는 개인으로는 호감 가는 이들도 있었지만, 그들이 누적적으로 미친 영향은 끔찍했다. 그들은 소유할 수 있는 것을(특히 산에서 파낸 수 톤의 금을) 손에 넣고자 맹렬히 일했고, 그러기 위해서 소유할 수 없거니와 그들의 소유도 아닌 것을 대가로 치렀다. 맑은 개울과 강은 광부들이 버린 수은과 토사로 더러워졌고, 연어들은 그때부터 벌써 회귀에 실패하기 시작했고, 숲은 용광로 땔감으로 잘려나갔고, 캘리포니아회색곰은 1922년이면 주 깃발 그림을 제외한 모든 곳에서 멸종했고, 광부들에게는 공백이자 아직 태어나지 않은 장소였던 이곳에서 대대로 살아온 부족들은 폭력과 질병으로 초토화되어 그들의 언어와 이야기와 함께 사라졌다. 이런 소유욕과 그 소유욕을 점점 더 세련되게 만족시키는 신기술은 세상의 가장 야생적이고 외진 장소들에서 점점 더 많은 부를 발굴하여 그곳들을 텅 비웠고, 아무리 써도 다 못 쓸 테고 세상의 모든 물건을 다 사도 남을 듯한 돈으로 은행을 채웠다. 그래서 이제 결핍이 현실이 되었고, 더구나 그 결핍은 커지고 있다.

하지만 이 이야기는 여느 교훈적인 이야기처럼 단순하지만은 않다. 그 결과 생겨난 현실이 부분적으로나마 아름다운 데다가 여기에도 나름대로 복잡한 측면들이 있기 때문이다. 갈색뱀눈나비가 존재하기를 멈추었던 언덕에는 지금 가톨릭 대학교가 있다. 나는 그곳에서 훌륭한 시인들의 낭독과 환경운동가들의 강연을 많이 들었다. 한편 흰 새장 같은 내 아파트로부터 그 대학과 반대 방향으로 두 배의 거리쯤 간 곳에는 미국 서부의 불교 도래지 중 한 곳인 샌프란시스코선원이 있다. 가난한 동네에 있는 말쑥한 벽돌 건물은 오래전 유대인 여성들의 주거지로 세워진 건물로, 지금도 철제 발코니에 새겨진 다윗의 별들이 남아 있다. 거북 꿈을 꾼 여름으로부터 넉 달이 지난 어느 날, 아침에 깨자마자 그곳에 갈 때가 되었음을 알았다. 나는 토요일 아침 설법 시간에 맞추어 도착했고, 덩치가 산만 한 아프리카계 미국인 남성 뒤에 앉았다. 남자가 몸을 꿈지럭거릴 때마다 불단이 눈에 들어왔고, 그렇게 살짝살짝 보는 편이 더 흥미로웠다. 그날 누군가 알려주었는데, 불상이 놓인 좌대는 이미 오래전 존재하지 않게 된 나라인 아프가니스탄에서 온 돌로 만들어졌다고 했다. 얼마 전 나는 꿈속의 집에서 물려받았던 울 담요 두 장을 겨울을 맞아 아프가니스탄 구조 물자를 모집하는 퀘이커교도들에게 건넨 터였다. 불상의 평온하고 둥근 얼굴은 내 담요들이 향하는 장소로부터 이곳을 돌아보는 것 같았다. 부드러운 갈색 돌이 들려주는 건조함과 단단함이 그 장소를 현실로 느껴지게 만들었고, 그곳 돌산이 불상의 옷자락처럼 주름진 모습으로 침식된 광경을 떠올리게 했다.

희끗희끗한 머리카락을 짧게 깎은 여윈 남자가 책상다리를 하고 앉았다. 그는 검은 승복을 가다듬은 뒤 장황한 서두 없이 곧장 이야기를 들려주었다. 부드럽고 느린 말투로, 드문드문 한참씩 쉬어가면서. "좋은 아침입니다. 오랫동안 간간이 이곳에 들러서 우리에게 사탕을 팔던 남자가 있었습니다. 정확히 말하면 깡통에 든 초콜릿이었죠. 속에 캐러멜이 든 초콜릿이었는데, 꼭 작은 초콜릿 거북 같았습니다. 그래서 우리는 그를 터틀맨이라고 불렀습니다. 터틀맨은 이곳으로 와서 우리에게 그 심하게 단 캐러멜 초콜릿을 팔았습니다. 그리고 터틀맨은 앞을 못 봤습니다. 맹인이었죠. 그래서 우리는 한 통이 아니라 두 통씩 샀습니다. 그걸 사무실 책상에 놓아두고, 달아도 너무 달다고 생각하면서도 다 먹었습니다. 순식간에 먹어치웠죠. 터틀맨은 오랫동안 그렇게 했습니다. 여느 시각장애인처럼 그도 흰 지팡이를 썼는데, 그걸로 계단을 톡톡 치며 올라와서 문을 두드린 뒤 들어왔습니다. 우리는 그와 거래했고, 그는 다시 떠났죠.

　그러던 어느 날, 제가 요 앞길에 서 있을 때, 이런 목소리가 들려왔습니다. 도와주세요…… 도와주세요…… 도와주세요……. 터틀맨이었죠. 그가 길모퉁이에 서 있었습니다. 그는 길을 건너야 했는데, 그가 길 건너는 방법은 길가에 서서 그냥 도와달라고, 도와달라고 말하는 것이었습니다. 누군가 나타나서 길 건너는 것을 도와줄 때까지. 제가 직접 보지는 못했습니다만, 그는 아마 어디서든 길을 건널 때 그렇게 했을 겁니다. 그냥 가만히 서서 도와주세요, 도와주세요, 도와주세요 하고 말했을 것입니다.

이런 생각이 들더군요. 저것 참 멋지지 않나? 얼마나 멋진 삶인가. 걷다가 장애물을 만나면 그냥 멈춰 서서 도움을 청하는 삶이라니. 내가 누구에게 청하는지 모르고, 주변에 누가 있는지, 있기나 한지도 모르고 마냥 기다리는데, 그러면 누군가 나타나서 장애물을 넘도록 도와주고, 그러면 나는 다시 걸어갑니다. 물론 조만간 내가 또 다른 장애물을 만나리라는 사실을 알고 있죠. 그러면 또 멈춰 서서 도와주세요, 도와주세요, 도와주세요 하고 외쳐야 할 텐데, 그때 주변에 사람이 있을지, 누가 나를 도와줄지 알 수 없다는 사실도 알고 있죠.

그런데도 터틀맨은 어찌어찌 온 도시를 누비면서 거북 초콜릿을 팔았죠. 이런 선원 같은 곳에도 와서 사람들에게 초콜릿을 두 통씩 사도록 설득했죠.

그리고 그는, 뭐랄까 약간 강매할 줄도 알았습니다. 그도 우리가 초콜릿을 정말 사고 싶어 하진 않는다는 걸 알았지만, 우리가 그러면서도 두 통씩 사줄 사람들이라는 것도 알았죠. 터틀맨은 바보가 아니었습니다. 그를 보면 어쩐지 늘 짜릿했습니다. 거의 기적

길 잃기 안내서

같았습니다. 터틀맨에게는 중력도, 상식도, 판에 박은 관습도 통하지 않는 것 같았습니다. 터틀맨은 슈퍼히어로로 같았습니다. 그래서 그가 문간에 나타날 때면 늘 조금은 흥분되고 즐거웠습니다.

우리는 각자의 내면에 터틀맨을 한 조각이라도 품고 있어야 합니다. 그러지 않고서야 어떻게 스스로 엮어낸 세상의 족쇄로부터 벗어나겠습니까? 하지만 이것은 아주 위험한 제안입니다. 우리 대부분은 터틀맨처럼 훌륭하게 단련된 몸이 아니니까요. 터틀맨에게는 달리 선택의 여지가 없었습니다. 종일 침대에 누워 있거나, 그게 싫으면 일어나서 혼자서는 못 넘는 장애물을 만나고 도움을 부르짖는 수밖에 없었죠. 둘 중 하나였습니다.

만일 내가 내 삶을 진지하게 따져본다면, 오늘 오후 내게 벌어질 일을 미리 알 순 없다는 사실, 그리고 내가 그 일을 너끈히 처리할 능력이 있다고 철석같이 자신할 순 없다는 사실을 알아차릴 수 있습니다. 우리는 그런 생각이 머릿속에 떠오르도록 허락할 수 있고, 그런 생각에는 일리가 있습니다. 정말로 나는 미래를 정확히 알 수 없죠. 하지만 모르면 몰라도, 높은 확률로, 오늘 오후는 보통의 날과 크게 다르지 않을 겁니다. 그리고 나는 그럭저럭 헤쳐나갈 수 있을 겁니다. 그러니 우리는 이런 합리적인 반응을 받아들이고, 심란한 가능성은 닫아버립니다. 하지만 우리가 알아차림을 실천하다 보면, 일상에 존재한다고 여기고 싶은 그 합리성 아래 깔린 것이 드러나면서 꽤 흥미로운 것이 눈에 들어옵니다. 바로 자신의 내면에서 진행되는 대화, 자신의 머릿속을 흐르는 이야기들과 마음속을 흐르는 감정들입니다. 게다가 우리는 이 영역에서는 세상이 그다지 질서 정연하지 않다는 사실을 깨닫고, 나아가 안전하지도 합리적이지도 않다는 사실을 깨닫습니다. 그렇다 보니 지난 수백, 수천 년 이어져온 알아차림 수련에서 사람들은 늘 이렇게 자문했습니다. 음, 어떻게 하면 이 과정에서 펼쳐질지도 모르는 것들에 지나치게 겁먹지 않고 그렇다고 무사안일하게 회피하지도 않으면서 알아차림을 실천할 수 있을까? 알아차림이란 이 점에서 까다로운 작업입니다.

　　우리는 어떤 소리를 듣고 번뜩 생각합니다. 큰 트럭이 모퉁이를 돌아가고 있구나. 이것은 순식간에 벌어지는 일입니다. 우리는 또 어떤 사람을 보면 그에 대한 이야기를 지어냅니다. 이렇게 스스로 세상을 엮어나가면서 지어낸 이야기들 때문에, 가끔은 자초한 곤란도 겪습니다. 알아차림을 실천한다는 것은 그렇게 세상을 엮어나가는 일을 그만두라는 말이 아닙니다. 그것은 우리가 타고난 일입니다. 소리를 듣고 '트럭'이라고 생각하는 것은 자유의지로 하는 일이 아니죠. 알아차림을 실천한다는 것은 그저 그런 생각을 너무 꽉 붙들진 말아라, 너무 확신하진 말아라 하는 것입니다. 그리고 좀 더 단순한 이 존재 방식에서는 우리도 터틀맨이 되어도 괜찮습니다. 가끔은 어떻게 해야 할지 모르는 상태를 겪는 것, 장애물을 만나는 것도 괜찮습니다. 삶에는 신비로운 면이 있고 불확실한 요소가 있다는 점을 깨닫는 것도 괜찮습니다. 우리에게 도움이 필요하다는 사실, 도움을 구하는 행위는 아주 너그러운 행위인데 왜냐하면 남들이 우리를 돕게 하고 우리가 남들의 도움을 받게 하기 때문이라는 사실, 이런 걸 깨닫는 것도 괜찮습니다. 가끔은 우리가 도움을 요청합니다. 가끔은 우리가 도움을 제공합니다. 그럴 때, 이 적대적인 세상은 아주 다른 곳으로 변합니다. 도움이 받아들여지고 주어지는 세상이 됩니다. 그런 세상에서는 자신이 엮어낸 세상, 설득력 있고 확고한 세상이 덜 다급하고 덜 절박한 것이 됩니다. 너그러운 세상, 도움이 오가는 세상에서는 자신이 엮어낸 세상을 굳이 단호하게 고집할 필요가 없습니다."

●

몇 달 뒤, 시에라산맥의 동면에서 야영을 했다. 제프리소나무 숲 속이었다. 그 옅은 모래땅에 나무들이 뜨문뜨문 간격을 벌리고 선

모습은 건조한 땅에서 수분을 얻고자 저마다 땅속에서 넓게 뿌리를 뻗었음을 알려주었다. 떨어진 솔방울들이 나무 밑에 완벽한 원을 그렸다. 그래서 그곳은 기하학적으로 거의 순수해 보였다. 화산 모래로 된 평평한 땅, 직선으로 솟은 나무들, 솔방울이 그린 까만 원들. 따스한 낮에는 나무껍질이 바닐라와 버터스카치 같은 향을 풍겼고, 그 달콤함이 그곳의 고요함을 더 깊게 했다. 우리가 그 속에 있을 때 그곳은 세상의 유일한 장소 같았고, 나무들은 무한히 펼쳐진 것 같았고, 시간과 역사와 의무는 지도에서 사라진 것 같았다. 아침에 설거지통 물이 꽁꽁 얼어 있을 만큼 추운 밤, 우리는 차에서 잤다. 일 년 전에도 우리는 그곳에서 야영했었는데, 그때 내 차가 포장도로에서 몇 킬로미터 떨어진 곳에서 모래땅에 처박혔다. 사고는 내가 함께 여행하는 친구들을 의지할 수 있다는 사실을 깨닫게 해준 사랑스러운 순간이었고, 친구들은 흔쾌히 그리고 약간 법석을 떨면서 나를 빼내주었다. 그런데 얼어붙게 추웠던 밤, 나는 어린 시절의 집 마당으로 차를 몰고 들어갔다가 차가 또 땅에 처박히는 꿈을 꾸었다. 그러나 이제 그 마당과 집은 다른 사람의 소유였고, 새 주인인 아시아계 중년 여성은 그 집에 2층을 지어두었다. 그 집은 이제 그녀의 집이었다. 나는 집 안으로 들어가지 않았고, 친구들이 내 차를 빼주려고 오는 중이었다.

길 잃기 안내서

이 글을 쓰려고 준비하는 동안, 나는 또 그 집 꿈을 꾸었다. 이번에도 집 밖이었다. 우리는 수영장 가장자리에 툭 불거진 장식처럼 돌무덤을 만들어서 그 속에 아버지와 할머니의 심장을 묻고 있었다. 이번에는 수영장 바닥에 검은 흙이 깔려 있었고, 가장자리는 직선이 아니라 물결치듯이 구불구불하고 큰 돌들로 덮여 있었다. 수영장이 연못으로 바뀌고 있었다. 검은 심장들은 그동안 정육점 고기처럼 지퍼락 비닐에 담겨서 내 냉장고에 들어 있었다. 꿈이니까 그것들이 얼마나 오래 냉장고에 있었는지는 설명되지 않아도 무방했다. 꿈꾸는 내가 궁금해했다. 어느 심장이 더 클까? 심장이 큰 것은 아량이나 체구와 관계있을까? 아니면 건강에 나쁜 팽창일까? 두 분은 모두 심장 문제로 돌아가셨다. 그리고 나는 집 뒤쪽 높은 울타리에 난 옹이구멍을 통해서(실제 그 집에는 이때까지 내가 잊고 있었던 옹이구멍이 있었고, 현실에서는 그 구멍을 통해서 경주마를 기르는 작은 목장의 언덕진 초원이 내다보였다.) 말이 끄는 마차들이 쌩 달려가는 것을 보았다. 그다음에 말들이 달려가는 것을 보았다. 어느 때보다 빠르고 반질반질하게, 왕성한 힘으로, 생명으로.

몇 달 뒤, 내가 자란 카운티로 가서 몇 주 동안 글을 썼다. 하지만 북쪽 끝에 그 집이 서 있던 교외 회랑 지대가 아니라 주로 공원과 낙농장이 있는 서쪽 자연 지대로 갔다. 거위들이 남쪽으로

날아가고 있었고, 사과들이 나무에서 익고 있었다. 하루는 리치라
는 자연학자가 나를 데리고 다니면서 그곳 새들을 구경시켜주었
다. 나무에 둥지를 튼 흰꼬리솔개 한 쌍을 구경하는 동안, 리치가
흰꼬리솔개는 한때 멸종된 것으로 추측되었지만 지금은 생태지위
와 범위를 넓히면서 아주 잘 살고 있다고 말해주었다. 흰꼬리솔개
는 날개의 까만 띠를 제외하고는 몸통 거의 전체가 비둘기처럼 눈
부시게 새하얗지만 그 몸태는 맹금답게 무섭게 단단해 보였다. 어
떤 사람들은 이 솔개를 천사매라고 부른다. 우리는 그 밖에도 수
십 마리의 섭금류와 물새를 보았고, 물총새 한 마리를 보았고, 갈
대에 반쯤 숨은 검은댕기해오라기들을 보았고, 그중 한 마리가 파
란 잠자리를 삼키는데 잠자리가 그 길고 가는 목구멍으로 넘어가
면서도 계속 윙윙거리는 것을 보았고, 옛 물방아 연못의 고요한
물에 잠겨서 밖을 보는 거북을 보았다. 위로 젖힌 거북 머리 옆모
습이 물에 비쳐서 희한한 쐐기 모양을 이루었고, 그 쐐기에 달린
황금색 두 눈이 우리를 보았다. 우리가 찾아다닌 장소들은 도로에
서 그다지 멀지 않은 곳들이었다. 그러나 나는 안내자의 시선과 이
야기를 통해서 내가 거의 평생 주기적으로 돌아왔던 장소와는 전
혀 다른 장소를 보았다. 내 장소는 식물, 지형, 빛, 그리고 약간의
인간의 역사로 이루어진 곳인 데 비해 그의 장소는 저마다 바삐

삶을 살아가는 생물들이 바글거리는 곳이었다. 생물들은 각자 자신만의 패턴에 따라 살았고, 그 패턴들이 하나로 엮여서 가공할 복잡성을 갖춘 하나의 태피스트리가 되었다.

어떤 생각은 새롭지만, 대개의 생각은 내내 존재하고 있던 것을 우리가 뒤늦게 인식한 것에 불과하다. 뻔히 방 한가운데 있던 수수께끼, 거울에 비친 비밀이다. 가끔은 뜻밖의 생각 하나가 다리가 되어 익숙한 것들의 땅을 새로운 방식으로 건너게 해준다. 여러분도 세상에 관한 보통의 이야기는 잘 알 것이다. 인간이 계속 자연을 침범하여 동식물들을 쓸어내고 있다는 이야기다. 그러나 리치는 다른 이야기를 들려주었다. 이 지역에서 골드러시 이후 정착한 사람들이 움직이는 것이라면 무엇에든 총을 쏘아대던 시기가 100년쯤 있었지만, 그런 시절은 오십 년 전쯤 끝났다고 했다. 그래서 최소한 북아메리카에는 많은 동식물이 다시 돌아왔다고 했다. 녹지가 몇 킬로미터나 뻗어 있는 이 카운티에서도 한때 코요테마저 국지적으로 멸종했었다고 했다. 그리고 보니 어릴 때 내가 뛰놀던 언덕은 지금에 비하면 영 허전했고 조용했다. 내 낙원이자 안식처였던 풍경이 실은 빈곤한 풍경이었다니 기분이 이상했지만, 그 풍경의 잔디조차 토착종이 아니라는 사실은 예전부터 알았다.

대륙 어디서나 사슴, 무스, 곰, 코요테, 퓨마 등등 흔한 동물들이 많이 돌아오고 있지만, 이런 소식은 많이 이야기되지 않았다. 사오십 년 전 DDT로 멸종 위기에 몰렸던 송골매, 독수리, 물수리 등등 새들도 돌아오고 있다. 그런데 이 카운티에서는 그 이상이었다. 19세기 세 번째 사반세기에, 툴리엘크는 사냥에 시달린 나머지 이 해안에서는 완전히 자취를 감추었고 캘리포니아의 서식지 전체를 통틀어도 겨우 몇 마리가 남았다. 1874년에 그 생존한 개체들이 발견된 곳은 데스밸리 포티나이너스가 샌드워킹이라고 발음했던 샌와킨 계곡의 툴리 골풀 습지였다. 발견자들은 습지를 농지로 바꾸려고 물을 빼던 중이었다. 20세기에 이 종을 살리려는 노력이 진지하게 펼쳐졌고, 내가 카운티와 집을 떠나던 해에 열 마리가 이곳 해안으로 옮겨졌다. 이후 엘크는 수백 마리로 불어났고, 현재 상태로라면 종으로서 안전하다.

툴리엘크 이야기는 나도 알았지만, 리치가 말하는 동안 내 머릿속에서 이전에 미처 보지 못했던 그림이 떠올랐다. 사라짐의 문턱까지 다 가서 머뭇거리다가 결국 돌아온 동물들의 그림이었다. 이곳 해변에서 코끼리바다물범이 사라진 지는 150년이나 되었다. 1890년 무렵 코끼리바다물범은 바하캘리포르니아의 한 장소를 제외하고는 모든 번식지에서 사라졌고 총 개체수는 약 1000마리로 줄었다. 그러나 엘크가 돌아온 지 사 년이 되던 해, 이곳에서 새끼를 낳는 코끼리바다물범 쌍이 처음 목격되었다. 그로부터 이십 년이 흐른 지금은 겨울이면 코끼리바다물범 약 2000마리가 이 카운티의 가장 외딴 해변으로 올라와서 서로 싸우고 볕을 쬐고 새끼를 낳는다. 개체수는 전 세계를 통틀어 15만 마리쯤 된다. 갈색 펠리컨과 쇠백로도 멸종의 목전에서 돌아왔고, 다른 물새들도 그랬으며, 북아메리카의 조류 중 절반 가까이가 최소한 연중 한 시기에는 이곳에 들르기 때문에 한 시점에 최대 200종까지 목격된다. 이곳에는 또 수만 년 동안 고립되어 진화해온 독특한 아종들이 많고, 다 합하여 스무 종이 넘는 멸종 위기종과 우려종도 있는데, 이곳 개천에서 알을 낳는 은연어도 그중 하나다. 나도 은연어를 본 적 있다. 금색 암컷과 루비색 수컷이 부슬비 내리는 한겨울 새벽의 어스름 속에서 얕은 물을 퍼덕퍼덕 거슬러 오르는 모습을.

그날 후, 내가 머물던 집에서 책을 한 권 발견했다. 이런 동식물이 번성하는 땅을 개발로부터 어떻게 보호했는지 알려주는 책이었다. 그리고 그 색인에서 나는 아버지의 이름을 발견했다. 우리 가족이 캘리포니아로 돌아온 것은 아버지가 이 카운티의 발전 계획을 작성하는 일에 고용되어서였고, 이후 오 년간 아버지는 카운티 서부에서 이미 주나 연방이나 토지신탁의 보호 구역으로 지정된 곳이 아닌 나머지 땅의 대부분을 개발로부터 막는 문서를 작성했다. 보호 활동을 먼저 추진한 것은 주민들이었고, 주민들의 지지 덕분에 전문가들이 계획을 밀어붙일 수 있었지만, 이 보호 규정을 작성하고 비난을 감당한 것은 계획가들이었다. 책에 따르면, "혁신적인 마린카운티 계획은 마린카운티의 특별한 경관을 보존하고 도시의 무질서한 확장을 막기 위해서 '자연으로 디자인하기' 기법을 활용했다." 나는 그 환경 보존 계획서를 한 부 갖고 있다. 책자의 제목은 면지에 인용된 루 웰치의 시, "이곳이 마지막 장소다 / 더는 갈 곳이 없다"에서 따서 『마지막 장소는 살아남을 수 있을까?』다. 지금까지는 그곳이 살아남았다. 하지만 웰치는 아니었다. 웰치는 1971년 시에라네바다의 야생으로 걸어 들어갔고 이후 그의 흔적은 어디서도 발견되지 않았다.

계획안은 "57회의 공청회를 거쳐 1973년 채택되었다. [……] 계획안은 폴 저커와 앨 솔닛이라는 유능한 계획가들의 명안이었다. 저커는 후에 행정집행관 선거에서 져서 일자리를 잃었고, 솔닛은 개발자들과 적대적 사설들의 악의적인 공격에 희생양이 되었다. 그러나 두 사람이 만든 계획안만은 대중에게 받아들여졌고, 계획은 이후 사소한 개정을 거치면서 25년 넘게 살아남았다." 내가 아홉 살쯤이었던 어느 여름밤, 늦게 퇴근한 아버지가 부엌 조리대에서 누군가 잔에 따라두고 깜빡한 초콜릿 우유가 상한 것을 보앉다. 낭비는 아버지를 격분시키는 일이었고, 초콜릿 우유를 주로 마시는 사람은 나였기 때문에, 아버지는 득달같이 내 방으로 와서 불을 탁 켠 뒤 자는 내 얼굴에 우유를 끼얹었다. 나는 고래고래 고함 소리를 받아내며 우유를 뚝뚝 흘리면서 깨어났다.(다른 형제가 따라놓은 우유였다는 사실은 중요하지 않다. 그 집은 무엇이 어디로 튈지 모르는 세상이었다.) 이제 저 기록을 읽으면서, 나는 그날 아버지가 이 장소의 운명을 결정하는 자리였지만 아버지에게 적대적이었던 모임들 중 하나를 마치고 귀가한 참이었음을 깨달았다.

그 집은 큰 장소 속에 든 작은 장소, 혹은 큰 이야기 속에 든 작은 이야기였다. 이야기들은 러시아 인형처럼 첩첩이 담겨 있었다. 그 집에서는 끔찍한 일들이 벌어졌지만, 그 일들은 더 큰 카운티에서 벌어지던 구원과 연결되어 있었다. 그 구원은 또 온 나라와 세상에서 벌어지고 있던 폭력적인 삭제에 대한 반응이었다. 나는 사반세기 전에 그 집을 영영 떠났고 꿈에서는 지난 일 년 안에야 비로소 벗어났지만, 그 카운티만큼은 내가 몇 번이고 다시 돌아가기로 선택한 곳이었다. 그리고 이번에 돌아갔을 때야 비로소 몇몇 동물들이 다시 돌아온 것뿐 아니라 저 이야기들이 첩첩이 담긴 것을 보았다. 천사매를 본 날로부터 며칠 전, 엘크들을 다시 보러 갔었다. 엘크들은 대부분 이 외딴 장소에서도 가장 외딴 반도에서, 북쪽을 가리킨 손가락처럼 생긴 곳에서 그 손가락 마디를 반지처럼 두른 3미터 높이 철조망으로 나머지 세상과 떨어져서 살고 있다. 반도의 끄트머리에 서니, 세상의 끝은 시간일 뿐 아니라 장소일 수도 있다는 생각이 들었다. 엘크들은 돔처럼 둥그런 루핀 덤불과 풀이 자라는 초원에서 느긋하게 쉬고 있었다. 암컷들 사이에 수컷이 몇 마리 낀 무리도 있었고 젊은 수컷들로 된 무리도 있었다. 내가 다가가는 발소리에 허둥지둥 일어나는 수컷들의 뿔이 꼭 숲이 일어서는 것 같았다. 세상의 끝은 바람이 휘몰아쳤지만 평화로웠고, 모래 절벽 아래 파도에 씻긴 검은 바위에는 검은 가마우지들과 붉은 불가사리들이 있었고, 그 모두 너머에는 바다가 펼쳐져 있었다. 멀리, 그러고도 더 멀리.

I 열린 문

1. 에드거 앨런 포의 말은 그의 글 「다게레오타입(은판사진)」에 나온다. Edgar Allan Poe, "The Daguerreotype"(1840), reprinted in Jane M. Rabb, *Literature and Photography: Interationcs 1840-1990*(University of New Mexico Press, 1995).

2. 발터 베냐민의 말은 그의 글 「베를린 연대기」에 나온다. Walter Benjamin, "A Berlin Chronicle" in *Reflections: Essays, Aphorisms, Autobiographical Writings*, translated by Edmund Jephcott, edited by Peter Demetz(Schocken, 1986).

3. 대니얼 분[Daniel Boone]의 말은 여러 자료에 나온다. 여러 형태로 이야기되는 이 발언은 여든다섯 살 노인이 된 분의 초상을 그리러 찾아왔던 체스터 하딩[Chester Harding]에게 했던 말이라고 한다.

4. 도러시 리의 말은 그의 책 『자유와 문화』에 나온다. Dorothy Lee, *Freedom and Culture*(Prentice-Hall, 1959).

5. 캘리포니아 원주민 언어를 보존하고 되살리는 작업에 대해서는 케리 트레메인이 버클리 캘리포니아 대학 동창회지 《캘리포니아 먼슬리》 2004년 9월호에 쓴 글 「언어에의 믿음」을 참고했다. Kerry Tremain,

"A Faith in Words" in *California Monthly*(September, 2004).

6. 하이메 데 앙굴로의 말은 그의 선집을 엮은 밥 캘러핸이 서문에서 인용했다. Bob Callahan (ed.), *A Jaime de Angulo Reader*(Turtle Island Press, 1979).

2 먼 곳의 푸름

1. 로버트 하스의 말은 그의 시 「라구니타스에서의 명상」에 나온다. Robert Haas, "Meditations at Lagunitas" in *Praise*(Ecco Press, 1990).

2. 시몬 베유Simone Weil의 말은 그의 책 『중력과 은총Gravity and Grace』에 나오는데, 프랜신 두 플레시 그레이Francine du Plessix Gray가 2001년 쓴 베유 전기에서 재인용한 것이다.

3. 이 장에서 이야기한 '먼 곳의 푸름' 그림들은 대부분 루브르 미술관에 있지만, 다 빈치의 초상화는 워싱턴 D.C.의 미국국립미술관에 있다.

4. 헨리 보스Henry Bosse의 사진첩은 2002년 트윈팜스출판사에서 재출간되었다.

5. 게리 폴 나브한의 말은 그의 책 『유년기의 지리』에 나온다. Gary Paul Nabhan and Stephen Trimble, *The Geography of Childhood*(Beacon Press, 1994).

3 데이지 화환

1. 비어 있음과 궤적에 관한 이야기는 스티븐 배철러의 책 『붓다는 없다』에 나온다. Stephen Batchelor, *Buddhism without Beliefs*(Riverhead, 1997).

4 먼 곳의 푸름

1. 카베사 데 바카의 이야기는 사이클론 코비가 그의 글을 번역하고 편집하여 뉴멕시코대학출판부에서 냈던 1983년 책을 참고했다. Alvar Nuñez Cabeza de Vaca, translated by Cyclone Covey, *Adventures in the Unknown Interior of America*(1983).

2. 유니스 윌리엄스[Eunice Williams]의 말은 모두 다음 책에서 재인용했다. John Demos, *The Unredeemed Captive*(Knopf, 1994).

3. 메리 제미선[Mary Jamison]의 이야기는 다음 책을 참고했다. Frances Roe Kestler (ed.), *The Indian Captivity Narrative: A Woman's View*(Garland, 1990).

4. 신시아 앤 파커의 이야기는 다음 책을 참고했다. Margaret Schmidt Hacker, *Cynthia Ann Parker, the Life and the Legend*(Texas Western Press, 1990).

5. 토머스 제퍼슨 메이필드의 이야기는 캘리포니아역사협회가 펴내고 작가 맬컴 마골린이 서문을 쓴 다음 책을 참고했다. Thomas Jefferson

Mayfield, introduced by Malcolm Margolin, *Indian Summer: Traditional Life among the Choinumne Indians of California's San Joaquin Valley*(Heyday Books, 1993).

6. 팻 바커의 글은 그의 소설 『재생』에 나온다. Pat Barker, *Regeneration* (Dutton, 1992).

5 방치

1. 데이비드 워나로위츠의 말은 그의 책 『칼에 가까이: 분열의 회고록』에 나온다. David Wojnarowicz, *Close to the Knives: A Memoir of Disintegration*(Vintage, 1991).

2. 클래시The Clash의 가사는 그들의 노래 「런던 콜링London Calling」에 나온다.

6 먼 곳의 푸름

1. 타니아 터커Tanya Tucker, 「나와 함께 (돌밭에) 누울래요Would You Lay with Me (in a Field of Stone)」, written by David Allen Coe.

2. 패치 클라인Patsy Cline, 「자정 지나서 걷기Walking After Midnight」, written by Don Hecht and Alan Block.

3. 조니 캐시Johnny Cash, 「길고 검은 베일Long Black Veil」, written by Danny Dill and Marijohn Wilkins.

4. 타니아 터커, 「무인 지대^{No Man's Land}」, written by Bob Dylan.

5. 이자크 디네센의 단편 「카네이션을 든 젊은 남자」는 그의 책 『겨울 이야기』에 나온다. Isak Dinesen, "The Young Man with the Carnation" in *Winter's Tales*(Vintage, 1993).

7 두 개의 화살촉

1. 「현기증」 중 매들린에 관한 대사는 다음 책에 나온다. Jeff Craft and Aaron Leventhal, *Footsteps in the Fog: Alfred Hitchcock's San Francisco*(Santa Monica Press, 2002).

8 먼 곳의 푸름

1. 이브 클랭에 관한 자료는 라이스 예술대학이 1982년 펴낸 카탈로그 『이브 클랭, 1928~1962년: 회고전*Yves Klein, 1928-1962: A Retrospective*』을 참고했다. 토머스 매커빌리의 훌륭한 에세이가 거기 실려 있다. 클랭의 친구이자 비평가인 피에르 레스타니가 서문을 쓴 니콜라 샤를레^{Nicholas Charlet}의 2000년 책 『이브 클랭*Yves Klein*』(Vilo Publishing, 2001), 시드라 스티치^{Sidra Stich}의 『이브 클랭*Yves Klein*』(Cantz, 1994)도 참고했다.

2. 지도 역사에 관한 자료는 다음을 참고했다. Peter Whitfield, *New Found Lands: Maps in the History of Exploration*(Routledge, 1998); R. A. Skelton, *Explorer's Maps*(Frederick A. Praeger, 1958); Lloyd

Arnold Brown, *The Story of Maps*(Little, Brown, 1949); John Leighly, *California as an Island: An Illustrated Essay*(Book Club of California, 1972); Glen McLaughlin and Nancy H. Ma, *The Mapping of California as an Island*(California Map Society, 1995); Peter Turchi, *Maps of the Imagination: The Writer as Cartographer*(Trinity University Press, 2004). 장 바티스트 부르기뇽 당빌Jean Baptiste Bourguignon d'Anville의 말은 맨 마지막 책에서 재인용했다.

3. 슬라보이 지제크가 도널드 럼즈펠드에 대해서 했던 말은 다음 글에 나온다. Slavoj Zizek, "On Abu Ghraib" in *London Review of Books*(June 3, 2004).

9 단촌집

1. 캐러베스 레어드의 말은 그가 낸 다음 두 책에 나온다. Carobeth Laird, *Encounters with an Angry God: Recollections of My Life with John Peabody Harrington*(Malki Museum Press, 1975) and *The Chemehuevis*(Malki Museum Press, 1976).

2. 윌리엄 맨리의 말은 그의 책 『1849년의 데스밸리』에 나온다. William Manly, *Death Valley in '49*(Wallace Hebberd, 1929).

3. 샌프란시스코선원에서 이 설법을 했던 사람은 선원장 폴 할러Paul Haller 였다.

4. 내 아버지가 언급된 책은 이것이다. L. Martin Griffin, *Saving the Marin-Sonoma Coast*(Sweetwater Spring Press, 1998).

길을 잃지 않기 위해서 필요한 지침이 무엇인지는 누구나 안다. 필요한 정보가 빠짐없이 기입된 지도, 애매하지 않은 설명. 그렇다면 길을 잃기 위해서 필요한 지침은 어떤 걸까. 어디로도 데려다주지 않는 샛길까지도 유혹적으로 그려진 지도, 자꾸 한눈팔게 만드는 잉여의 묘사, 듣는 이의 처지에 따라 무한히 다르게 해석될 여지가 있는 모호한 설명? 애당초 길을 잃는 일에 지침이 왜 필요한가? 애당초 우리가 길을 왜 잃어야 하나?

어쩌면 저 질문들은 아둔한 것인지도 모른다. 하지만 『길 잃기 안내서』라는 제목으로 책을 쓰는 사람은 나와 같은 가상의 아둔한 독자가 제기할 첫 의문부터 해결하지 않을 수 없을 테고, 그래서 이 책의 첫 장 「열린 문」은 저 질문들에 대한 대답이다.

솔닛은 답한다. 우리가 왜 길을 잃어야 하느냐고요. 왜냐하면 길을 잃는 것은 우리가 모르던 것을 발견하는 방법이기 때문입니다. '지식의 역설'이라고도 불리는 고대 그리스 철학자 메논의 질문, "우리는 아는 것은 이미 아니까 탐구하지 않고 모르는 것은 모르기 때문에 탐구할 생각조차 하지 못하는데, 그렇다면 어떻게 모르는 것을 알 수 있는가?"에 대한 하나의 해답이기 때문입니다. 우리가 아는 것들로 구성된 세상에서 길을 잃고서 모르는 것들의 세상으로 들어갈 때, 그때 우리는 비로소 존재조차 몰랐던 새로운 것들을 알게 되고 그럼으로써 앎의 지평을 넓힐 수 있기 때문입니다. 길을 잃지 않는다는 것은 아는 것들의 세상을 떠나지 않는다는 것이기 때문입니다.

솔닛은 또 답한다. 길을 잃는 일에 왜 길잡이가 필요하느냐고요. 왜냐하면 우리는 미지의 바다에서 앎을 건져낸 뒤에는 비록 떠났던 곳과는 다르더라도 다시 항구로 돌아와야 하기 때문입니다. 길을 잃음으로써 달라진 시야를 자신의 삶 속에 받아들이는 단계에 이르러야 하지, 그러지 못하고 영영 길 잃은 상태로만 남는 것은 미지의 바다를 항해하여 새로운 대륙을 발견하는 것이 아니라 그 바다에 삼켜지는 것, 혹은 좌초하는 것이기 때문입니다.

요컨대 "길을 전혀 잃지 않는 것은 사는 것이 아니고, 길 잃는 방법을 모르는 것은 파국으로 이어지는 길이므로, 발견하는 삶은 둘 사이 미지의 땅 어딘가에 있다."는 것이다. 여러분은 솔닛의 이 대답에 설득되었는가? 나는 설득되었다. 그래서 그다음 내가 한 일은 솔닛이 "길 잃기에 사용하는 몇 점의 지도들"이라고 묘사한 여덟 편의 에세이에 풍덩 빠지는 일, 그곳에서 무엇을 보게 될지 예단하지 않은 채 그 속에서 길을 잃는 일이었다.

그리고 그 속에서 우리는 갖가지 방식의 길 잃기를 본다. 지도에도 나와 있지 않던 신대륙을 방랑하다가 그곳을 흠뻑 사랑하게 되어 정복자가 아닌 존재로 변모한 16세기 스페인인 알바르 누녜스 카베사 데 바카, 잘

못된 지도에 의존하여 사막을 건너다가 일확천금의 꿈 대신 생존의 의미를 묻게 된 19세기 '데스밸리 포티나이너스'처럼 문자 그대로 길을 잃은 이야기들이 있다. 새로운 자신을 만들어가는 미성년기의 방황에서 그만 잘못된 길, 막다른 길로 발 들이고 만 친구의 이야기처럼 은유적인 의미로 길을 잃은 이야기들도 있다. 그리고 그런 여러 방식의 길 잃기에서 공통되는 가르침이 하나 있는데, 그것은 바로 길을 잘 잃으려면 무엇보다도 자신이 길 잃었다는 사실을 깨달아야 하고 따라서 자신에게는 타인의 도움이 필요하다는 사실을 인정해야 한다는 것이다. 숲에서 길을 잃고 나무틈에 앉아서 호루라기를 부는 아이이든, 눈이 보이지 않아서 찻길을 건널 때마다 남의 도움을 구해야 하는 어른이든, 길 잃기에 유능한 사람들의 공통점이 그것이라는 것이다.

그런데 솔닛은 이런 길 잃기를 이야기하다 말고 길을 잃는다. '잃다(lost)'의 또 다른 의미인 '상실'로 생각이 자유롭게 건너간다. 그래서 문득문득 기억을 잃는 것, 과거를 잃는 것, 사랑을 잃는 것, 물건을 잃는 것에 대하여 이야기하는데, 이런 '잃음'의 이야기들은 '길 잃음'의 이야기들과는 달리 슬프다. '길 잃음'의 이야기들은 어떤 면에서 우리가 아는 세상이 더 넓어지는 모험의 이야기들이지만, '상실'의 이야기들은 가령 되찾을 수 없는 연인이나 지구에서 사라지는 동식물처럼 무언가가 우리의 세상에서 영영 사라지는 이야기들이기 때문이다.

그러나 이 상실은 아름답다. 슬프지만 아름답고, 슬프기에 아름답다.

"세상 만물은 원래 사라지는 것이 섭리이지, 살아남는 것이 섭리가 아니"므로 우리가 아무리 발버둥 쳐도 피할 수 없는 일이라서 슬프지만, "세상의 어떤 것은 영영 잃어버린 상태일 때만 우리가 가질 수 있"기 때문에 슬픈 와중에도 아름답다. 이것은 기어코 붙잡아서 손에 넣으려 하지 않고 거리를 둘 때만 보이는 풍경, 멀리 있어야만 느낄 수 있는 아름다움, 먼 곳의 푸름이다.

그래서 이 책은 푸른색으로 물들어 있고, '푸름'은 이 책 속에서 길을 잃을 때 길잡이로 쓸 수 있는 여러 키워드 중 하나다. 하늘을 자신의 것으로 차지하여 그 푸름을 영원히 소유했던 화가 이브 클랭, 블루스 음악의 짙은 블루, 푸른 도자기의 옅은 푸름. 솔닛에게 길잡이 없는 길 잃기의 위험을 알려주었던 친구의 이름은 바다처럼 푸른 '마린'이고, 솔닛의 아버지가 동식물들이 사라지지 않도록 보존 계획을 세웠던 땅의 이름은 '마린 카운티'다.

혹시 솔닛이 2013년에 쓴 에세이 『멀고도 가까운』을 먼저 읽은 독자라면, 그로부터 팔 년 전에 쓰인 이 책에서 『멀고도 가까운』의 빈틈에 들어맞는 퍼즐 조각들을 발견하는 재미로 길을 잃을 수도 있을 것이다. 『멀고도 가까운』이 애증의 존재였던 어머니와 이야기를 통해서 화해하는 이야기라면 이 책은 증오의 존재였던 아버지에게도 숨은 이야기가 있었다는 사실을 이해하는 이야기이고, 『멀고도 가까운』이 사라져가는 부모를 보며 자신의 필멸성을 깨닫는 장년의 이야기라면 이 책은 도시와 펑크록과 폐허를 영혼의 풍경으로 삼았던 청년의 이야기이다.『멀고도 가까운』이 극지방의 흰빛으로 포화되어 있다면 이 책은 지평선의 푸른빛으로 물들어 있고,『멀고도 가까운』이 얼음의 이야기라면 이 책은 사막의 이야기이다.『멀고도 가까운』에서 솔닛이 자신의 가계도를 이야기할 때 시초로 삼아야 한다고 언급했던 두 할머니의 이야기가 이 책에 자세히 나온다. 여러 모로『멀고도 가까운』의 짝꿍이 되는 책이고, 솔닛이 에세이스트로서 그동안 펼쳐 보인 사적인 풍경들의 시원이 묘사되어 있는 책이다.

책을 펼치기 전에 내가 왜 길을 잃어야 하느냐는 질문부터 던진 아둔한 독자였던 나는 결국 이 책 속에서 여러 차례 여러 방식으로 길을 잃으면서 미지를 방랑하는 방법을 엿보았고 먼 것을 멀리 둔 채로 사랑하는 방법을 엿보았는데, 그러고 나자 마지막으로 또 하나의 질문이 남았다. 그래서, 솔닛의 가운데 이름은 무엇일까? 종적 없이 사라진 증조할머니에게서 따온 이름이지만 오래전부터 쓰지 않았다는 그 이름, 성과 이름 사이 빈칸으로만 남아서 그 부재로써 사라진 과거를 증명한다는 그 이름은 무엇일까? 나는 이 마지막 의문까지 속 시원히 해결하고 싶어서 솔닛의 다른 책들과 인터넷을 뒤졌지만, 결국 그 이름을 찾는 데는 실패했다.

그리고 이 글을 쓰는 중에야 깨달았다. 그 이름을 알아내려고 집착했던 때, 나는 왜 길을 잃어야 하느냐는 질문을 던졌던 때보다 훨씬 더 아둔한 독자였다는 사실을. 그 이름은 사라진 상태이기에 아름다운 것인데, 그 또한 먼 곳의 푸름인데, 그걸 가까이 붙잡고 싶어 했다니. 그리고 이어서 깨달았다. 이 책은 아름다운 지도이지만 솔닛의 지도라는 것, 그러니 이제 나는 이 지도를 참고하여 나만의 방식으로 길을 잃어야 한다는 것. 그게 이 책의 쓸모라는 사실을.

2018년 11월

김명남

옮긴이의 말

이미지 출처

「식당(Diner)」, 「(레코드가 놓인) 폐허가 된 안락의자, 뉴어크(Ruined Armchair (with Record), Newark)」, 「차에 탄 두 명의 퀸, 핼러윈(Two Queens in a Car, Halloween)」 © 1987 The Peter Hujar Archive LLC; Courtesy Pace/MacGill Gallery, New York and Fraenkel Gallery, San Francisco

길 잃기 안내서

더 멀리 나아가려는 당신을 위한 지도들

1판 1쇄 펴냄 2018년 11월 30일
1판 6쇄 펴냄 2023년 3월 14일

지은이 리베카 솔닛
옮긴이 김명남

편집   최예원 조은 최고은
미술   김낙훈 한나은
전자책 이미화
마케팅 정대용 허진호 김채훈 홍수현 이지원 이지혜 이호정
홍보   이시윤 윤영우
저작권 남유선 김다정 송지영
제작   임지헌 김한수 임수아
관리   박경희 김도희 김지현
펴낸이 박상준
펴낸곳 반비

출판등록 1997. 3. 24.(제16-1444호)
(우)06027 서울특별시 강남구 도산대로1길 62
대표전화 515-2000, 팩시밀리 515-2007
편집부 517-4263, 팩시밀리 514-2329

한국어 판 ⓒ (주)사이언스북스, 2018. Printed in Korea.
ISBN 979-11-89198-40-4 (03800)

반비는 민음사출판그룹의 인문·교양 브랜드입니다.

만든 사람들
책임편집 최예원
디자인 민혜원